U0514079

一号投递线

徐则臣——著

四川文艺出版社

图书在版编目（CIP）数据

一号投递线 / 徐则臣著. -- 成都：四川文艺出版社，
2018.6

ISBN 978-7-5411-4953-5

Ⅰ.①一… Ⅱ.①徐… Ⅲ.①中篇小说—小说集—中国—
当代②短篇小说—小说集—中国—当代 Ⅳ.①I247.7

中国版本图书馆CIP数据核字(2018)第085839号

YIHAO TOUDIXIAN

一号投递线

徐则臣　著

责任编辑　　封　龙　奉学勤
封面设计　　叶　茂
内文设计　　史小燕
责任校对　　蓝　海
责任印制　　崔　娜

出版发行　四川文艺出版社（成都市槐树街2号）
网　　址　www.scwys.com
电　　话　028-86259287（发行部）　　028-86259303（编辑部）
传　　真　028-86259306

邮购地址　成都市槐树街2号四川文艺出版社邮购部　610031
排　　版　四川最近文化传播有限公司
印　　刷　成都东江印务有限公司
成品尺寸　140mm×203mm　1/32
印　　张　8.75　　　　　　　　　　字　　数　180千
版　　次　2018年6月第一版　　　　印　　次　2018年6月第一次印刷
书　　号　ISBN 978-7-5411-4953-5
定　　价　45.00元

我们的世界的尽头是另一个世界的开始。

　　　　——徐则臣

目录

去波恩

进站之前，我和小周窝在他的二手商务车里说话。暖气开着，天有点儿冷，小周建议先别进站，进去了也是瞎挨冻。我知道他是想和我再多说一会话，能和一个中国人在异国他乡如此深入和漫长地聊天，对他来说机会并不多，虽然他兼职导游，接的团绝大多数都是中国人。小周说，要是去中国像去瑞士、法国、意大利、比利时那样方便就好了，开车几小时就到。要是。要是。从前天开始到现在，我至少听他说了五十个"要是"。要是在天津就好了。要是回趟家像串门那么方便，他觉得待在这里也不错。要是在国内，他就开一个旅行社，专门接待德国人。要是小魏去国内找工作，回去后他们就要孩子。要是。要是。

"要是——你烦了？"他发现我两眼发直，显然在走神。

"哪里，你说。"我指着车站顶上的巨大的球，相对于古典的欧洲式建筑它有点现代了。不过我还是说："很漂亮。"的确很漂亮。单看都很漂亮。

法兰克福是个好地方，作为城市不大不小。刚来的第二天，我就抽时间从东到西走了一遍。风景不错，在繁忙里你还是能看到从容和优雅，是个过日子的好地方。在这里你可以什么都不缺。小魏是小周的女朋友，二十七岁，在法兰克福大学念社会学博士学位。拿不下博士不结婚。小周跟我一样大，硕士毕业前认识了小师妹，等她念完本科，再等她念完硕士，现在要等她念完博士才能结婚。这个从大连来的小个子女孩让小周欲罢不能，他是真喜欢她，可是从天津来的压力也很大。母亲说，你爸翻过年就七十，想抱孙子都想出了白内障，现在连个婚都没影。小周安慰二老，快了。他爸说，我看玄，人家拿了博士以后，还要当博士后呢？要是当完了博士后又说这辈子不想结婚呢？要是结了婚不打算要孩子呢？他爸的"要是"也很多，弄得他很烦。小周只好叹气，走一步看一步吧。

昨天晚上我安慰他："没问题，小魏不像丁克那种人。"

当时我坐在沙发上，看着小魏倒过茶后去厨房的背影，对坐在沙发另一头的小周说。

小魏的背影不喧嚣，也绝不僵硬，腰身的过渡跟动作一样果断柔和，可以想见不久的将来作为贤妻良母的亲和力。但她在留居德国这一点上认死理，除了大连和法兰克福，这辈子她不打算待在第三个地方。小周不能理解，我也不能理解。虽然法兰克福的确是个好地方，德国的发展空间比较大，医疗服务和社会保障体系很完善，但是小魏不像咬牙切齿的人。她给我们沏的是铁观音，小周只喝这一种。小周解释，只有铁观音才能让他喝出中国茶的味儿来。小魏一笑，露出左边的一颗小虎牙，说：

"别听他的，偏见。人老了就这样。"

小周自嘲："别打击一片，我和徐先生可是一样大。"

"那人家看着可比你年轻。"

小魏把假话说得自然家常，小虎牙又露出来。我天生老相，就算是用老周的白内障双眼来看，我也不会比小周显得年轻。反正小魏不像咬牙切齿的人，但她的确是咬牙切齿要留在这地方。

我来这里参加一年一度的书展，有个新书见面会。活动结束，朋友们都走了，我想在周边看看，就一个人留了下来。等着两天后去波恩大学做个朗诵，我的小说翻译，波恩大学的赫尔曼教授会在车站接我。我不懂德语，他就把我托付给了旅行社，导游小周。

小周带我看了歌德故居、罗马广场、保尔大教堂、老歌剧院、修道院和博物馆、美术馆等，讲解极为敬业。他的方式是夹叙夹议，叙是叙这些景点，议的却是他自己、德国的华人状况以及国内的事情，其中充满了他的"要是"。他在北京念的本科，很多地方和事件是我们共同的记忆，说起来显得相当投机。其实我的兴趣不大，和一个久疏国情的人聊天，总有迷离恍惚和隔靴搔痒之感。而且，小周的故国情深体现得比较单薄，你让他说出个回去的一二三，他也语焉不详。他就是觉得回去了心里才踏实，情绪化得仿佛只是一种抽象的焦虑。我时刻担心他会举起拳头上下耸动，高喊：我要回去，我要回去。当然这也正常，就跟想家一样，你要把它赋上个微言大义反倒像假的了。本能最真实，也容易唠叨。他翻来覆去地跟我说过去，说想回去，说"要是"。他简直是亢奋地说着汉语普通话，某一刻舌头跑在了大脑前面，我就听到了舌头下坠的天津话。

昨天中午去古代雕塑品博物馆，经过入住的酒店时，小周突然停车，跟我说，要不退房吧。退了房我住哪儿？他拍拍胸口，住他家。条件差了点儿，他说，但你可以再听见一个人说中国话。我差点就拒绝了。有他这么一个人说中国话已经够唠叨了，我可不想再添一个。转念一想，也许他想再挣一份房钱？我正犹豫，小周重新发动了车，说："我就是想在一起多说一会儿话。"他以为我跟他一样，想多听一个人跟自己说母语。我按了一下他搭在方向盘上的手，停下。我下车收拾了行李，退了房，拎着箱子搬到了他家。

他和小魏租的房子，类似于我们的筒子楼，小两居。楼外面爬山虎一直蔓到了顶。家里的摆设不复杂，倒是各种家具上放满了女孩子喜欢的小玩具，单看风格和造型，我猜是从中国来的，随便在电视机旁拎起一个米老鼠，果然屁股后头的商标上印着"Made in China"。墙纸、桌布、沙发套和床单、被罩都以金黄和浅绿为主色调，既温馨又清爽。和一般的德国家庭比，这只能是年轻的创业者之家；但和留学生的临时小家比，这个家更让人心安。这从小周的状态就能看出来，进了门他几乎是把自己摊在了沙发上，四肢放松地散开，跟着长舒了一口气。

我说："小周，你还是乖乖地跟小魏待在这里吧。"

"为什么？"

"你离不开这个沙发。"

小周笑了，说："她不在家，我就跑到沙发上睡。舒服。"

我也笑笑，他明白我的意思。

昨天晚上我们俩聊到凌晨三点半，吃水果喝啤酒。小魏在旁边偶尔插一嘴，更多的时候在开啤酒和削水果。插上的几句话都是一针见血，是个社会学博士的水平，但她看小周的眼神却是一个小师妹该有的小鸟依人。我开玩笑说，小魏这么伶牙俐齿，小周岂不要受欺负？小魏说，才不，他得意着呢，他知道他是我的主心骨。小周说，哪有啊，我在跟魏博士一起追求进步。好了，不听他们文雅的调情了，我想知道他们在法兰克福生活的真实感受，以及对国内的看法。包括小魏知道的留学生的状况。对话的方式像在访谈。凌晨一点半，小魏先去睡了，明天有课。凌晨三点半，我也不行了，想问的都问完了，只剩下一连串的哈欠。小周还是精神矍铄，为了不耽误我明天的行程，他才不舍地进了卧室。最后一句话是：今天说得真爽，快把自己说空了。

说空也是一种享受。作为一个写作者，从语言的意义上，我能理解小周此刻的心情。这剩下来的几个小时，他可能睡得酣畅，当然也可能失眠。我睡在那张舒服的沙发上，躺下来看见窗外风经过树梢，枝叶摆动幅度越来越大。迅速入睡对我不成问题。

火车开动前五分钟我们进站。小周把我送上车安顿好，脚刚落到站台上，车门在他身后关上。德国火车从来都像瑞士钟表一样守时。他在车门外对我挥手，亲热地叫我徐哥，下次来法兰克福一定要找他和小魏。尽管小周有无数个"要是"，他显然清楚还是得待在法兰克福，当然前提是，我再来能找到"他和小魏"。我也挥手，兄弟，好好过。火车开始离站。

　　车里有点儿冷，谁也没料到一夜大风气温就陡然掉下来。幸好我买了一件呢子大衣，此刻派上了用场。跑了好几家商场，最后买到的还是件黑色的。德国男人好像不穿别的颜色，满商场一抹黑。我把自己裹紧，这是个二等车厢的小包厢，面对面共六个座，我一人坐一边，对面是个看书的老太太和一个吃泡泡糖的小姑娘。小姑娘戴着耳机摇晃着两只脚，隔五秒钟噗地吐出一个大泡泡，啪的又炸掉，十四五岁的样子，涂了靛蓝色眼影，她的泡泡遮住大半张脸时让我感觉更冷了。她的泡泡炸掉时，老太太就从眼镜上方对我笑一下。这个头发花白的老太太一脸松弛的皱纹，像从黑森林童话里走出来的善良的老奶奶。她在看一本英文小说，脚边是一根原木拐杖。我用英语和她打了招呼，她的英式发音十分优雅。她将在波恩前一站下车，她说，我们三个人一个包厢，这会是一个愉快的旅程。

　　涂眼影的小姑娘摘下耳机，用摇滚乐的节奏向我们点头，说："要吃泡泡糖吗？"

　　我和老太太对她微笑说谢谢。

这时候车行已经二十分钟，检票员刚刚查过票，从门外进来一个穿橙色薄毛衣的女孩，对着票坐到我旁边。"你是——"她犹疑半天，突然歪着头问，"中国人？"让我惊奇的是，这个长着一张欧洲脸的女孩说一口流利的普通话，儿化音很重。没等我回答，她又接着说，"我是瑞士人，住在法兰克福。"

"哦，"我说，"你的普通话说得比我好。"

"我外婆住在北京的一个小四合院里，离恭王府不远。"

"那咱们算半个老乡。"

"刚才有中国人经过这里吗？年轻的，小伙子，瘦高个儿。"

她的思路之跳跃我有点儿跟不上。想了想，好像没看见，大部分时间我都盯着窗外。"找人？"

"没有事情。"她笑笑，脸小，鼻子高，嘴巴大，一口好牙，"我外婆是中国人。"

德国老太太又从眼镜上面看我们，眨巴两下眼，用英语说："你们说话很好听。"

女孩用汉语说："您听得懂汉语吗？"

老太太很茫然，显然不懂，鼻子眉毛往一块儿皱："What？"

女孩改用英文回答她："我说，您的精神头儿真好。"

老太太很高兴，接着看书。涂眼影的小姑娘继续摇头晃脑地听音乐，那节奏已经不太像摇滚了。

"你外公是瑞士人？"我问。

"日本人。"她说，"中国跟日本打仗的时候，我外公就在北京，做建筑设计，就是画图纸的。他的汉语说得比我还好，人家都以为他是中国人，要不你们那个‘文化大革命’早把他打死了。你说我爸妈？我妈当然是中国人，二十一岁嫁给我爸。我爸是德国人，后来移居瑞士，所以我就是瑞士人了。老爸学的也是建筑，我外公的学生。”

“呵呵，他骗了你妈吧？”

“没有骗，是我妈先喜欢我爸的。”

我的中国式幽默对她没用，他们家祖传的语言天赋也帮不上忙。和她的相貌一样，这个女孩严格地继承了德国人的较真，“是我妈先喜欢上我爸的。”

好吧。“常回中国吗？”

“嗯。”她的声音低沉下来。门外走过一个人，她扭头看了一眼。和我说话的这段时间里，她至少扭头三次，也就是说，门外至少经过三个人。这个包厢在这节车厢尽头，紧挨着洗手间。突然，隐约有人在叫，还是多声部，隔很多个车厢传过来。然后火车轮子吱嘎嘎响，紧急刹车停了下来。

周围一片旷野，火车在坡上，青草缓慢地向下长，整齐得如修剪过一般，直到河边。波光激滟的这条漫长的水就是莱茵河？我没问旁边的女孩，她半个身子都偏向了包厢的门。河对岸的山坡在上升，直到最高处，一座古老的城堡缺了半面墙。十来户人家悠闲地散布在山坡上，和城堡一样醒目的是教堂，白墙黑顶，精瘦挺拔，十字架高高指向天空。一个乘务员经过包厢门口，被她叫住了。他们叽里呱啦的德语我听不懂，就看见那大肚子的乘务员指手画脚地说话，前腿弓后腿蹬，时刻准备往前冲。说了几句果然就往前冲了。

我问女孩，都说的啥，她就一句话匆忙打发了我："有人跳车了！"说到第五个字人已经到了门外，咚咚的脚步声跑远了。我走出包厢，过道里回响着杂乱的脚步声。老太太也拄着拐杖跟出来，用英语嘀咕："为什么不想想还有我们老头老太太！"

我问："您说什么？"

老太太示意我打开车窗："年纪轻轻跳什么车！"

"乘务员说，死的是个男的！"涂眼影的小姑娘也出来了，耳机挂在脖子上，"我同学的哥哥也是跳火车死的。"我把窗户打开，一股冷风灌进来，小姑娘缩着脖子躲到一边，被老太太推进了包厢。老太太的话听不懂，大意应该是小孩子不能看。因为小姑娘撇撇嘴不屑地回了一句，我觉得可能是：谁稀罕看死人！

火车的前半截身子正在拐弯，有个平缓的弧度，伸出头正好可以看见事发地点。车的这一边没有河流，草都很少，断断续续有一些大石头，不知道是天生就在铁轨边还是摆列在这里另有用途。可以肯定的是，如果一个人从车窗里跳出来，迎头撞到石头上，想不死很困难。一堆人围在那里，我看见那个混血的女孩踮着脚，抱着脑袋想从人群外往里钻。难道是她要找的人？如果真是这样，死的就是那个我没看见的、年轻的瘦高个儿中国小伙子。我向那节车厢跑去。

半道上遇到混血女孩，捂着嘴边走边流眼泪。我说："他？"

她摇摇头，说："我看不下去。"为了能继续说下去，她重新捂上嘴再松开，"脑浆都流在了石头上。"

死掉的小伙子非常年轻，德国人，穿着咖啡色帽衫，石头划破了他的脸，死的时候眼睛睁大了，看见了岩石、冷风和灰暗的天空。

那女孩说："我冷。"

我要把大衣脱下来给她穿，她不要，天的确冷。她让我披着大衣，她用大衣的一半裹住自己，一手抱着我的腰，我们用一种古怪的姿势走回了包厢。

她叫阿格妮丝，汉语名字李安雅，后者是她只读过五年书的外婆取的。她喜欢别人叫她安雅。安雅生长在外婆的四合院里直到八岁，父母回瑞士才把她带走。如果不是一张洋毛子脸，她站在中国小学三年级的课堂上回答问题，没人会发现她不是中国人。

"我的成绩很好，语文、算术都考一百分。"说到这里她总算心情好了一点，"你不相信？"

相信。可我想知道的不是这个，所以我说："刚刚那个人——"这么说是因为现在火车又重新开动了。他显然不是他。但是那个中国的"他"是谁呢？她嘴角刚聚集起来的一点笑意又熄灭了，让我觉得自己的好奇心有点儿残忍。"对不起，我就是随便问问。"

"没有事情，"安雅用这别扭的四个字表示她并不介意，"就算你不想听我也打算跟你说的。"

"嗯？"

"我难过得快憋死了。"

我隔着一只大衣袖子倚在车窗上，安雅抓着另外一只袖子在大衣里靠着我。为了避免这个造型让对面的一老一少起疑心，刚进包厢我就此地无银地对她们解释：这位小姐冷。

安雅一开口我就知道，即使我一声不吭，她也不会放过我，她有如此蓬勃的倾诉欲望。她必须说出来，就像小周逮着我不撒手一样，她终于找到了一个貌似可靠的从中国来的、说汉语的听众。甚至问题都和小周类似：爱情，两个人，何去何从的未来。那个她担心以身殉情的小伙子叫高歌，南京人，我的江苏老乡。世界真是小。

他们很小的时候就认识，高歌的姨妈和安雅外婆邻居。每年寒暑假高歌都到姨妈家来，除了到处逛，大部分时间他们都在外婆的四合院里玩。后来安雅去了瑞士，回北京的次数依然很多，继续见面。再后来，高歌去了德国留学，他们见面更多了，有了爱情。他学的是汽车制造，汽车制造业是德国最大的工业部门，传统的四大支柱产业之一，广阔天地，大有可为。毕业了高歌也舍不得走。但是安雅想走，这个在欧洲待了快二十年的洋姑娘偏偏想去北京生活。这么多年她只喜欢北京，她觉得真正像家的地方。她像涂眼影的小姑娘这么大时，就清晰地知道了什么能让她安妥，在四合院里一坐她能坐一夜，啥

11

也不干就两眼望天。我想不出北京空气污染成那样的天有什么好看的，不过那会儿空气要比现在好一点。八十多岁的外婆身体很好，安雅用下巴指指对面的德国老太太，比她还硬朗。外婆立了遗嘱，小四合院归外孙女，谁也别打算抢。

"你的专业是？"

"古典建筑，祖传的。"

"那北京的确是个好地方。"

"北京的老建筑都快拆光了，新楼房盖得又高又土，难看死了。我才不会因为学建筑才回北京呢。我为了生活。"

生活，一个宏大的词。

"就是你们说的过日子。实实在在地每一天都开心地过。不是，那个词叫什么？对，讨生活。我不讨生活。过好日子不需要那么多钱。"

这话要是被劳苦人民听见了，肯定一堆板砖伺候过来。但我理解这个经过欧洲中产或者小康生活之后，被培养出来的朴素的生活见解。有时候的确不需要穷凶极恶地捞钱也能过上好日子。更要紧的是心境。当然这也让人不舒服，她还有个瑞士爹娘呢，还有个四合院可以继承。在北京城里，有一个四合院意味着什么，很多人比我更清楚。

跑题了。说说你那男朋友吧。

"他让我待在这里，不去北京。要死要活地不允许。我们吵了一年多。"

"坚决不妥协？"

"不妥协。他对我好，可是我去北京不影响我对他好啊。我们可以结婚，可以生孩子，我们都年轻，可以两边跑，八个小时我就飞过来了。他不答应，威胁我要自杀。"

应该不是特例吧，生活在德国的瑞士人安雅不能接受这个威胁，但她担心，刚刚跳车的小伙子把她吓坏了。为什么不能满世界跑呢？她不理解，我现在喜欢北京，我就可以去；哪天不喜欢了，回来呗。他非要让我给一个更正大的理由，哪有那么多像山一样大的理由？你觉得这里可以发挥自己，好，你待在这里；我觉得北京好，就去那里。世界这么大，就是为了让我们到处跑的。我们都得听自己的，你说是不是？

我说是。她和小周的情况似乎不完全一样。小周、小魏和高歌，你能看出他们就是个中国人，在外面待了多久都是；这个安雅，哪怕她在四合院里终老，也是个混了好几次血的。大家都听自己的，方式不一样。

"那个啥，我那小老乡，真自杀过？"

"吃过安眠药，开车时还想撞过树。我也知道，他是舍不得我离开。他说他离了我就不知道该怎么办了，可我这也不算离开啊。对吧？"

我也不知道对不对。

上车前他们又吵了架，安雅用了个成语：天翻地覆。原因是高歌见到了她买的车票，担心她是要去机场，这趟车的确经过法兰克福机场。安雅不过想见见朋友，说说话散心，这几天吵架吵得她要崩溃。为了避开高歌，出门发现天冷都没回去加衣服，直接来了车站。

"我换了好几个车厢才到这里，"安雅说，"在路上我好像看见他在跟着我。"

可能她多虑了，我没看见一个高个子中国小伙子站在门外过。现在让她放心的是，起码高歌没出事。这就好。她早就不哭了，开始跟我讲他们在北京和法兰克福的生活。她在讲述这些生活时，我恍惚觉得她就是小周，两个重叠在一起。也许大家的生活不过如此，大同小异，也可能是我困了。

也该困了。昨天晚上三点半睡，早上七点半起，像我这样每天必须八小时的人，这一夜只睡了一半。在车里和小周聊天时还好，有早餐的两杯咖啡顶着，小魏现磨的咖啡味道醇正。小周不住嘴地说，隔三岔五征求我的意见，该怎么办。可惜卑之无甚高论，清官难断家务事，我只能说，听自己的，再为对方考虑一下，然后顺其自然。我自己都知道，这其实是屁话，等于没说。但我能说的只有这些。在一个陌生的国度，对一种陌生的生活，现在我只能是一双耳朵。对安雅，作为耳朵我也勉为其难，困意像浓雾弥漫全身，我的脑袋开始对着窗玻璃乱点。

"困了？"安雅中断她的倾诉。

"有点。对不起。"

"没有事情，"她说，"我也困了，昨晚几乎一宿没睡。"她停下来，往我身上靠了靠，闭上眼。"睡吧。"

对面的老太太和涂眼影的小姑娘早就睡着了。睡着了的老太太一手拿书，一手拿着拐杖。小姑娘在梦里还跟着音乐缓慢地晃动脑袋。对她们来说，我们俩就是两个哇啦哇啦不知疲倦地制造低分贝噪音的人。

火车的猛然停顿惊醒了我。睁开眼，包厢里就我一个人，右边的大衣空荡荡地耷拉下来。不知道她们什么时候下的车。已近傍晚的天色提醒我，波恩肯定到了。我拎着行李下车，在站台上抽了一根烟，还没看见赫尔曼教授。两天前他告诉我，如果他没能及时出现在站台上，就给他打电话。我顺着出站通道往外走，穿过车站大厅时看见投币公用电话，开始拨赫尔曼教授的手机。

"在哪儿呢？"他问。

"车站啊。"

"我一直在站台上，怎么没看见你？改火车票了？"

"没改，就你说的那趟车。"

"奇怪。"赫尔曼教授有点纳闷。我听见电话里他的夫人，从中国江西来的美女杨女士说："问问徐先生，他周围都有什么？"赫尔曼教授说："你看看四围，有什么标志性的东西。"

我抱着电话往四周看，所有的车站都差不多。然后透过窗户看见了黑魆魆的教堂，庄严雄伟地矗立在车站门口。我说："教堂。赫尔曼教授，一座高大的教堂，全身都是黑的。"

"My God！"赫尔曼教授说，"你坐过了站，到科隆啦！"

石头、剪刀、布

1

夕阳半落，天低下来，我加大油门赶路，摩托车前的影子越追越长。一辆运砖的卡车过去，尘土漫天，我不得不慢下来，把脸扭到一边，看见了路旁的两家小饭店。两个红衣服的女人站在各自的门前向我招手。我又慢一点，等着沙土缓慢降落，她们几乎同时向我跑来，说："大哥，吃饭不？"

她们热情得都有点不怀好意了，我本能地加大油门，车向前跑了几米。肚子里叫了两声，我感到了饥饿难忍。随即慢下来，她们继续在身后喊："大哥！"我扭一下车头，斜穿路面，在对面一家小饭店前停下来。饭店门口空空荡荡，污水都没有，门楣上挂着一块鲜亮的木匾，刀刻出来的三个舒同体红字：吉田家。一个女人听见车响，从屋子里走出来，两只袖子卷到臂弯，右手里捏着几根芹菜。

"吃饭么？"她问。

我点点头，停好摩托车走进饭店。

一共十五张桌子和我这个唯一的客人，我看墙上一只飞马牌挂钟时，她把菜单放到我面前。墙上的时间是五点五十七分，这是十一月初的下午，摩托车迎着风跑起来已经很有点秋天的味道了。我拿起菜单，再次看到封面上的彩色套印的"吉田家"三个字。

"你们饭店的名字？"我问。

"嗯"，她说，"我和我老公开的，他姓吉，我姓田。"

哦。这名字好。我就是冲着这个名字进来的，它让我想起当年念大学时，在城市的某个繁华地段才出现的日式餐馆"吉野家"。的确像个日本名字。我又看了看老板娘，不是很漂亮，但五官清爽，脸上有种硬和净混合出来的表情。当然不是日本人。

我随便点了两个小菜，一瓶啤酒，一碗牛肉面。她让我等会儿，从吧台后面的一个挂布帘的小门进去，接着就响起刀落在砧板上的声音，如急管繁弦，但节奏温润。刀功不错。

手机响了一声，我从背包里找出来，看到陆鸣发来的两条信息，第一条是：我心里有点乱。第二条是：你跑哪去了？到底打算怎么办？第一条我已经看过了，同样的消息他发了两次。第一次在三点左右，我在一个叫辛庄的镇子上买水喝，刚打开矿泉水瓶盖手机响了。我没回。现在他又追着发。我突然就火了，恶狠狠地回了一条：你他妈的还有完没完！

当初是他动员我一起辞职的。才几天啊，一个月不到吧，就扛不住了，又回头捡起了扔掉的那个饭碗。他以为我不知道。十月初我们来到校长室门前，我问他："真不干了？"他说："当然，早就烦透了。"我说："我也是。"然后一起走进校长室，一声不吭地把辞职报告放到校长面前，校长慢慢地翻出白眼来看我们，没等他下指示，我们已经出了他的办公室，如蒙大赦一般直奔宿舍，收拾东西从此滚蛋。自由了，再也不用看那些可怜的孩子和领导们的脸色了。我们都认为自己是为了反抗和良知才辞职的，那时候我们慷慨激昂，觉得自己义薄云天，甚至疑惑自己竟然能在那种环境下待了四年。

真是太不容易了。工作忙从来都不是问题，年轻人么，别人一天上四节课，我们可以上八节课。问题是，在这个偏僻的小镇中学里，我们的工资实在低得离谱。地方上实行财政包干，我们的工资由镇政府统一发放，在这个生活水平远远低于周围乡镇的地方，我们的工资水平可想而知。这还不算，镇里的领导决定，每个月只发工资的百分之五十六。也就是说，实际到手的工资都赶不上城里下岗工人的基本生活保障费高。还拖欠，正常情况下，十月份我们要排着队去领七月份的工资。为了活下去，有门路的老师就托关系求朋友调到其他地方了，只剩下我和陆鸣这样一穷二白的人死守在学校。就这样领导还不满意，又搞出个末位淘汰制出来，谁的班上期末考试均分最低，继续从工资里往外扣罚金；连续两次垫底，就请你走人。为了这个期末考试的均分，老师之间就差撕破脸动刀子了。能想的办法都想，恨不得替自己的学生进考场。暗地里挤兑别的老师和班级，几乎就是心照不宣的习惯了。这倒不是我和陆鸣辞职的直接原因。在我们俩，钱不是最重要的，不是不喜欢钱，而是对钱的需要相对小一些。都是光棍，钱多了也花不出去，又是那种偏僻落后的地方，整个镇子上都找不到一次可以花掉两百块钱的地方。

是为了让辍学的孩子重新回到课堂上来。新学期开始，我和陆鸣配对的班上突然少了十四个学生。刚入学时是五十，初一上学期结束时走了两个，下学期走了四个，现在初二，刚开始竟然只剩下三十个。原来坐在破课桌后面满满当当一教室的孩子，现在隔三岔五地分散在教室的各个角落，稀落，荒凉，像那些掉色了很多年的课桌一样让人伤心。其他班也多少流失了一些，但都比不上陆鸣和我这个班。就为了这一学期的学费，二百九十八元，他们家里拿不出，或者不愿拿。

我们决定去学生家里把他们都找回来。这也是学校的要求，学生流失要被上面狠批的。这是唯一的办法。我们不能眼睁睁地看着他们这么小就冲进社会里，才十三四岁的年纪。谁都知道最后的结果是怎样。

一天我去买烧饼，烧饼店老板在炉子前打儿子，因为他儿子少收了别人五毛钱。那孩子是我的学生，初一上学期退的学。我说偶尔错一次是正常的，谁能不出个错。烧饼店老板说，他不是错一次了，错了很多次了，再错下去，烧饼炉都得赔进去。我说那你们为什么还不让他继续念书？老板说，头脑好不好使，跟念书有个屁关系，你看我小儿子，就是他弟弟，才上五年级，从来没替我算过错账。出去找学生时，我还跟陆鸣说了这事。陆鸣说，真巧，十四个学生里，就有烧饼店老板的小儿子。

到了烧饼店，老板正在教他小儿子贴烧饼，大儿子挎着篮子出去卖烧饼了。见了我们，老板立马让小儿子到另外一间屋里去，那孩子揉了一脸的面粉，骨碌碌地转着黑眼珠不想走，老板喝了一声，还不过去，那孩子抽了一下鼻子消失了。

"两位老师要买烧饼？"老板说。

"不买。"陆鸣说，"让孩子接着念吧。"

老板斜着眼睛看我们："接着念？拿什么念？"

"不就二百九十八块吗？多贴几炉烧饼不就来了？这孩子成绩挺好的。"我说。

"你以为我贴的是钱哪？"老板说，"成绩再好，能当烧饼吃？"

"念好了考大学，你连烧饼都不用贴了。"

"考大学？老师你说笑话吧，咱这地方还能出大学生？出了也轮不到咱们家。我儿子我知道，老祖坟上就没长这根蒿。不想了。"

"万一考上呢？"

"万一考不上呢？这些年钱哪来？还不是得我一个烧饼一个烧饼贴出来？我一天到晚把脑袋插炉膛里容易么，你看看，这毛都被烧得不剩下几根了。"他让我们看他稀拉拉的头发。

"起码多学点知识吧。"

"有什么用？卖烧饼又不是造原子弹。这孩子五年级就没算错过账，这两年都白上了。一学期一两百块钱，你算算，多少个烧饼啊。"

老板像烧饼炉一样不为所动，怎么说都不行，和烧饼炉一样他只认烧饼。没办法，我们失望地出了烧饼房，出门时看见那孩子躲在院子里的大树后头，伸着脑袋偷看我们，黑眼珠还在骨碌碌地转。我转过身对他看一会儿，想起他最后一次数学试卷考了九十八分，比他高的只有一个。

还有一个女孩，辍学的原因是为了省钱以后给弟弟盖大瓦房娶媳妇。我们到她家时，她弟弟只有四岁，还被母亲抱在怀里，抓着母亲的大乳房叫着要吃奶。我问她父亲，为什么不给她继续念，她父亲说，这还用问么，一个丫头，不会学好的，学好了也是人家的，你们看我儿子都四岁了，不攒点钱以后拿什么给他说媳妇。她学习好？那你们供她念吧，反正我没钱。那男人简直就是一个真理在握的无赖。我们依然无功而返。临走的时候，那女孩一直跟着我们走到村外，一路流眼泪。可是没办法。我们上了车子要走的那一刻，她才哇地哭出声来。就是在那个时候，我有了甩手不干的念头。真是太没意思了。

十四个孩子我们只找回来两个，也是磨破了嘴皮子才成功的，我们甚至因为让其中一个回来，担保他一定能考上大学。出了他家门，我和陆鸣面面相觑，我们拿什么去担保？我们又凭什么去担保？总之我们是充分地尝到了荒诞的滋味，几天跑下来，我直想哭。

陆鸣提出辞职是在上报家访结果的时候。他拿着只有两个人名的一张大纸对我说："这鸟活儿，真他妈的不能干了。"

我说："嗯。"

"不干了？"

"嗯。"

"一块儿辞？"

"好。"

陆鸣开始在办公室里像列宁一样来回走动，突然从口袋里摸出一个五分硬币摊在我眼前，说："国徽朝上就辞？"

我说："好。"

他把硬币一直抛到天花板上，撞下一层灰土然后掉下来，滚了半天才在一个地理老师办公桌底下停住。陆鸣趴在地上，撅着屁股钻到桌底下，像捏着一枚钻石一样谨慎地把硬币平移出来，"国徽。"

我啪地放下手中的书，说："快，写辞职报告。"

交了辞职报告我们就回宿舍收拾东西。除了几本书，被褥和几件衣服，我们各自值钱的家当就是一辆杂牌的廉价二手摩托车和一个待机时间越来越短的手机。若是单从人民币来衡量，可以毫不避讳地说，我们花了四年的时间最终就置办了这两样东西。

我们就这么辞职了，干净利落，像脱掉件衣服，就像当初一腔热情立志献身乡村的教育事业拎着一个包裹来到这所中学一样，多少都有些稀里糊涂。

而现在，陆鸣独自清醒了，在辞职快一个月时，突然发现那个饭碗竟是如此重要，舍不得放不下了，就回去了。这个消息是我母亲告诉我的，她在电话里言简意赅地说，陆鸣又回去了，看你怎么办？

我一个人被抛下时，那种激昂的烈士心态突然就松懈了一大半。我搞不明白为什么。我真的也放不下那个饭碗么？好像不是。我愤怒的原因也许仅仅因为我被背叛了、抛弃了。那种反抗的姿态突然失去了力量和意义，成了一种可笑的举动似的。所以我更加愤怒，又回了一条短信：有多远滚多远！

2

小菜的口味不错，啤酒清凉。我头一回在啤酒里喝出了一股甜味。喝酒的感觉真好。我赌气似的三下五除二把那瓶酒干掉了，又要一瓶。这在我的喝酒史上是不寻常的，朋友都叫我"杨一杯"。跟朋友一起喝酒，不管要几瓶，我就一杯。第二瓶喝不动了，我捏着酒杯晃来晃去，整个人像啤酒一样惆怅。辞职那天，我把行李带回家，说学校放几天假。母亲疑惑地看我一眼，咕哝一句就走了。过了两周，我还在家里，整天跷着腿躺在床上看书。母亲觉得不对了，问我，到底怎么回事？

"辞职了。"我实话实说，力求声音轻描淡写。

"不是被开除的？"

"不是。主动辞职。"

"辞职了。"母亲说，慢慢地坐到椅子上，"那你以后干什么？"

"再说吧，还活不下去么。"

母亲噌地从椅子上站起来："无缘无故你辞什么职！你以为有个旱涝保收的铁饭碗容易么！你以为我们把你培养成个大学生容易么！你说辞就辞了。"

我说："我不想干了。我觉得很难受。"

"还能比我们还难受？"父亲抓着一个东西出现在门前，"刚我去借斧头，人家又问了，你儿子怎么整天在家，不是都在上课么？我怎么说？"

我坐起来看着父亲，他手里攥着一把斧头。院子里有一大堆木头要劈。他们说得没错，把我弄成个大学生不容易，尤其在我们这种地方。你都不知道考上个学校为什么那么难，那些孩子一个个看起来都挺机灵，就是念不好书。在我家这一条长街上，我是第一个赖赖巴巴爬进大学校门的人，当然也是第一个端上了铁饭碗的年轻人。街上的家长们都让自己的孩子向我学习。莫名其妙。

"我去劈木头。"我说，下了床，要去接父亲手中的斧头。父亲猛地一抽，银白色的斧刃滑过了他的腿，血流出来。我要去包扎，父亲像木头一样坚定地站着不动，斧头拿在手里，他不让我动他的腿。他说："你劈了我吧。"

我的脑袋嗡的一声，知道问题大了。先去了趟厕所，回来收拾了一个小包，塞了两件衣服、一本书和剩下的积蓄，骑上摩托车就出了门。我得出去躲两天，等他们消消气再回来。这几天我就这么骑着摩托车四处闲逛，走到哪里算哪里。跑路的感觉很不错，外地的树长得都和我们那地方不一样。车子越跑越快，这辈子都没跑过这么多的路。

喝高了。牛肉面端上来，我只能一根根吃，动作迟缓得像个机器人。老板娘问我味道怎么样，我说好，好吃。可我吃不下。我挑着一根面条，看着外面的天昏暗下来。本来打算到前面一个镇子上住下再吃晚饭的，我问过人，说不到二十里就到了。可是当时饥饿难忍，空荡荡的差点把我从车上摔下来。这是今天的第二顿饭。老板娘再次走到门帘后面，哗啦哗啦的洗菜声。

一阵粗犷的说笑声由远及近，一声大笑响起来，一群人堵在了门口，五个男人，灰头土脸的，进来就大大咧咧一屁股坐下来，拍一下桌子喊："小田！老板娘！接客啦！"

老板娘说来了，甩着两只湿漉漉的胳膊从门帘后走出来。"几位，想吃点什么？"

"老规矩！"一个红脸的男人说，胡子比头发还乱，"是不是，你们？"

其余四个人说是，老规矩。看样子红脸男人是他们的头儿。

"好。"老板娘说，"五瓶啤酒五碗肉丝面。"

"别急，妹子，慢慢来。我们不急。"红脸男人说，四个人跟着笑。

但上酒和面的速度很快，先是酒，打开了让他们空口喝，嘴对嘴，杯子都不要。然后一阵叮叮当当，炝、烧、煮，一个大托盘端来了五碗巨大的肉丝面。他们对这个速度很遗憾。他们喝啤酒吃面条，哗啦哗啦一片响声，我还在一根根挑我的面条，外面彻底黑下来。坐在我的位置能看见路对面两家饭店里的灯光，和灯光下几个吃饭的人。

老板娘端了一碗鸡蛋面坐到了我对面，还有一碟她自制的雪里蕻小咸菜，有点辣，正好下饭，她示意我也吃。

他们的脑袋扎成一堆说笑。红脸男人声音大起来："老板娘，你男人呢？不是说今天回来么？"

"医生说，再等一天，明天就能出院了。"

"又到明天了，"一个人笑起来，说话大舌头，"没完没了地往后拖，是不是不回来了？"

"谁说的，"老板娘轻松地说，"骨头的事，总得好好治。急着跑出来，变成瘸子怎么办？"

"瘸子，说你呢。"一个说。

"放你妈的屁！"另一个说，"小吉哪有我瘸得好看。"

一伙人又笑起来。瘸子又说："老板娘，那人是谁？脸挺白啊。"

"我表弟，老家来的。"

"你亲戚不少啊，得空就来一个。老吉当初不是你表哥吗？一表就表成个男人了。"瘸子让大家又笑起来。

"这表弟不会又表成一个新男人吧？"一个说，用筷子指着我。他们在说我。我不知道老板娘为什么要把我说成她表弟。

红脸张大嘴哈哈笑，一口黑牙露出来。"那有什么，白天当表弟，夜里做男人呗！”

老板娘的鼻尖都往外冒汗了，脸涨得通红，小声对我说：
“你别介意，就算帮我个忙。千万别往心里去啊。”然后放
大声音说，“别瞎说，我表弟还没结婚呢，女朋友比我好看
一百倍。”

“那有什么，能多睡一个就多睡一个，女人还有嫌多的。”

我站起来，抓着喝剩下的半瓶啤酒，对着桌沿啪地摔碎了
瓶底，啤酒溅了我身上和老板娘一头脸。我握着半截锋利的酒
瓶子走到红脸面前，指着他：“你再说一遍！”

红脸嘴张大了，胸脯起伏了几下，脸还是灰了下去。瘸子
压住他的肩膀，其他三个人拽着他胳膊。别动，老大，别生
气。老板娘也跑过来，抓着我握酒瓶的手往后拽，表弟，别这
样，就是开个玩笑，你别生气，回来吃饭，听话，表弟。她一
个劲儿地对我眨眼。我慢慢放下胳膊，依然斜着眼看红脸，我
的眼珠子一定是红的。红脸憋了半天，拍了一下桌子说：

“付钱！我们走！”

瘸子指使其中一个掏口袋付钱，他和另外一个一人抓着红
脸的一只胳膊，把他拽出了饭店。

他们走后，老板娘松了一口气，说：“吓死我了。”又
说，“实在对不起，对不起啊。饭钱就免了吧。”

我说不行，该多少就多少，这事跟你没关系。

老板娘说：“我也没办法。我老公出车祸腿伤了，在医院
里。家里没个男人他们就要欺负。”

我说没关系，坚持付了钱，然后坐下来接着把面吃完。又进来两个客人，我盯着他们看，好像这是我的义务。好在他们只是吃饭。

老板娘忙完了又坐到我对面，问我家哪里，到这边干什么。我说了两百里外的一个地名，告诉她我是游荡，出来玩玩。

"哦，"她说，"一个人出门在外挺危险的，有地方去吗？"

"没有，我想到前面的镇子上找家旅店住。"

"要不，你就住我这边？天都黑透了。"

"不，不，我马上就走。"

"你别误会，"她尴尬地站起来，"我是说，天太晚了，赶路不方便，先凑合一夜再上路。"

"没事，"我放下筷子，伸手抓过包，"我骑得快。"人已经往门外走。

3

车只跑了两公里就没油了。天黑路更黑。周围一点动静没有，只有野地里的虫子在叫，没有车辆和行人。这里本来就是荒野，只是因为有一家砖瓦厂、一家水泥厂才聚一点人气，才出现路边的那三家小饭店。我推着摩托车往前走了五百米就开始喘粗气，我决定回"吉田家"，否则今晚会累死在路上。

老板娘正在打烊关门，才九点不到。她看到我狼狈地走进门前的灯光里，迎出来说："没油了？"

我说嗯。

她说："推进来吧，附近没有加油站。"

我把摩托车放到她挪出的三张桌子的地盘上，刚支好，外面进来两个男人，看着关了一半的门，问老板娘："还做生意吗？"

老板娘看看我，我懂她的意思，就说："做。想吃什么有什么。"

两瓶啤酒两碗面就把他们打发了。我奇怪为什么他们都吃面。老板娘说，便宜，方便，下锅就好。都是挣力气钱的穷人，还能吃山珍海味啊。

两个客人走了，老板娘把店门关上，插好。当屋子里就剩下我们两个时，事情就有点麻烦了。"洗洗吧，牙刷毛巾都有吗？"她问。我说有，从包里取出洗漱用品，按她的指点穿过门帘，再穿过厨房，来到一个院子里，中央有一口井，井边一只桶里还剩下一半的水。

洗漱完毕，老板娘告诉我床铺已经整理好，可以睡了。我心里咯噔跳了一下，跟着她来到一间不大的屋子里。一张双人床，一个衣橱，还有一个床头柜，就差不多满了。床上被子都理好了。

老板娘说："你住这里，我睡前面。"

她说的是饭店。

"我住前面，"我退出屋子，"随便有个地方躺躺就行了。"

"你就睡这里。那会儿，让你，受委屈了。"她说。"受委屈"这样的词她似乎不常用。"我住前面，早上起来也好收拾一下。"

我坚决不同意。她犹豫一下，把手从身后拿出来，说："那我们猜拳，石头、剪刀、布，输的睡这里。"

"好。"

两个拳头都藏到身后。她突然问："你出什么？"

"石头。"

"好。"她笑笑说，"一、二、三，出！"

我出的是石头，她出的是剪刀。石头砸剪刀。她输了。

"你真出石头啊？"

"当然，不是说好了吗？"

"我以为你骗我的。"

"我从不骗人。"我说，径直去了前面。

她把六张桌子拼在一起，上面铺了席子和被褥，刚躺上去，身下的饭桌吱呀叫了几声，躺好了就安静了。跑了一天的路，的确累了，我躺倒了就迷糊过去，什么都没来得及想，灯都忘了关。迷迷糊糊中听见老板娘关灯的声音。半夜里我被手机吵醒，坚持不懈地响一支"铃儿响叮当"的曲子。我觉得自己起不来，打算让它响下去，直到不响。这时候灯开了，老板娘穿着睡衣站在开关前，指指我的包。手机在包里。她披散着头发，有种安详粉色的美。我怔怔神，手机不响了。然后又响了。我掏出手机，后悔睡觉前没把它关掉。是陆鸣。

"神经病啊你，"我对着电话说，身下的桌子也开始吱呀吱呀地叫，"半夜三更的！"

"别火，我就两句话，不说我睡不着觉。是我妈逼着我回去的，她去了学校，就差给校长下跪了。你知道的，他们希望我能有点出息，我一点办法没有，我得对他们的下半辈子负责。"

"嗯。"我看了看还站在开关前的老板娘，从睡衣的形状来看，里面是光的。我敢肯定。她看着我的神情像个半夜里起来给丈夫掖被角的小媳妇。"你说完了，可以安心了。"我关了手机。鬼知道是不是陆鸣开脱自己的借口。但我知道，他妈完全有能力做出这种事。他家和我家相距不远，身份和处境差不了多少。

"你，没事吧？"她问。

"没事。"我说，重新躺下。我听见她关了灯，拖鞋空荡荡地擦着地面消失掉。

4

第二天早上醒来，老板娘已经准备好了早饭，早上没什么客人。吃饭时候我开始考虑怎么离开，又问她哪里可以加油。她说镇上。可是镇上那么遥远。

"我带你去。"她说。

"你带我？"

她点点头。她说她要去镇上买菜。她有车。然后我在院子里一堆蜂窝煤的旁边看到了一辆摩托车，比我的新。昨天晚上

31

它就在，被雨布遮住了，我没看见。

"老吉的，有事我才骑。"

她的意思是，坐她的车去镇上买油，再回来骑自己的车。只能这样。车子发动了，她却让我骑，她坐后面，抓着我的衣服。风大，她让我慢点。我们的速度慢得像一辆自行车。这样的速度只能说话。瞎说，想到哪说到哪。她问我昨夜的电话，我就告诉她辞职的事。

"你喜欢做老师吗？"她问。

"还行。"

"那为什么要辞。找到件想做的事不容易。"

"要是你，你也会辞的。"

"不知道。"她幽幽地说。她的嗓门在风里已经挺大了，但听起来还像是声叹息。"你知道我多大了？"

"不知道。"

"二十五。"

竟然比我还小一岁，我一惊，捏了一下刹车，车往前送了送，她一把抱住我的腰。

"老板娘。"我说。

"叫我小田吧，"她把脸贴到我后背上，"我开了四年的饭店。这辈子我最大的愿望就是开一家大饭店。很大很大的饭店，所有客人吃完了都满意地离开。"

我不说话，感受她贴在我后背上的脸。她也不再说话，就这么一直贴到镇上。

买完了油和菜，已经下午两点。她挑菜挑得过于仔细，不厌其烦地讨价还价，每压一次价都得意地对我眨眨眼。我反正是个闲人，乐得将大把大把的时间挥霍掉。采购停当了，准备回去，她突然说，还得去医院看一趟老吉，不知这两天他的腿伤好点了没有。我问要不要陪她，她说不要，让我一个人在镇上逛逛，看完了她会找个电话打我手机。在医院门口分手后，我骑着车子在大街上转悠，找廉价的旅馆。看了几家，价格都还公道。又去书店溜了一圈，书都贵得要死，就在书店门口的地摊上花五毛钱买了本过期的杂志，坐在车上随便翻起来。一个侦探小说看得我一头子劲，看完了一抬头，太阳下山了。手机还没动静。我决定到医院门口等她。

在医院门前等了五分钟，才见到小田。我一直盯着大门，她却从后面拍了我的肩膀。"这儿呢，"她说，"等急了吧。"

"还好。老吉呢？"

"就那样，还得一段时间才能下地。咱们回去。"她上了车，从后面抱住我的腰，"小心车篓里的菜。"

回去刚开门就来了客人，小田看我时目光闪烁。我让她放心，就是走也要打烊后再说。如果红脸来了，我要让她知道，我这个"表弟"还在。他们的确来了，还是每人一瓶啤酒，一碗肉丝面。啤酒和肉丝面是我给他们端过去的。他们只是自己说笑，没惹事，昨天晚上的事就像没发生过。

那晚上我没走。生意不错，一直到十点客人还陆陆续续地来。有一阵子我若不帮她，还真忙不过来。我只能打打下手。

十点四十分，最后三个客人离开了，我自觉地去收拾饭桌。小田问我，想吃什么？我说随便，才发现一直是空着肚子在忙。我把所有东西都打扫完，她在厨房里大声说：

"关上店门，吃饭！"

店门关上了，一盆电火锅端上来。热气腾腾地飘出我喜欢的麻辣味。

"你一定爱吃。"她说，往里面放洗好的生菜。

"你怎么知道？"

"昨天晚上我问你能吃辣吗，你说多少辣椒都没问题。火锅一定也没问题了。"

"聪明，看来天生是当老板的料，一下子就抓住了客人的喜好。"

"哪有，"她有点羞涩，回头拿了两瓶啤酒过来，和我一起喝，"其实我不太能吃辣，但我喜欢吃火锅。我喜欢这种热气腾腾的场面，热闹，两个人头扎在锅上。老吉在的时候，我们常吃，忙了一天关上门，两个人围着一个火锅转，真好。一年四季我们都吃。"

"老吉也能吃辣？"

"没你能吃。"

我们突然都不说话了。稀里哗啦地吃，嘴里抽着凉气，把酒喝得像水。不停地碰杯，只碰杯不说话。她比我能喝，两瓶完了，她又开了一瓶。

"练出来了。"她终于开口说话，"开饭店的人都能喝，女人也一样。"

我说好。除此之外我也不知道该说什么。

一共喝了四瓶。我抚着鼓胀的肚子站起来时，两腿有点发飘，打了个饱嗝又坐下来。

"你别动，我来收拾。"小田说，利落地系上围裙。

我就那么坐着，看她来来去去地收拾。洗碗洗锅的声音。酒开始上头，我感到眼皮开始变得宽大和沉重，它们像黑夜一样迫不及待地要落到地上。然后小田过来了。

"怎么说？"她问，用手指了一下这里，又指了一个后面的某个地方。

身体里有个声音让我清醒过来。我跳起来，把拳头藏到身后。"猜！"

她笑了，顺从地藏起右手。"你出什么？"

"石头。"

一起出手，都是石头。再猜。

"你出什么？"她又问。

"石头。"

一起出手，还是两个石头。继续猜。

"这回你出什么？"

"还是石头。"

一、二、三，出。我是布，她是剪刀。我输了。

"你睡卧室！"她很高兴，像一个赢了糖果的小姑娘，接着脸色又黯下来，"你怎么不出石头了？"

"再出就没完没了了。"

她沉默片刻，说："你去洗吧，那边有热水。"

5

洗完澡我去了卧室，躺下。小田在门外说，床头柜旁边有水瓶，渴了自己倒。我说好，还要再说点什么，继续爬升的酒劲让我的舌头笨重无比。我想不会这么快就睡着吧，就睡过去了。

半夜里口渴，我眯着眼去找台灯，突然摸到了身边一个柔软的东西，吓得立马醒了。月光从窗户里照进来，一个人躺在我身边。我赶紧坐起来。

"你醒了？"小田说。

"你怎么到这儿了？"我打开台灯的时候，她也坐起来，用手遮着眼。被子从她肩膀上滑到腰间，我看见睡衣里起伏的阴影。过了一会儿她才把手拿开，眼里水汪汪的。

"我一个人在那边睡有点怕。"她说，把被子往身上拉了拉，低着头，在被子里抠自己的指甲。"你不介意吧？我只占一小块地方，你看，我自己带被子过来了。"她掀着被子给我看，我却看到了露出的两截丰白的大腿。

"没事，没事。"我说，去找水瓶。杯子里不知什么时候剩下的半杯凉水，加上热的，温度正好，我一口气把那杯水喝完。然后说，"不早了，睡吧。"随手关了灯。

哪里还能睡得着。我平躺着，一动不敢动，她的呼吸声在我右边，却无处不在。我强迫自己数小羊。一，二，三。一，二，三。我的数学比念小学时还要差，老数不好。完全是鬼使神差，我都没想到我会突然睁开眼。睁开眼的时候我看见另一双眼，悬浮在我右上方，里面有两盏明亮的灯。我没有惊叫，仿佛已经觉得理所当然。我在犹豫是否闭上眼的时候，两盏灯灭了，一个柔软沉重的身体压到了我胸前。我的脖子上多了两只胳膊。

　　"其实，我是一个人觉得难受，"她结结巴巴地说，"你知道的，就是孤单。"然后我听到轻轻的抽泣声。我够到台灯，打开，看到小田泪流满面。

　　"你别这样，别哭。"我手足无措，不知道该不该把她从我胸前移开。女人的哭，我从来都不知道该怎么办。

　　"没事。"她说，"一会儿就好了。"她果真就伏在我身上哭，声音变大，然后变小，我的胸口被压得麻木时，她用噗哧一笑结束了漫长的哭泣。"你就这样一动不动呀，累不累？我没了，就是有点难受。吓着你了？"她离开我的前胸坐起来，用手理散乱了的头发，脸上亮晶晶的一片。

　　我伸出手，一把将她拉到我身上，抱住了她的腰。她的睡衣像睡衣里的皮肤，我感到了它的润滑和温度。她啊啊地叫了两声，声音不大，左手摸摸索索去找台灯，啪，世界黑下来。我们同时回到了夜里。

6

第二天饭店到中午才开门，我们赖在床上不起，抱成一团睁着眼说话。

"这是我开的第三家饭店，前两个都砸了，最长的一个也只有十三个月。"小田说，"我一直都想有一个自己的饭店，我想把它经营好，让所有的客人都喜欢来吃饭。真的，你不知道，看着客人一次次来我的饭店我有多开心。所以我要把这个饭店坚持下去，不管发生什么事，都要坚持下去。"

她说，她从十五岁起就辗转在好多家饭店里干活，先是打扫卫生，刷盆子，然后端菜，站在门外招揽客人，后来就做领班，十几个服务员归她管。还当过一段时间厨师，那是因为饭店里的厨师辞职了，一时找不到合适的，她就顶上去了。谁都没想到她做的菜那么好吃，她可是一天正规训练都没受过。但只有她自己知道，几年来不断地出入厨房，看一点就记一点。她把能学的都学到手，她要开一个自己的饭店。

原来她是有点钱，几年下来积蓄的，可惜被前面两个饭店折腾光了。她还不太懂饭店其实不仅是饭店，只会经营饭菜是不够的。今天出点这事，明天出点那事，三次两次就把饭店弄散了架。弄砸了两个饭店之后，她发现过去自己的野心太大，也太急了，太想做出一个自己的饭店了。她只是把它当成事来做，而不是当成家来经营和体贴，失败是不可避免的。经营这个饭店时，她开始把它当成家来维持。刚开张那段时间，她只能卖卖面条、馄饨和包子，根本没条件去炒菜，更别说做一两桌像样的酒席了。情况有所好转了，才雇了一个厨师，兼做杂事，但那样开销比较大，挣的本来就少。她整天都在想如何改变这种状况。后来她喜欢上一个男人，那个男人也喜欢她，两人一起经营小饭店，就把厨师辞了。饭店的情况好起来，她自己的感觉也好起来。终于有了家的感觉。现在之所以取名"吉田家"，也是缘于当时的那种好感觉。

"是老吉？"我问。

"不是，"小田神情黯淡，"姓高，只三个月就走了。"

高田家。我在舌尖上转动这三个字，也不错。"为什么走？"

"他觉得守在这地方经营一家小饭店没意思，没希望，烦了，就走了。"

"他一直，都爱你吗？"

"谁知道。反正走了。不止他一个。"

"你是说——"

"还有秦田家。"

我想问是否也走了，迟疑一下又打住。

小田也不吭声，过一会儿才说："他们从来就不把这当成家。他们反对饭店叫这样的名字。"

"还好遇到了老吉。"

她嘴角动了动，笑一下，看看表说："得起了，一会儿客人该来了。"

我真是净拣不开的那壶提，老吉都住医院了。

7

我在"吉田家"住下来，日子过得很不错。每天就是帮着打打下手，端茶倒水洗洗盘子拖拖地，隔一天骑摩托车带小田去镇上买菜。既不要牵挂辍学学生，也不要想着领导和同事的那张莫名其妙的脸。一天忙活下来，没有负担，却很充实。看着自己的劳动转变成客人的随口赞誉以及摆在眼前的钞票，虽然不多，依然一分一分都让我生出结结实实的成就感。晚上还可以抱着一个温润的身体入睡。说实话，我有点迷恋这样的生活。

家里打过来两次电话，一次是母亲，一次是父亲。母亲说，你到底在哪里？多大的人了，你要让我和你爸操碎了心才高兴？没工作可怎么行？我说我不想干了，现在很好，你们别操心了。隔一天父亲又打电话，说，你还鬼混，赶快给我回去认个错，好好教你的书。当时小田就在我身边，父亲的声音她听得很清楚。

我说："爸，我没有鬼混，我在过一种有意义的生活。"

"屁，还有意义的生活！"父亲说，"别跟我玩文的！"

"没玩文的，"我说，但还是表达得更通俗一点，"我是说，我正在过着好日子。"

"屁，你能过什么好日子！你给我回来。你回不回来？"

"我不回，"我抓住小田的手，"真的在过好日子，以后再跟你说。"

父亲又说："屁！"

我已经把电话挂了。

"真不回去？"小田说。

"不回。"

她从后面抱住我，脸贴到我后背上。

饭店里的活儿我很快就熟悉了，做起来挺溜。红脸他们真以为我是"表弟"了，态度好多了，只是偶尔会试探一句，你怎么还不走？我说，等表姐夫回来再说，表姐一个人忙不过来。他们又问老吉什么时候能回来，我说这得医生说了算。这时候我就体会到了男人的作用，有时候的确是女人无法完成的。

在饭店里的第十天，我和小田去镇上买菜。买完菜经过书店，我说了一句，你好像很多天没去看过老吉了。小田看我一眼，立马把脸扭到一边，说，有人照顾他，我去了也帮不上忙。你不是想买旧杂志么，去看看吧。她不再说这话题。她不说我也不说。我当然更不愿继续提这个茬。这些天一直有种担忧潜伏在我心里，我知道有，但从不去仔细琢磨，更不想让它浮出水面。每回来镇上买菜我都暗暗使劲，如同用力躲一个东西，这种躲避的念头让我在离开镇上时，总有绝处逢生之感，车子骑得也飞快，怕慢了被一只手又拉回去。小田暧昧的回答我不明白。宁愿不明白。

回去的路上她突然让我停下来，然后下车站到我对面，盯着我的眼说："我要跟你说句话。"

"说。"

"老吉没有骨折，也没有住院。"

我看着她，等着接下来的宣判。

"他走了，和他们一样。"

我长出一口气，心虚地笑了起来。"上车。"我说，发动了摩托车。

小田不再抱我的腰，而是抓着扶手。为了抵抗风，她把声音放得极大，几乎是在喊。她说，老吉的确是出了点车祸，就在饭店附近，开卡车的是个女司机，经常在他们饭店吃过路饭。那天擦到了老吉的腿，她主动提出带老吉去镇上医院拍个片子，看伤着骨头没有。老吉就跟着去了，上了车再也没有回来。小田说，后来她想想，老吉根本没什么伤，不过是破了一点皮，他爬上车的动作和平常一样迅捷，哪里是骨头出毛病的样子。他就这么走了，摩托车都不要了。但是她得对所有人说，老吉只是去了医院，他出了车祸。

到饭店门口，小田刚好讲完老吉。她把菜都拎到自己手里，对我说："你想走，现在就走吧。"

"如果不想走呢？"

小田不说话，只是越来越用力地咬自己的下嘴唇。

"不想走，那就把菜拎进去。"我自问自答，捏着嗓子学她的声音，伸手接过她手里的菜。还没接稳她就松了手，一下子抱住了我。她把菜扔掉了来抱我。我听见有东西破碎的声音，我说："完了，鸡蛋碎了。"

小田掐着我两肋的肉，满眼是泪，说："让它碎。让它碎。"

8

下午三点钟左右，我正帮小田剁饺子馅，教务处主任打来电话。主任说，回来吧，别耍小脾气了，落下的课还等着你来补呢。我把空闲的左胳膊搭在小田的肩膀上，告诉主任，哪有什么小脾气，主要是担心误人子弟，所以，还是另请高明吧。

主任在电话那头嘎嘎嘎地笑："我只是例行公事，通知你一声，可以回来上班了。我可不是求你。"

我也嘎嘎嘎地笑。挂了电话，小田问我："你们领导？什么意思？"

"什么什么意思？他早就不是我领导了。"

"我是说，无缘无故为什么给你打这样的电话？"

"脑子装了饺子馅了呗。说实话，那地方，没几个头脑好使的。"

第二天中午，水泥厂的一个工人来饭店订两桌酒席。他们车间的一个小头目升官了，要在晚上下班后庆祝一下，让我们提前准备。小田犹豫接不接，我说还用想吗，当然接。就接了。对我和小田来说，这无疑是个有难度的大工程，不仅是上菜速度，饭店里现存的菜也不够。我让小田现在就开始用手头上的菜提前做，我去镇上买其他的菜。小田又犹豫了，要跟我一起去。我说不能浪费时间，我又不是找不到菜场。她含含糊糊地点头，我临出门她又嘱咐，快点回来，还问一个小时够不够。我让她别担心，我一定会准时保质保量地拿出两桌好饭菜的。

车速很快，买菜的速度也快。核对完清单，我准备发动摩托车往回走。手机响了，是陆鸣。听起来陆鸣的心情相当不错。

"昨天在学校里看见你妈了。"

"你说什么？"

"你妈没跟你说？她好像是从校长室出来，不过我不能肯定。提着一个大空包，膝盖上还沾着土呢。"

我头脑嗡地响起来，像谁在里面敲了一面铜锣。"陆鸣，你他妈的——"

"别这样，人民教师得懂文明讲礼貌，不说脏话。"

"你他妈的给我住嘴！"

"算了，没必要。都一样。有什么办法呢。都那样了。"

都那样了。这大概是我最痛心的地方。都那样了。我掐了电话开始发动摩托车，踹了好几脚也没弄响。真他妈出鬼了。都那样了。是啊，陆鸣也不是一点道理没有，都那样了，有什么办法呢。我想象母亲提着一个空包膝盖上沾着土，眼泪一下子冲出来。我知道没有退路了，一点都没有。都那样了。我骑在一声不吭的摩托车上连抽了三根烟，每抽一根就把车篓里的菜拿下来一包。要么回家，要么回饭店，没别的办法。所有的菜都拿下来，车发动了。我骑着车跑了大约一百米，猛地急刹车，扭过车头，车横在路上。我看见路边的几包菜，它们像训练有素的士兵一样排列整齐，风吹起塑料袋的袋口，它们集体向我招手，动作整齐划一。我想起出门时小田心神不宁的模样，一咬牙一跺脚，转一下车头，加大油门，松开了刹车，车飞出去。

我的朋友堂吉诃德

1

对门老周装修，叮叮当当一个多月，弄得我坐立不安，啥事也干不成。总算结束了，每天门窗飘过来浓重的油漆味，又带起了我鼻炎咽炎一块犯，对着书本和电脑不停地打喷嚏清嗓子，只好收起书关上电脑，坐在油漆味里等着老周来跟我聊天。他几乎每天必到。开始是巡视工人装修，看两眼就进了我家；然后是每天过来打开门窗让油漆和家具跑味，门窗敞开，他进了我的门。进来就说："今天我得和你谈谈。"好像我们很熟，国际形势也必须我们来定。

其实在他装修之前，我根本没见过这人。那天我听见外面有隆重的咣咣声，房子跟着抖啊抖，以为天下大乱了，赶紧开门去看，门外堵着个矮胖子，脑袋像颗四喜丸子。"我是新来的邻居。老周。"他伸出手，"装修，动静大了点儿，没办法。您多包涵。"四十岁左右，领带和衬衫挤出了三层下巴。刚买了对门的二手房，今天开始装修。第一步，撬地板和砸墙，动静大得像开山。我简单地握过他的手，说好，干吧。没

46

有理由不让人装修。从此我就生活在噪音和地动山摇之中，从此我就每天和他聊天，因为我什么事也干不了，他又没什么事可干。

我们什么都聊，只要能出口，脏话都说。聊得最多的，当然是房子，和房子里的人。北京这房子啊，他妈的，简直不是给人住的，比钱还贵。所以我只能租房子，老周也得捡便宜的二手房买。老周说，他买这房子还有一个原因：楼层不高。原来他住的房子高二十层，他在十一楼，不喜欢，想矮点，要是能住上平房就好了，最好四合院。我说老周你真有追求，四合院哪是我等穷人住得上的。

"你误会了，"老周说，一个劲儿地扶他的黑框眼镜，让我觉得他总有两个黑眼圈，"我是说很多人家住一块的大杂院，端一碗饭可以吃很多家的那种。"

"就是过去乡下那样的？"

"一点儿没错，就那样。一个院里的谁都认识，上一趟茅房要跟所有人打一遍招呼。多热乎。"

那种生活我也过过，挺好，全世界都像一家人。"问题是，那是大家都生活在一个平面上，而现在，全是鸽子笼，一层层摞上去，饭碗和茅房自己家里都有，想听黄段子电视机里也有，哪还用扎堆往一起凑。"

"停！问题就在这，难道这种封闭的、自给自足的生活就是我们想要的？"

我茫然地看着坐我对面的涨红的四喜丸子，这个话题让他很激动。他把手势摆起来，像个演说家。我挥挥手，让他继续。

"这不健康，不人性，你懂我的意思吗？"他舔一下干裂的嘴唇，我赶紧给他续水。"我们整天和一堆家具生活在一起，家具啊，它不是人！人和人之间的关系在哪里？那种和谐的、自然的关系在哪里？我问你，楼上的邻居你认识几个？楼下的你认识几个？在电梯里你会和几个人打招呼？你会和开电梯的姑娘说你好、谢谢和再见吗？"

他好像早就打好了腹稿要声讨我。我有点懵。之前我租的房子在八楼，一共十二层，每天从电梯上下，两年时间，除了八楼，我从来没在任何一层停留过。如果午夜迟归，我会从楼梯直接爬上八楼，数着上，不会错到七层或者九层。那一栋楼我只和对门打招呼，因为有一天我房子里停水，饭烧了一半，实在没招了才去摁对门的门铃。和电梯工打招呼，也仅限于开头几次，我告诉她们，八楼。几次之后她们就记住了，我一进电梯她们就按"8"，我连这个数字都不必说了。可这能说明什么问题。所有人不都是这么过的么？咱们谁也没权利把日子过到别人家里去。侵犯别人隐私，那是犯罪。

"不，这是借口！"老周站起来，一手掐腰，像列宁一样在我家里走来走去。"绝对是借口。我们把'不需要'和'隐私'作为相互隔离的借口。难道我们就是为了相互需要才去与人相处吗？不对！孤独就是这样来的。仇恨就是这样来的。这不是我想要的健康的、放松的人与人的关系。"

为了让他在不太热的天气里少流点汗，我继续给他加水，说："老周，喝茶。那你呢？"

　　他停下来，松了领带，坐下的时候腰杆一下子软了。"我也一样，"他说话的时候如同在忏悔，"没去过十二楼。找不到有什么必要去。可是，你说，真没有必要么？有一天我跟我老婆说，我得上十二楼看看。我老婆说，神经病，上去找死啊。我赌口气，坚决要去，在电梯口等了好长时间，电梯还不上来，楼下有人在搬家具。我决定爬楼梯，到十一楼和十二楼中间黑咕隆咚的拐弯处，我停下来，突然觉得这事有点荒诞，我他妈为什么平白无故往十二楼跑？理由何在？我坐在拐弯的楼梯口抽了两根烟，带着一屁股的尘土回到了十一楼。没上去。直到搬家我都没上去。现在？没告诉过你？离了，房子归她。这几个月我借住在朋友的空房子里。"

　　"能不能八卦一下，为什么离？"

　　"说不明白。我想把那房子卖了，买个平房住，低一点的小板楼也成。她骂我神经病。就吵。一吵鸡毛蒜皮的小破事就全出来了。就离了。离了，也很好。"

　　现在我住的是老式的六层板楼，没有电梯，楼道宽敞，我和老周面对面住在四楼。老周新房子的油漆味跟着风往我屋子里跑。我对这栋楼没有概念，不知道一共住了多少人，就是我所在的这个单元也不清楚。但从每天上下楼看见的一张张脸来计算，应该不是很少。我记住的没几张。

　　"人和人之间不应该视同陌路，"老周语重心长地说，他那样子像教授，"等我住进来，我要和所有人打成一片。我要让摆起来的生活摊平了，大家和和美美地过。"

"乌托邦？"

"没那么高深。就是——"他正说，嘭的一声，风带上了他敞开跑味的防盗门。老周跑过去开门，在走道里大声接着说，"就是，让大伙儿都放松点，自然点。"

老周的防盗门质量相当好，全铁皮包裹，所以撞出的声音才这么大。他说他不喜欢什么防盗门，防谁呢，整天在猫眼里往外瞅，防来防去，贼没来自己倒像个贼了。可是，这也是他曾经批判过的，你都买不到防盗门之外的其他像样的门。没办法，他是被迫"防盗"。

今天聊了两个小时，他走了，我抽了两根烟才静下心来，正打算看几页书，楼道里又有了动静，乱糟糟的说话声和号子声从底下往上来。小心点儿。别碰了。一二，转。一二三，走。有人搬家。这栋楼据说曾是某部委家属楼，很多年前住的都是一些小官，后来这些小官熬大了，相继有更大的房子，这楼里就只剩下几户爬不上去的小官，和中官不愿意要的父母。前者如今都已退休，后者更是垂垂老矣，除了散步和下楼买菜，基本上过着闭门不出的隐居生活。空下来的房子都在出租，一拨又一拨年轻人在住，单租的，合租的，楼梯上浮动的都是新鲜的脸，全板着，行色匆匆。生活很忙，他们每天上班加班，花很多时间挣很少的钱，早上下楼时一手面包一手袋装牛奶，边吃边走，晚上回来拎着现买的馒头和方便面，有时候也会有两瓶啤酒，酒瓶子从不丢在门口，因为攒起来能卖钱，一个啤酒瓶两毛，小区里收垃圾的一直这个价。因为房客不固定，楼里住户流动人口就多。三天两头有搬进搬出。

2

刚入六月，老周搬进了新家，我们依然有空就凑一块聊天。我去他家，他的阳台大，坐藤椅上喝茶可以看见外面的中关村大街。车来车往拥挤繁华，时刻觉得自己是坐在现代化的北京。我叫他老周，周什么不知道。就是个邻居，没必要打听那么细。我们继续谈那个不是乌托邦的"乌托邦"问题。我很有兴趣，它让我想起了很多年前的生活，在乡村，一碗饭吃了半个村，回到家碗里还是满的，各家的菜都有。能让我回忆的东西我一般都认为一定不是太坏，所以这段时间我重读了不少相关的书，比如《乌托邦》，比如《理想国》，比如《桃花源记》和《瓦尔登湖》，系统地回顾了圣西门和沙尔·傅立叶，甚至特里莎修女的著作和传记。等等。但是他们很远，而老周很近。这是我愿意和老周聊天的原因。

"咱们谈的不是你那个乌托邦问题，"老周再次强调，"是活得自然、放松的问题。"

我说："是。请继续说。"

但是老周到此为止。他只能说这些。他没看过《乌托邦》《理想国》和《瓦尔登湖》，也不知道圣西门和沙尔·傅立

51

叶，特里莎修女也只是无意中在电视里看过她的一张照片。这些不重要，重要的是，老周通过自己的感受和经验，意识到了大家应该放松点、自然点，别那么紧张如临大敌。这让我有点仰视他，很少人有能力在都市生活里深刻地发现这一点。

"我跟你讲个故事，"老周说，"去年我坐卧铺火车去苏州，有两个包厢里聚着七八个北欧人，他们自行组织的一个旅行团。晚上他们喝啤酒聊天，我去打开水，路过他们包厢，好几个人对我举起了易拉罐，跟我哈罗，让我也来一罐。我说谢谢，我只喝水。快到车厢尽头时，看见一个北欧的老太太洗漱回来，她看见我，像朋友一样笑一下。我心里一惊。"

他停下来。我给他足够的时间让他卖关子。

"我惊什么？惊的是陌生人对我笑。你一定会说多大的事，不就笑一下嘛。没错，就笑一下。就是陌生人要请我来一罐。我见过外国人，我不老土，我没有崇洋媚外。我的意思是，你想想，在北京，在火车上，你遇到过陌生人自然地对你笑一下吗？你过路的时候，有人热情地邀请你喝两杯吗？我是说在北京。反正我没遇到过，除非他喝高了。没有人对我笑，除非他不怀好意。我也不会对别人笑，更不会邀请陌生人喝酒。我们总要防着周围人，值钱的东西随身携带，睡觉时要塞在被窝里。我们不和陌生人说话，旅行如同打仗，时刻准备掏出枪来自卫。说实话，如果一个陌生人对你笑，你第一感觉是什么？"

"恐惧。担心出事。有时候可能会觉得这人有毛病。"

"没错。这就是我想说的。事实上，对你笑的人未必就有企图，他为什么就不能正常呢？有那么多坏人么？"

"不是说害人之心不可有，但防人之心也不可无嘛。"

"这就是问题所在。都想着防了，人人都防，满世界都被想象出贼了，他人即地狱，于是继续防，更得防。越防越觉得可怕，越可怕就越得防，恶性循环。本来可能满世界都是好人，这一层一层防下来，没一个好东西了。所以我们只能紧张紧张再紧张，最后没救了。"

老周表现了相当的逻辑思维能力，我几乎要被说服了。但是，我抽根烟，我得说出我的疑问，理论上这种推理成立，问题是，这世上的确有坏人啊，而且还为数不少，万一就被你撞上了，那可就连紧张的机会都没了。不怕贼偷，就怕贼惦记，惦记你的时候你可不知道他是个贼啊。

"贼不可怕，可怕的就是你这号人。"老周从椅子上起来，像阶级敌人一样看着我，愤怒和怨恨让他脖子变长了，眼镜片也隐隐泛出蓝色。"老想着万一万一，没贼也被你们逼出贼来了。人人自危的环境里，贼只会越来越多。"

这个逻辑依然成立。"可是，"我摩肩接踵的转折让老周很恼火，但我还得转折下去，"可是，你能否认贼的存在和危害么？假设，偏偏被你撞上了，你会怎么想？"

"这完全是个人主义者的假设。"老周的声音里充满了天下为公的优越感，"毫无道理。"

六月的夕阳光线从远处高楼的夹缝里落到他油汗淋漓的脑

袋上，四喜丸子正大庄严，金光灿灿。我知道这个假设的确毫无道理，是狭隘的个人主义在作祟，同时还是诡辩的一种策略，我依然理直气壮地出了口。因为这几天小区连续发生两起入室盗窃案。大白天就进去偷了。隔壁的三号楼就摊上一起，值钱的小东西被洗劫一空。杵到眼皮底下了，老周可以视而不见，我不行。

老周松了一口气："这个事啊，一般性的问题。跟你那个人主义完全两码事。"

这个回合我输了，再守着那"假设"不放就小气了。老周显然也看出了我的虚弱，大度地挥挥手，喝茶。我们说说如何跟邻居们打成一片。

想不出好点子。尽管那理想的前景十分诱人。这是个长期的系统工程，我跟老周说，起码得若干代人一起努力，一点点正本清源，从根子上把咱们的世界观和人生观彻底矫正过来。三两天，一两个人，想都别想。

"百年大计咱管不了，自己这点小生活总还可以收拾好吧。起码得把自己弄得健康点。"老周干劲十足，不像离过婚的人。

3

老周说干就干。彻底住进来后的一周，就把本单元挨家挨户跑遍了，像推销洗发水一样发放名片，我是老周，新来的邻居，认识一下，有什么能帮上忙的，兄弟没二话。多交流啊。不知道别人怎么看，反正我在楼梯上往楼下瞅，看见他满脸堆笑地和二楼说话时，觉得极其难为情，甚至有点难堪，好像他是我堂哥。然后我看见二楼冷漠地点两下头，关门的声音也是地动山摇。也是一扇好门。他到一楼时，我下到三楼，人家干脆不开门，直接在房间里说：

"到别处推销吧，我们什么都不缺。"

老周说："您好，我不是推销的。我是你们邻居老周。"

里面说："什么邻居？有事？"

"新来的，请多关照。"

"关照不了。我们自己都关照不过来。"

一楼的门那次终于没开。老周跑了第二趟才让它打开十秒钟，正好是他说完那几句话的时间。我说老周你何苦呢，人家都那样了。老周说，他们都穿着厚厚的铠甲，要打碎当然会有麻烦，没问题，咱革命人永远是年轻。

但据我所知，年轻人似乎也不待见他。有一天傍晚老周拉着我去小区花坛边散步，这也是他的伟大工程之一，在散步时和人民群众打成一片。围着花坛走了几圈，老周发现烟没了，去杂货店里买，因为他要不停地给陌生人散烟以示友好。两个年轻人走到我跟前，男孩揽着女孩的腰。他们住我楼上，冬天里暖气凉了跑下楼问我出了啥问题，就认识了，但也仅限于见面点头。男孩说：

"那胖子是新搬来的吗？"

"没错。"

"是不是脑子有问题啊？"

我说没听说啊。

"反正不是好人，"女孩接着说，一下子抱紧了男朋友胳膊，"见面就缠着我搭茬。你最好离他远点。"

她语气凝重，完全像为我负责任才挺身而出。离走的时候还"切切"地对我点头。我都快哭了，老周一腔热血成狗屎了。然后我看见老周满面春风地回来了，左口袋一盒"中南海"，右口袋一包"大白兔"。"大白兔"是哄孩子的。实话实说，如果说老周一点成绩没有，那也是瞎话。老人和孩子还是挺喜欢他。当他像花朵一样绽放开来的四喜丸子凑到老人和孩子眼前时，"大爷"叼着他的烟，"小朋友"吃着他的糖，还是挺开心的，他们和老周一起笑起来。也就是说，老周在老人和孩子中间还是有些市场的。

也有意外。比如有一回他在楼下和一个老大爷聊天，他递上一根烟。大爷刚叼上嘴抽一口，女儿拎着大包小包看他来了，见父亲嘴里正往外冒烟，扔掉礼盒就跑过来，一把揪掉了那根烟。

"说多少次了不抽不抽你还抽！"女儿因为一片孝心被辜负而大感伤心和愤怒。

大爷讪讪地说："小周递根烟，不抽不合适。"

"你是谁啊？"女儿说，两眼对着老周冒火花，"你不知道我爸的肺只剩下一半了？成心害人么你！"

老周回来跟我说："你说我怎么知道老爷子只剩下半边肺了？我为什么要害他？"

"谁让你没事找人搭茬。"我嘴上这么说，心里还是替他喊冤，这都什么人哪，张口闭口就"害人"，整得跟阶级对头似的。

这事过去没几天，"小朋友"那边也出事了。小家伙被"大白兔"卡着了，咽不下去吐不出来，憋得脑袋大了一圈，眼泪吧嗒吧嗒直往下掉。"小朋友"的妈更着急，她还年轻，没见过世面，吓得手脚冰凉，眼泪也跟着往下掉。老周也吓坏了，毕竟别人的孩子，都打算拨"120"了，小孩一梗脖子咽下去了。小家伙好了疮疤忘了旧疼，很有成就感地咯咯笑起来，还要吃"大白兔"。他妈手脚缓过来了，抱起孩子就走，一边走一边叨咕：

"吃，吃，就知道吃！人家给什么烂东西都往嘴里塞！"

弄得老周站在原地走也不是留也不是，四喜丸子白一阵红一阵。围观的人站在一边笑。没有人安慰他，大家都觉得"小朋友"的安全当然大过他的尊严和脸面，再说，谁让他见到小孩就发糖呢。电视电影里演了无数遍，主动给小孩糖吃的没一个好东西，不是日本鬼子就是汉奸。老周垂头丧气地瞧我的门，我觉得自己再不安慰他有点说不过去，就开了玩笑，说，看来"大白兔"级别不够，得拿巧克力。

老周说你这哪是安慰，完全是伤口上撒盐。撒盐就撒盐吧，反正我觉得老周有点不值。但大环境如此，谁让他"不识时务"呢。而且老人和孩子，差不多算是高危人群，岂能乱碰。

"我不是觉得他们好说话嘛，"老周有点想不通，"成年人看你都像盯着贼。"

"可是你为什么要跟他们说话？"说完我才发现这是废话。他干的就是这事。

"不积极主动，怎么能改变现状？"他也一肚子想不明白，但他在我屋子里只走了一圈，情绪就好起来了。"你看，效果还是显著的。我现在认识的人比你多，我才来几天。"

这倒是。我正准备羡慕他一下，发现不是那么回事。我们俩继续一块下楼散步，我看出来情况有点微妙。我就认识那么几个人，但是我们都点头微笑。老周跟很多搭过腔，那些人中的绝大多数，见了老周赶紧把脑袋别过去，即便能对他笑一下的，也是惊鸿一瞥，微笑刚刚启动就停下了，或者另外一大半的微笑送给了别的人。能够完整地对他打个招呼的，也只是老人和孩子，如果此刻"大爷"和"小朋友"们正受制于人，他们会被儿女或者父母强制把脸转到其他方向。比如"小朋友"正在走路，年轻的妈妈会一把抱起，让老周看一个小后背。老周也很少能将自己的友爱之心完整地奉献出去，他笑了很多半截子笑，很多次把手抬到一半的高度，然后被迫像骨折一样掉下来。这样的招呼要是我，宁可不打。所有人好像串通好了似的，集团冷落和孤立老周。

我想老周一定也明白了这个局面。他的脸色越来越难看，四喜丸子仿佛正在变质发暗。

"我要坚持！我要坚持！"老周嘴唇哆嗦，如同自言自语，"我不相信我是个坏人。你看我像坏人么？"

我给他根烟，点上。放松，老周。我开玩笑说："看不出来。"

4

是有点怪异，好好的事怎么就成了现在这样子。这还不算完。小区最近又连出几起盗窃案。丢自行车的不在话下了。入室盗窃抢劫。多数是主人不在家，也有主人在家的。五号楼一家人，晚上记得门窗关得好好的，第二天早上起来看见也是关得好好的。就是遭贼了。女主人看见茶几上有一个闪闪发光的小东西，凑近一看，是手机的SIM卡，就纳闷，卡怎么会跑到茶几上。问老公，也犯迷糊。赶紧去找手机，哪里还有。客厅和书房里的抽屉箱子被席卷一空，金银细软全不见了。都不知道半夜里贼是怎么进来的，他还有时间把SIM卡抠出来留下，这一家人痛恨和叫骂之余多少还是有点感激。现在手机卡的重要不比身份证小，你跟这世界的各种关系都集中在这个小芯片上。

事后有个晚上，小区居委会电话通知我过去有点事。我以为租房子上手续出了问题，搜罗了合同、证件一起带过去，一进门就愣了，还坐了两个警察。居委会让我别紧张，就是了解下情况。我说有警察叔叔在，能不紧张么。居委会说，跟你没关系，说你对门的那老周。

"老周是好人啊，"我说。肯定。

"你拿什么肯定？"居委会看我的眼光陡然就变了，警察也斜着眼看我。我后脊梁开始窜凉风。"就是感觉。"我补充说。

现在是，居委会解释，最近小区老出事，他们四面出击明察暗访，综合各方面的信息，老周是疑点之一。居民们反映，他没事就喜欢到处串门，搞推销的都跑不了这么勤，逮着空就凑上去跟人搭茬，认识不认识的都要来两句。我们怀疑，他在踩点和探口风。希望你能配合，把了解的情况都提供给我们。派出所的同志也在。

"派出所的同志"说："希望你有一说一，一丁点都不隐瞒。"

我的手心、腋下、脖子和后背开始出汗。我说你们的空调能不能开大点。事情跟我没必然关联，但我依然摆脱不了受审的感觉。如果我跟他们说，老周绝对清白，他们肯定不信，所以我就把我们从第一次到现在聊到的所有内容都如实讲来，包括他的离婚。整整讲了三个小时。从头到底他们都歪着头看我，脑子里有十万个为什么。讲完了，警察先说：

"如果你所说的一切属实，这人可能有点问题。他去医院查过吗？跟我办过的一个案子有点像。那人也是这样，臆想，偏执，最后头脑不好使了。"

"他很正常！"警察的话让我很生气，"比你，还是比我吧，都正常。"

那个居委会总算有点学问，说："这样的人，有点像那什

60

么，就是骑着驴跟风车打仗的那个？"我插话说，堂吉诃德。

"对，就是那堂什么德，"居委会接着说，"好玩是挺好玩，就是有点过时。我干社区工作这么多年了，城市里的生活我比谁都懂。我们生活节奏快，分工细，各做各的钉，各当各的铆，不是农业合作社干活大呼隆，要混一块生活。咱们就是要各活各的，才有个性，才是自己，才有隐私。隐私知道吗？一个社会，一个社区，现代化程度的最重要标志之一就是，隐私权得以实现的程度。你明白我的意思吗？"

我说我相当明白，但这是两回事。

居委会说："年轻人就是犟。怎么是两回事？如果你那老周不是侵犯人家隐私，人家会反映他么？"

老周成我的了。我觉得这事跟他是没法说清楚了，干脆闭嘴，只点头。点头是对的，现在已经半夜了，点头可以早点回去。回去之前，居委会和警察一起嘱咐：这事不能让老周知道；有情况及时上报；如果老周有精神病的苗头，赶紧送医院。我们居委会要对每一个居民负责。

居委会和派出所花了老鼻子力气，一无所获，盗窃隔三岔五依旧发生。最后居委会和物业不得不做出决定：从一楼到六楼，只有一扇大门的住户必须再装一扇防盗铁门，阳台的窗户上必须加装钢筋护栏，每户交一部分钱，居委会和物业出一部分，统一定做和安装；拒绝安装者，后果自负。

因为一部分费用由居委会和物业出，大多数人家都热情响应，自己掏了腰包也觉得赚了。也有不愿意折腾的，像我这样的房客。因为是租的房子，没准下个月就拍屁股走人了，不愿往外拿一分钱，也没值钱的东西怕偷；跟房东说，房东更不愿意，他们又不住，小偷再贼也没法把房子给偷走。还有一类人，觉得自己的门窗无比结实，导弹也打不坏，不装。这部分人最后还是屈服了。居委会和物业轮流上门，一遍遍动之以情晓之以理，再不装自己都过意不去。

住家里最后的死硬分子是老周。这段时间他情绪明显上不来。他明白出门没几个人待见他，散步时话少多了。喝茶时也老走神，不像过去那样先天下之忧而忧，意气风发侃侃而谈，茶杯放下就要叹气，目光悠远，仿佛能一直看到西山八大处。他似乎知道我被召见的事，有个晚上他没头没脑地问我一句：你也认为失窃与我有关？我说怎么可能，老兄你这样的人都恨不得给别人送货上门。他就苦笑一下，说喝茶。我也说，喝茶。可能他从哪里听到了风吹草动。老周拒绝加装，他对有关人员说：没必要。防盗门是新的，上等；住四楼，小偷爬不了这么高。如果失窃他自认倒霉。

显然这不是他的本意。他只是不想通过另一扇防盗门和防盗窗来禁锢自己。你可以说，门窗只是防盗，工具而已，跟禁锢没关系。但老周不这么看。新的防盗门和防盗窗会转化为心理暗示，而心理暗示可以变成紧身衣和铠甲，让我们远离自己。事实上，此类的心理暗示也正在制约和改变我们。他向往的健康、自然的生活状态，首要的任务就是去除和杜绝这种不良的心理暗示。

居委会和物业不答应。别人都装，你不装，上上下下就你那儿留了空子，招来小偷怎么办？此其一。其二，不装只会自找麻烦。实话实说，已经有人对你表示不满，想必你也清楚，如果别人装了之后仍然出事，而你没装还天下太平，结果你完全可以想见。那个时候，你说不清，我们居委会和物业也无能为力。你说呢，周先生？你不是想大家都过得好一点么，多一事不如少一事，装吧，就当为人民服务了。

然后，某个上午我在房间看书，听见外面传来哼哧哼哧搬运的声音，然后是汽锤和电焊的声音。我打开门，看见三个工人在老周门口忙活。在他上等的全铁皮防盗门之外，他们正装另一扇钢管焊接成的更坚固的防盗门。老周倚着楼梯抽烟，一声不吭。

第二天我依然干不了活，工人们在老周的阳台上下打眼、焊接。噪音持续了大半天。

我隔着窗户对老周喊："老周，你又害我。"

老周说："我被谁害了？"

5

加装防盗门和防盗窗还是有效果的，之后的一个月没听说谁家又被偷了。入秋了，我的租房合同即将到期，因为挨着中关村大街，地段好，房东坚决要涨价，我只好提前出去找房子。有半个月的时间我每天往外跑。九月底的一天，新住处谈妥，我可以明天就搬过去。我进了家门，正打算收拾，老周进来了，说：

"今天我得和你谈谈。"

好多天没谈谈了。我放下手里的活儿，沏上茶让他坐下。

"今天下午，就是刚才，"老周伸长了脖子，用我很多天没有见到的激情在说，"我遭贼了，他们进了我的屋。"他的口气和叙述如此怪异，让我想起三流情色电影里的对白。一个自恋的男人对他朋友说："今天下午，就是刚才，我撞上桃花运了，我上了她的床。"

一点都不搭界，我为自己的低级趣味感到惭愧。但我还是一下子挺直腰杆："没出事吧？"

差一点。老周点上根烟，好多天以来，第一次用安宁平和的声音跟我说话。两个人，站在两道防盗门外，我从猫眼看见胖子很胖瘦子很瘦，他们说请开门，查水表的。我开了门，他们进来后，胖子突然关上门，瘦子一把勒住我脖子，一把匕首明晃晃地搭在我鼻尖上。刀刃很凉。"值钱的东西在哪？"瘦子说。胖子已经习惯性地往卧室的抽屉前冲。他把床头柜的几个抽屉翻遍了，除了香烟、打火机、手机充电电池和过了期的安全套，什么值钱的都没找到。胖子说："给点颜色看看。"瘦子就把匕首放到了我脖子上。"痛快点，"瘦子说，"别耍花样。"我说你总得给我喘口气再说话吧。他才发现胳膊上的力气使大了。他松开胳膊，端着匕首逼我坐到墙角的凳子上。

"说吧，"他说，"男人做事，别磨磨叽叽的。"我就说，你们为什么要抢？穷得过不下去了？胖子还在卧室里翻，骂我神经病，谁规定只能穷得过不下去了才能抢？

我想也是，可是我们为什么要干这种伤害人的事呢。我跟他们讲道理，讲了这是犯法，抓着了要坐牢，将连累高堂、妻儿和亲朋好友。很多人，包括他们自己将不得安生。人和人之间的关系会变得越来越坏。我打算像牧师布道一样劝说他们。他们都笑了，他们觉得我很可笑，就像很多人认为的一样。他们顺嘴就骂我神经病。我很正常，兄弟，你是知道的，我不仅想制止他们行凶作乱，也为了他们好，为了所有和他们有关和无关的人好。但是他们不听，一句话也听不进去。他们只是让我说出值钱的东西放在哪。瘦子说："老兄，省省吧，我们已经干了十年了，你这几句就能起作用，我们这十年不是白混了？"

我知道他们不敢轻易动刀子。我就说，我都装了两道防盗门你们怎么还敢来抢？

胖子说："你他妈哪来这么多屁话？我们又不是来抢防盗门！"

兄弟，说真的，当时我突然感到既高兴又绝望，我得意的是，再多的防盗门都是没用的，只要他们想偷想抢；绝望的是，十年了，他们依然想偷想抢，他们什么都听不进去。同时让老周绝望的还有，也许他的想法永远都实现不了。一栋楼里都不行，就是他单独一个人，也不行。这么多天他逐渐发现了这个问题，他觉得自己要扛不住了，他拧不过，开始怀疑自己是不是真的出了问题。老周说到这里目光开始迷离，那神情眼看是要跑题。

我急于想知道结果，赶紧打住他："最后呢？"

"最后？"老周笑笑，"我告诉他们了。毫无保留。"

最后，老周绝望了。他想对他们来说，再伟大的道理都白搭，何况他的道理也并不伟大。他觉得心里长满了荒草，彻骨的冷，百无聊赖的空空荡荡。他说好吧，他坐在墙角，一一指点值钱东西放在哪里，上了锁的给他们钥匙，有密码的告诉他们密码，并嘱咐他们别记混了。老周说，都拿去吧，我留着也没用。只是有点不好意思，钱太少，值钱的东西也不多。还有家电你们要不要？如果不嫌大，一块搬走了吧。

他们按照他的提醒一样样找到，突然感觉不对劲儿。他们发现老周已经从凳子上滑下来了，坐在地板上，浑身直哆嗦，直流眼泪。因为泪流满面，都不像他们刚刚劫持的老周了。

瘦子头一歪，说："你为什么要告诉我们？"

"不是你们让我说的么？"

胖子艰难地转动脖子，看看同伙又看看老周，警觉地说："你是不是不想活了？"

"活不活跟你们有什么关系？"老周说，"这是我自己的事。"

瘦子说："你是说，你想死？不是因为我们抢你点钱就想死吧？"

"他一定是之前就想死了，"胖子说，"他要真死了，那还有点麻烦。"

瘦子点点头："出人命事就大了。喂，老兄，你不是真打算死吧？"

老周对我笑了笑，诡异地说："你猜我当时怎么回答的？"

我摇摇头。

"我回答说：要不想死，为什么要把所有的值钱的东西都告诉你们？"

"然后呢？"

"然后他们就停住了。两人交头接耳了半分钟，瘦子把我从地板上拖到沙发上坐好，胖子把装到工具包里的东西又掏出来，放到我面前的大茶几上。胖子说，你看清楚了，一样不少，都在这里。再然后，他们就离开了。离开的时候千叮咛万嘱咐，让我一定不要今天就死，要死也等几天再说，让我别报案，因为他们什么都没拿，不能冤枉他们。就这样。"

真让我开了眼。我觉得像个传奇故事，老周在讲述时那神情如同在说梦话。反正我没怎么抓住。老周也看出来我的疑虑，他说如果我不相信，可以去他大茶几上看，细软还在那儿呢。我坐着没动，问他："你当时真有要死的心？"

"你说呢？"老周凄凉地笑笑，"你这包，要出远门？"

"明天搬家。"我忽然想起来，邻居这么久了我还不知道他的名字。于是我问，"老周，你叫什么名字？"

先生，要人力三轮吗

祁大吹下了汽车站在原地就不动了，和在电话里表示的一样，他对这个陌生的地方充满了兴趣。在他看来，车站里出现众多来来往往的三轮车是不可思议的事。他的意思很明显，在机动车一统天下的年代，穿梭着人力三轮不是妨碍交通么？但是旁边的车夫显然等得不耐烦了，抓着他的胳膊让他上车，戴红袖章的值勤人员吹着哨子在赶呢。祁大吹看了看三轮车，还没数清楚车座是由几块木板简易地搭建而成就被推上了车。车夫是个四十多岁的中年男人，但看起来五十都不止，头发花白蓬乱，大概早上脸都没洗，这当然是他后来才发现的。他还注意到车夫的裤脚已经绽开，为了不妨碍蹬车，用夹子夹了起来，像打了绑腿的老太太。影视剧里常有这样的人。

出了车站大门，车夫问他去哪，祁大吹闻到一股蒜味。他一定把这种味道也列入了陌生的条目，因此仍旧保持着热爱人民的笑容，告诉车夫去师范大学。车夫又问他是不是第一次来这里，祁大吹说当然，尽管是第一次，也不妨碍他深刻地喜欢上了这个地方。

应该说此次访友让他大开眼界，在南北走向的淮海路上他看到了无数辆三轮车，像交警一样悠闲地从马路这头走到那头。他活了二十五年也没见过如此多的人力三轮。如果他们都穿仿古的短打或长衫马褂就好了，擅长发散性思维的祁大吹进一步想到，若是满大街跑的不是人力三轮，而是黄包车，干脆是八抬大轿或四抬小轿就更妙了。那样他就可以跷起二郎腿晃晃悠悠地进入民国、大清朝，一直驶进开元盛世。手机的铃声打断了他思古之幽情，发过来的信息上问他还要多长时间能到。他把这个问题推给了车夫。车子正行驶到离开车站的第一个十字路口，停了下来，车夫说快了，也就半个小时的路程。祁大吹不愿放过任何一个了解陌生城市的机会，他乘机往两边看了看，看到向东的那条路边不远处有一棵巨大的悬铃木，枝叶繁茂，遮蔽了几乎整整半幢楼房。这是他进入这座城市见到的最大一棵植物，很兴奋。但车夫没有选择这条路，而是沿着淮海路径直骑下去。祁大吹想，一定得找个机会参观那棵悬铃木，然后无奈地回了信息：半小时。

　　半个小时后，我在师范大学门口见到了祁大吹。祁大吹是我的大学同学，原名祁辉。此人生性健谈，据他母亲说，祁辉生下来就哭个不停，说话也比一般小孩子早得多，且张开了嘴巴就很难合上，睡着了还说梦话。因此，他在入大学的第二个星期就挣下这个称号也在情理之中。祁大吹当时正在研究校门口的那棵年逾半个世纪的悬铃木，他在树前比画来比画去，把门卫的警惕性都给调动起来了，如果不是我及时赶到，他们很可能找他麻烦。在此之前三轮车夫陪他游览了几乎五分之一个城市，古运河沧桑的历史感差点让他跳下车子。因为辛苦，车夫收了他四十五块钱的车费。他抽出一张新版的五十元人民币，让他不要找了，还感谢他一路生动的讲解。祁大吹见到我就让我给他拍张照片，他要让自己永久地站在悬铃木下。他不无艳羡地表示，能生活在如此古朴的城市真是莫大幸福，他半个小时内就看到两棵巨大的悬铃木，这在他生活的环境里是不可能发生的事。我有点纳闷，据我所知，本市只有校门前有如此巨树，哪来的第二棵？祁大吹的解释让我笑出声来，没错，他先前看到的就是这一棵，而从车站到师范大学步行也不过五分钟。他被那个车夫痛快地宰了一回。

在以后的生活里，祁大吹为此耿耿于怀，他常在电话里向我表示他的忧虑，认为如此民风有朝一日会毁了这个古朴的城市。他不心疼那五十块钱，但从此以后坚决不坐我们的人力三轮了。这当然是后话。现实的话题是，我做班主任的那个班上，一名来自长沙的男同学也向我提出了类似的疑问。姚远很不礼貌地问我，徐老师，你认为这里的三轮车何时能够取消？他的意思似乎可以这样理解，都二十一世纪了，我们的马路上还奔波着前农业时代的交通工具，实在有点不像话。你看人家北京、上海，档次稍差的轿车都限制跑出租。

若这么理解你就错了，姚远的问题来自他来校报到那天的经历。

考进一所相对偏远的大学，让一向志存高远的姚远同学很不自在，在火车上他几次都想半途而废，换一辆车返回长沙。坐在孙子旁边的祖母只好不间断地鼓励他，动之以情，晓之以理，甚至动用了一大堆古典文学知识，比如，"浅处无妨有卧龙"，只要功夫深，铁棒磨成针，还有凿壁偷光，等等故事。

老人家把她退休之前教诲初中学生的所有典故都想起来了。她对孙子说，小城有小城的好处，形容古典，民风淳朴，在这地方读书，既学知识又学做人，一举两得。姚远的祖母一路诲孙不倦，才顺利把他带到目的地。下了车他们原想步行进校，入学通知书上清楚写明只有短短的一段路。但祖母一路都没闲着，现在功德圆满了才感到疲劳来势凶猛，走不动了。恰好这时过来一辆人力三轮车，车夫大概被姚远一米八的个头蒙蔽了，上前恭恭敬敬地问他：先生，要人力三轮吗？

坐在三轮车上姚远的心情渐渐好起来了，诚如祖母所言，这是一座古朴甚至有些典雅的城市，尤其是运河两边陈旧的民居让他开心，青砖灰瓦，瘦弱地站在河边，却给人铁骨铮铮之感。这里的人民又如此好客，三轮车夫都那么殷勤辛苦，主动帮他们拎行李，而且价钱便宜公道，车夫说了，只要两块钱。姚远不无感激地看了一眼坐在他身边的祖母，此刻她老人家已经累得闭上了眼。他感叹那句"不听老人言，吃亏在眼前"的古训的精绝，在火车上他差点就上自己的当了。

车子拐了一个弯，来到喧闹的校门口。三十多岁的车夫主动帮他们把行李拎下车子，姚远看到了他那双布满老茧的劳动人民的手。祖母也打着哈欠下了车。姚远把两个硬币给了车夫，车夫没有要走的意思，而是顽强地伸着右手，两枚硬币在他手心里熠熠闪光。怎么回事？姚远不明白了，不是说好了两块么？车夫谦恭地微笑了一下，说一个人两块，两个人当然就是四块啦。姚远的脸当时就拉下来了，而祖母则立刻警醒地制止了第二个哈欠，开始找钱夹。她知道一个外乡人应该做的是息事宁人，更为重要的，她想保住自己一路上苦口婆心建起来的功业。付过了两块钱，她发现孙子垂头丧气地坐在行李箱上，一副高考失败的模样。她不知该如何劝孙子了，车夫只一只手，就把她在孙子的想象里搭建的美好城市给轻而易举地推翻了。

祖母担心的事终于没有发生。姚远背着沉重的思想包袱进了校门。他和自己斗争了很久，思考了很多问题，诸如过去与未来、理想与现实、偶然性与必然性、自我意识与亲情关系、现象与本质，等等。尽管大部分都没能想明白，但他无疑体会到了思维的乐趣，和来自五湖四海的新同学一样，他喜欢上了大学的生活。经过为期两天的仔细观察，姚远的祖母才忐忑不安地打道回府。车子开动之前她问姚远想通了没有，姚远笑着让老人家放心，他喜欢大学。这里要注意姚远的措辞，他说是喜欢"大学"，而不是"这里"或"这个地方"。事实也是这样，姚远一直不能从车夫那只大手的阴影下走出来，它扼杀了他对这座城市的所有审美细胞，在校园里姚远是个优秀的大学生，出了校门立马成了愤青，看校门口的垃圾筒都不顺眼，他对张着大嘴的企鹅垃圾筒说，闭上你他妈的臭嘴！更别提人力三轮，在他的选择范围里只有三种交通工具：出租车，自行车，和自己的两条腿。

我和姚远同学常常会因为人力三轮发生争执。"人力三轮"成了他生活中最敏感的词汇之一，是他心中永远的痛，一提到它姚远就不认我这个班主任了。你会说我在上纲上线，至于么，不就是一辆人力三轮吗？的确，就是一辆人力三轮，但你得承认，生活中的琐事完全可以影响我们的生活，乃至起到极端的作用。比如我自己，就对本市的人力三轮持相当复杂的态度。我对它通常怀有戒备，甚至恐惧。

那是我工作的第一年。除了抽象的地理概念，我对这座城市一无所知。来学校匆匆报过到后，我打算回一趟老家。因为急着赶车，我想打的去车站。偏偏出了校门找不到一辆出租，正东张西望，神出鬼没地驶过来一辆人力三轮。车夫是个彪悍的男人，眉毛胡子浓黑，满面油光可鉴。先生，要人力三轮吗？他迅速把车子停在我面前，向我展示了他的肌肉发达的胳膊。很快的，他说。我别无选择，盘算着两块钱到车站还是挺划算，打的要六块呢，而且这师傅蹬得的确也卖力。我们一边向车站行驶一边聊天，和我猜测的完全吻合，他原来是杀猪的，因为现在屠夫越来越多，大有超过生猪数量之势，才不得不改行蹬三轮。他对这一行很满意，用他的话说，是无本生意，不就出点力气么，留着也在老婆身上耗掉了，现在多少还能挣壶酒钱。

我们聊得投机，像多年不见的老朋友，我当时甚至希望车站遥遥无期，就这么一路走下去，一路聊下去。到了一剪梅超市门前，车子突然停下了，一点先兆都没有，由于惯性，我和怀里的背包差点一起栽下车去。车夫下了车，抓着车把让我下来。我脸上还挂着刚才的笑，我想他很可能在和我开玩笑，他是一个不乏幽默感的人。事实证明是我的幽默感过了头。他指着前面不远处的车站和来回巡逻的交警，说车站就在前面，他的车子是个没牌照的黑户，所以只好到此结束。我表示不能理解，我去的是车站，不是一剪梅超市。说好的。车夫突然不耐烦了，猛地一拍车头，十二分严肃地说，下来！我是想到了他曾是个屠夫才下车的，但又不打算示弱，只给了他一块钱，"行百里路，半于九十"，我只能给他一块钱。这时候车夫彻底回到了过去的职业习惯中，两眼瞪得溜圆，胡子眉毛头发一起抖起来。我见过杀猪的场面，屠夫一般都是以这种神态热身的。他抛弃了所有幽默和友善的好品质，像面对一头束手待宰的猪一样对我大喊，少一分钱你都走不掉！这是我来到这座城市第一次遭遇恐吓，路上的行人近于不见，本市市民还沉醉在清早的梦里。我一时间忘了与邪恶之风做斗争的勇气，尽管嘴里嘟嘟囔囔，还是顺从地递上了另一块钱。

那天早上差点就错过班车。到了车站门口，标有"连云港"字样的汽车已经出了站门，我大声叫喊让它停下，它不听，我只好抱着包跟在后面追，边跑边叫，追了近五百米司机才从后视镜里看到我。在车上我心情一直不好，那车夫把我气坏了，以致两个多小时的旅途中我第一次没有犯晕车的毛病，我把晕车这事给气忘了。也就是说，从客观效果来看，车夫消除了我晕车的痛苦，但他留给我的负面影响却是极其深远的。从那以后，我一个人时从不坐人力三轮，看到面目峥嵘、眉须奔放者更是躲得远远的。有时候我还会极端地想象，如果人力三轮载着我一直走下去，会把我带到一个什么样的地方呢？想不明白，也看不清楚，因为那车一定会驶进漆黑的夜里，那样一来，结局就更加难以预料了。

刚刚说过，我对人力三轮的态度是复杂的。像做生意一样，"无商不奸"几乎成了人们生活中的共识。董事长、总经理之类的大老板一定是像大鲨鱼一样狡猾凶残，但我们看不见那些跨国交易中间暗藏了多少机锋和惊涛骇浪，因此"无商不奸"常常并不针对他们，而是针对每天为块儿八毛的小钱奔波的小商小贩。他们的小买卖整天在我们眼皮底下进行，稍稍玩那么一点花招就像浅水河里的鱼虾，直视无碍。我相信许多貌似科学和精确的出租车计价器也存在疑问，他们赚的稀里糊涂的钱一定比人力三轮要多得多，他们人品也不会比人力三轮车夫好到哪儿去，但是我们能够容忍，并且信任他们，心甘情愿地把钱夹向他们敞开。而对三轮车夫，那些靠出卖两条无可奈何的老腿挣饭吃的车夫，我们却一个都不宽恕，到底是为了什么？

若干时间来我都在思考这一问题，并请教了几位在社会学方面造诣精深的老教授。他们语焉不详（也可能是过于深奥，我没能理解）之后，通常会以右手虎口处支起光亮的脑门，沉重地说一句：这的确是存在于发展中城市的一个亟待解决的重要问题，一个大的社会问题。既然社会学专家都不能说清楚，我的一篇小说显然也无济于事，我只是想让大家听几个有关人力三轮的故事。

他们把我们的生活放在身后的坐垫上向前跑。可以设想一下，如果这些坐垫突然抽掉，就是说他们突然消失，我们的生活将会怎样？我们的生活将会像气球一样被悬在半空，没有足够数量的出租车来接应，我们的双腿又不能在瞬间按照意愿迅速增长，结果就再明显不过了，我们的生活从空中摔下来，瘫痪了。

去年初秋，姑父来本市洽谈一笔生意，谈完了想顺便看看我。他对这座城市很陌生，因此我主动来到他下榻的金桥宾馆。宾馆地处城南，距大运河几步之遥。运河南岸除了近几年繁衍的几十户商家，余者是千里沃野，站在高架桥上极目远眺，目光像北归的燕子一般得到滑翔的快感。姑父叹为观止，眼界平日被楼群折腾出毛病了，见了阔大的田野就流眼泪，他只好不停地揉眼睛。我们在桥上拍遍栏杆，纵论上下五千年，把未来五十年的生活也给设计了一遍。这时候天不作美，风起云涌下起雨来，我们不得不一路小跑狼狈回到宾馆。整整一个下午和晚上都忙着聊天，晚饭和夜宵都是在房间里吃的。

午夜十二点时我提出要回学校，第二天有课，课还没备好。姑父挽留再三，希望我们能再聊聊，但时间不允许了。最后姑父想出一个折中的办法，他陪我回学校，这样我既能备课又能和他聊天，一举两得。出了宾馆就呆了，雨是不下了，但雨水上来了。城南的街道多年来一直低洼，规模稍大一点的雨就积水。现在天漏了底似的下了一个下午加半个晚上，水位之高可想而知。出租车是很难找了，此刻最好的交通工具大概应该是船。我正犯愁，小姑父对着外面大喊一声：这边！他看到了一辆人力三轮。自从经历过杀过猪的车夫之后，我对人力三轮基本上持不信任态度。这也是我和姚远同学争论时感到力不从心的原因，我和他一样主观上都多少有些排斥。但是那天夜里只有人力三轮，事实也是这样，去学校的路上我们没见过第二辆人力三轮。

马路上水势浩大，淹没了半个车轮，路边的霓虹灯光在水面上摇荡不止，越发显得奇谲和高深莫测。偏偏车夫穿一件比瘦小的身体大两圈的雨衣，雨帽把头部遮得严严实实，看不清他的脸。实在太像某部侦破影片里的场面了。我浑身发毛，一手抓着坐垫，一手抓着靠背，抓得我两手心的汗。姑父似乎很舒服，跷起二郎腿与车夫聊起来。车夫声音不是很老，有点拘谨木讷，所以谈话刚开始一段时间像审问。姑父问一句，他答一句，言简意赅，不作任何修饰和生发。

车夫四十五岁，姓蒋，家住城南郊区运河新村，玻璃厂下岗工人。姑父擅长聊天，像孟子那样能够让对方在短时间内充满热情，然后话题跟着他跑。车夫逐渐放开了，咳嗽也比先前响了。提到下岗问题，车夫的激情空前高涨，以致为了表达清楚不时回过头来。他详细地介绍了自己的情况。两个孩子，女孩今年读高三，男孩读高二，老婆也是玻璃厂职工，因为厂子倒闭夫妻双双下岗。家里的生活境况可想而知。下岗之后他睡了整整两天，想不通，这世上那么多人一辈子都在干着毫无风险且收入丰厚的工作，更有甚者，许多人跷起二郎腿坐在那里就能赚钱（我注意到姑父谨慎地把二郎腿放下了），凭什么他要下岗没饭吃。但睡觉是解决不了问题的，何况他只是躺在床上，睁大两眼根本睡不着。两天后他起来，老婆已经在离家不远的中学门前支起了煎饼摊子，为孩子们摊一块钱一个的鸡蛋煎饼。在玻璃厂的一个老部下送他一部三轮车，让他和他一块儿去蹬。他当即就把脸撂下来了，他说自己丢不起那个人，在厂里他大小也是个班长，现在竟要沦落到蹬三轮卖力气挣钱。忠诚的老部下没有因为一顿臭骂就背叛他，相反，第二天晚上又拎着两瓶老酒和几个小菜登了上司的门，喝酒时出示了一把磨得起毛的人民币。一大把钱在他面前抖，三十块哪，在玻璃厂两天也不过这个数。他不可避免地心动了，次日清早跟在老部下后面一起开工了。

车夫说到这里十分自豪，出师大捷，第一天他挣了四十块钱，老婆在校门口站一天才赚十五块。他骄傲地向老婆说，怎么样，班长就是班长。这是他出工第二天，孩子的学费还欠着呢，他想多挣一分是一分。今晚雨大，同行们都回去了，他顽强地留下来，这么大的水，就是帮帮走夜路的人也是好的，反正回家也睡不着。

我被感动了，深刻体会到了劳动人民生活的艰辛。姑父也被感动了，一直保持着仰视车夫后脑勺的姿势，完全不像一个肚大腰圆的老总。车子在水里优美从容地行驶，轮子掀起两道水花，像孔雀开屏。车子突然陷进了路边的下水道口，车夫用了几次力都没能从困境中摆脱出来，尴尬地回头向我们道歉。

姑父让他不要急，我们先下车站到人行道上，以减轻车子重量。车夫连连摆手说不行，坚决不要我们下车。说着从车上跳下来，积水一直没至他膝盖。他抓起垂在车厢边上的一根绳子，挂到肩上，一手抓住龙头，身体前倾至三十度，把车子和我们从下水道口拖了出来。上了车他再次道歉，说真不好意思，只顾着说话了。他的裤子和鞋水淋淋的，不停地向外流水。

二十分钟后我们到达师范大学门前。姑父给了车夫二十块钱，让他不要找零钱。车夫不答应，在上衣的口袋里摸索，一定要找回余额。他说这是行规，这段路只收五块钱，不能多拿一分。姑父沉重地表示，那十五块钱就当是给孩子们买文具了，说什么都要收下。但是车夫说什么都不收，认为一行有一行的规矩，不能随随便便坏了规矩，我们的好心他心领了，钱是不要的，还说，像我们这样的好心人，即使一分钱不给他也愿意送我们一程，谁没有个困难时候呢。姑父没办法，把余钱收了，在车夫转身离开的时候丢了一盒"中华"香烟在坐垫上。

说到现在都说的是男车夫，很容易让人误解，好像在我所生活的这座城市里都是男人在吃苦耐劳，其实不然，近几年逐渐出现了一批女车夫。生活面前，人人平等。有识之士曾做出著名论断：男人能干的事女人都能干，女人能干的事男人却不一定行，比如生孩子。既然如此，女人去蹬三轮就完全可以理解了。没事的时候我常到校外转转，逛逛书店，看看景，或是夜晚到大街上溜达溜达。这些时候就有很多女车夫从我身边经过，她们缓慢地行驶着人力三轮，侧过头问一句：先生，要人力三轮吗？我抱以歉意的微笑，我只是走走，像在自己家里一样。女车夫一个接一个地过去了。她们大多生有粗壮的小腿，被阳光和风打磨过的粗糙的皮肤，双手指关节粗大。她们和男人一样，为了生活在马路上穿梭。尽管她们比男车夫似乎更值得信赖，但我仍然没坐过她们的车。原因说不清楚，但性别的因素一定有。关于坐女车夫的三轮的经历，我的一名学生在上缴的作文里详细地描绘过。写得很好，我毫不犹豫地给了全班最高分。

这名大一的新生叫顾庆东，响当当的男孩名字，但她是女孩。顾庆东是江西人，离这里坐火车要两天的路程，所以国庆的五天长假中，她没有像思乡情切的新生那样迫不及待地往家赶。恰好中秋节在长假之间，为了表示团圆的吉祥以及了却乡思，她与其他九个江西老乡相约到楚秀园过中秋。楚秀园是本市最大的公园，风景不错，最主要的是有一块依山傍水的大草坪可供他们座谈和游戏。从学校到公园步行大约三十分钟，顾庆东主张步行，这样沿途可以加深对将要生活四年的城市的了解，但是其中三四个男生是急性子，恨不得双脚一跺直接飞到楚秀园的大草坪上。经过讨论，最后还是决定乘坐人力三轮，两人一辆，一共五辆，既优越于步行又能观光赏景。一行五辆三轮首尾相接浩浩荡荡地向楚秀园进发，蔚为壮观，沿途吸引了不少市民驻足旁观。顾庆东和政治系的一个女生坐在最后一辆车上，车夫是个三十多岁的妇女，中等身材，与前四个男车夫相比就显得单薄多了。在淮海路上由于行人和来往车辆，他们的速度一直比较慢，过了淮海广场行人开始稀少，人力三轮得以放开轮子行驶。

这种情况下男女体力的差异就逐渐显露出来了。坐在前面几辆车的男生一心想早点到达，一路都在催促车夫加油快蹬。后面的自然要尾随其后，保持距离和速度上的连续性。顾庆东的车子明显慢了下来，她看到女车夫的衣服已经被汗渌透，紧紧地贴在皮肤上。此刻他们来到水门桥下。上水门桥应该说是像样的体力活，我每次骑自行车过桥，都要在离桥五十米处加速才能确保顺利上桥。前面几辆车子缓慢但顺利上去了。女车夫上到一半就已力不从心，车子甚至出现了片刻的静止不动的事实。顾庆东觉得女车夫很辛苦，主动提出要下车助她一臂之力。可是，顾庆东在作文里写道，女车夫匆忙向她们道歉，坚决不要她们下车，看得出来，如果她们固执己见的话，车夫就会生气的，她把乘客的这种行为看作是对她的侮辱。顾庆东只好和同伴如坐针毡一般看着女车夫跳下车，取过一根绳子像拉纤一样把三轮车拖上了水门桥。顾庆东写道，当时她眼中充满了泪水，女车夫让她想起了自己的母亲。在她的家乡，包括她母亲在内的许多劳动妇女都像女车夫一样挽住一条绳子，与女车夫不同的是，她的母亲不是拉车，而是拉犁，一生都这样身体近乎平行的一步步走过大地。在顾庆东的感染下，同座女孩也流泪了。顾庆东没有流连在这个细节上大书特书，而是接着写了另一个更加感人至深的细节。

　　她们下了水门桥后发现，距离前面的几辆车已经很远了。女车夫有些着急，尽管顾庆东她们一再说明她们只是去公园游玩，不是赶车，不必速度太快，女车夫还是难为情地笑笑。她突然一阵发力，整个身体从车座上抬起，悬在了半空。这是骑车人加速的惯常方法。她的重心落到两只脚踏上，身体艰难地上下耸动。她们与前面的几辆车距离在逐渐缩小。这时候，顾庆东看到黑色的车座上湿漉漉的一片。如果是个粗心马虎的乘客，很可能认为那是汗渍，但是心灵纤细的女生顾庆东对之产生了高度的重视，她将目光迅速移到女车夫的臀部，如她所想，女车夫的裤子也是湿漉漉的，浅灰色的布料上能辨出异样的颜色来。情感细腻的顾庆东伤心地哭了，她叫着停下停下，你的裤子，你的裤子！女车夫停顿了一下，她没能立刻明白车子上的女大学生为何突然哭了，摸过裤子之后她明白了，尴尬地对她们笑笑，说，不好意思，都是老毛病了，一时没感觉到。说完便无视顾庆东的叫声，把车子骑得越发的快了。她们和前面的几辆车子同时到达楚秀园。下了车顾庆东发现女车夫的尴尬还没有从脸上消除。之前他们讲好是每辆车五块钱的，顾庆东的哭泣仍然没有止息，她塞了一张十元的纸币到女车夫手里，转身捂着脸跑开了。她在文章里写道，据老乡说，女车夫拿到钱的时候也哭了，她拉住一个男生的胳膊一定要他说出她的名字，遗憾的是，那男生对突如其来的一抓不胜惊慌，条件反射似的拂去了她的手，用上的力气可想而知。

无疑这是一篇优秀的作文，它能在众多文章中脱颖而出，不仅仅是因为叙述了一桩令人感动的事件，还在于作者有一颗善于感动和掘幽发微的细腻心灵。她深解民间疾苦，爱满天下。对于爱和苦难的深刻理解把她从众多学生中区别开来。为此我特地向顾庆东的班主任刘老师了解了有关她的一些情况。刘老师介绍说，顾庆东同学的家乡是江西一个比较闻名的贫困地区，因为父亲长年卧病，全靠母亲单薄的身子操持一家人的生活，还有个弟弟正在读初中，完全可以用"家徒四壁"来形容。顾庆东为了照顾家庭，高一读了一半就辍学，随亲戚到广州打工，一年之后接着读高二，高二快结束时复又外出打工，一年之后回来读高三。如此反复，别人三年读完高中，她用了五年。新生报到那天孤身一人来到学校，身上只带了三百块钱。她向学校表示，如果申请不到助学金和有关帮助，她想请求学校为她保留一年学籍，等她打工回来接着读大学。这件事惊动了学校领导，校长亲自批示，免除顾庆东同学的一切费用，全力支持她读完大学。听了以后我沉默不语，花一样的年龄知晓了如此众多的苦难，写出这样的文章便不足为奇了。

　　我把顾庆东的作文作为范文在另一个班级讲解了一番。讲解时很自然地穿插了我的一些想法。基于以上事例，我对学生说，我很难说清自己对人力三轮的确切认识。一方面不乏惧而远之，另一方面，抱以强烈的同情。我知道生活不是一件容易的事，但我无法做到不思不想地坐到三轮车上，眼睁睁地看着一个人为了我而全力以赴向前冲。我随后又举了一个极不恰当的事例。我极其愿意天底下不再有乞丐，当他们乞讨时，不论是真乞丐还是假乞丐，我都为他们的困苦和谦卑难过，一个人不应该活成那样。我绝不缺少一枚硬币，但当他们向我伸出手的一瞬间，我常常会因恐惧而逃开。我无法解释这种现象，如同我无法解释在一辆出租车和一辆三轮车之间，为什么总是选择出租车而不是人力三轮。尽管我知道，也许人力三轮的生活更需要我这个乘客。我在表白这些想法的过程中，整个教室一片寂静，所有同学都低下了头，我从来没感觉到我的声音如此清晰和明亮，甚至都快被自己感动和陶醉了。

一个女生突然站起来，她毫不客气地指出我这是地地道道的伪善。她说，一个真正同情和爱惜人力车夫的人，绝不应该逃避，而应该直面现实，认识到你坐上了他的车其实是在帮他，他即使汗流浃背也会高兴，因为他在凭自己的力气生活，并且挣到了他需要的钱，如果实在心有不忍，完全可以多付一些小费。谁能相信这样一个事实，一个满怀爱心的人，为了避免可笑的役使别人气力的负罪感，而任凭他活活饿死！该女生慷慨激昂，逻辑鲜明，富有感染力，更让我吃惊的是，她悲愤难以自已，说到最后已经泣不成声了。我从教以来第一次遇到这种情况，哪还有什么教学机智可言。我请她坐下，笨拙地安慰一番，表扬了她的想法和发言，鼓励其他同学以后多向她学习。然后草草地结束了那节课。

课后我思虑再三，也没弄明白那位女生为何在课堂上就哭起来。据我所知，她一直是个活泼乐观的女孩。我决定找她谈谈。那会儿她心情已经好转，好像什么事都没发生过。我担心再次触发她的悲伤，于是拐弯抹角提出了我的疑问。她的回答直截了当，让我感觉自己在故弄玄虚。她说当时想起了为生活所迫的父亲，她的父亲就是蹬人力三轮的。接着她向我讲述了她第一次见到蹬三轮的父亲的事。在此，我把它作为小说的一部分，如实地转述给大家。

那是她读大学的第一个寒假。放假前一个月左右，母亲打电话到学校，嘱咐她注意身体，大冷的天说感冒就感冒了。母亲把感冒描述得十分可怕，因为她的父亲不幸患上感冒，花了两百块钱也不见好转。在电话里，母亲还说了一个比感冒还要可怕的消息，她的父亲更加不幸地在三天前下岗了，成了该单位第一批下岗人员之一。母亲说着说着就哭了，显然是由生活的辛酸所致，她没有告诉女儿生活如何艰辛，尤其是父亲下岗之后的生活，只是一再嘱咐身体和学习。对贫困生来说，身体健康就意味着省下一大笔费用。而成绩优秀将来有所出息，则意味着能够创造足够的财富来改变生活的现状。母亲的电话让她意识到，离开了女儿的父母的孤独和衰老，显而易见，疾病已经率先缠上了她父亲的身体。她决定把平时省吃俭用的生活费花掉，在放假回家时买一些营养品送给父母，让他们惊喜，女儿已经长大了，知道心疼父母了。

她大包小包地拎了一堆下了车。从车站到家还有一段路，要在往常她就步行回去了，但是手里的东西实在太多了，加上臃肿的棉衣让她自顾不暇。那天雾出奇的大，上午十点还没散

85

去，两步之外分不清来人的手指各在哪里。为了避免雾水濡湿头发，她把棉衣帽子戴上了，事实上这样很有必要，天太冷了，很多乘客下了车都尽其所能把自己包裹得严严实实。汽车的周围拥上来五六辆人力三轮，争抢着要为她服务。她对生长的地方的生活十分熟悉，所以首先解决的是价钱问题。按照惯例，从车站到家乘坐人力三轮要两块钱，她坐过无数次。但是今天他们要价有点黑，张口就是三块，理由是雾大和天冷。让她气愤的是，五六个车夫好像早已统一好了口径，没有一个愿意妥协的。事情似乎就变得简单多了，她面临没有选择的选择，都是三块，除非不坐。因为在家门口，她无所畏惧，高声叫着，我只有两块钱，谁愿意。没有人响应，车夫纷纷聚众指点，谴责她的吝啬。这时从汽车的另一边绕过来一辆人力三轮，车尾对着她倒过来。小姐，上车吧，我来。她听到车夫大雾里含混的声音。她终于胜利了，有人愿意两块钱把她送回家。她把行李放上车，随后从容地坐上去，示威一般地说，走！这时候车夫转过脸问她，小姐，到哪里？透过浓雾她看到一张似曾相识的男人的脸，与此同时车夫也企图看清楚他的乘客。就在他们相互靠近的那一刻，她发现，那是她父亲的脸。

养蜂场旅馆

1

摇摇曾对我说过，火车穿过镇子左山的黑夜就要来了。我看见车窗外的黑暗从大地上升起，初秋的天气，要下雨的样子，黑暗也显得格外清凉。第一间房子和第一盏灯出现时，火车已经开始减速，随后在镇子的边缘停了下来。我突然决定下车，手忙脚乱地把背包刚拎下车，火车就开了。一个可以忽略不计的小站，停车一分钟。只有我一个人下车，没有人上车，简陋的小车站空空荡荡。我走在落满煤渣的水泥路上，一抬头看到了左边一座昏暗模糊的小山。这就是左山了。

"其实，左山是个很好玩的地方，"摇摇曾对我说，"山不高也不大，但是站在山顶能把平原看得清清楚楚。山后是一条快要被荒弃的运河，在白天还可以找到打鱼的小船。如果在养蜂场旅馆住下，出门就可以看到蜜蜂。"

那是八年前摇摇对我说的。现在我是一个人来到左山。我在坑坑洼洼的路上走走停停，真的要下雨了，风从旷野上刮过来，越刮越大，撞到山上又拐回头，就更大了。在灰暗的风里摇晃的是山脚下稀落的房屋，灯光也在风里摇摆。从一处墙基的拐角冒出来一个小个子男人，一脸慌张的笑迎上来。

"住店吧，"他有点气喘，"天都黑了。"

"养蜂场旅馆还在么？"

"在，当然在。"小个子男人说，指着山脚下的房子中的某处。"那儿，就那儿。我就是旅馆的老板。你住过？"

"听说过。"

老板很高兴，在前头给我带路。说话有点短舌头，他说旅馆是自家的，开了十几年了，到过左山镇的人都知道，价格便宜，服务又好，还安全。我随着他走进一个院子，迎面是一栋装饰有点俗气的二层小楼，很小，上下各有三四个房间。旁边是两间瓦房，老板直接把我领进瓦房。

"先洗洗吃晚饭，"他说，帮我把背包放在一张高腿凳子上。然后冲着冒出炊烟香味的隔壁房间喊，"来了一个，是个男的，多下两碗面条。"

一个女声答应着："来了！"却从厨房里钻出一个小男孩，七八岁的脸，抱着门框不敢进来，睁大两眼看着我。我也看着他，看得他害怕了又跑回厨房。

"我儿子，客生。"老板说，帮我泼了洗脸水。"我老婆瞎取的名字。真让她说对了，见到客人就怕生。"

旅馆里只有我一个客人。我和老板刚坐下，老板娘一路说着来了，端上了一大白瓷碗的手擀面条。后面跟着他们的儿子，谨慎地端着碗，站在门槛外边不敢进来。

"进来呀，小家伙。"我向他招手。

老板娘的碗没端结实，过早地落到了饭桌上，汤水溅到了我的衬衫上。她慌忙用毛巾给我揩，手有点抖，对不起，她说。她抬起头，灯光下的脸十分秀气，和身材一样，恰到好处的饱满。我觉得有点眼熟，笑一下就说我自己来。

她在围裙上搓着两只手看看老板，说："那，我去端饭了。"到了门前接过儿子的碗放到桌上，离开房间时差点被门槛绊倒。

客生一直怕见生人，吃饭时老板娘叫了好几次他才从门外进来。面条吃得我很舒服，很久没能吃上这么有味道的手擀面了。我一个劲儿地夸赞老板娘的手艺，老板娘不好意思，只顾低头吃饭。老板倒是很高兴，不住地劝我多吃，坐了一天的车了。他说来旅馆的外地人都喜欢老板娘的手擀面，只有客人来时她才做面条。今天又做了面条，可能有客人来了，果然我就来了。我对老板娘笑笑表示感谢，她看了我一眼就低下头，一根一根地数着面条吃。老板是个面色苍黄的小男人，一张瘦小的脸，鼻子底下生着两撇小胡子。如果不是他一口一个我老婆我儿子叫着，我都没法把他们俩看成一对夫妻。

吃过饭，老板安排我到楼下靠右边的房间去住。老板娘说还是楼上靠右的房间好，站在窗户边上就能看到左山的一道坡，也安静，看书什么的方便。

"那间屋里很久没人住了，也没有电视。"老板说。

"下午我刚收拾过。电视抱上去不就是了？"老板娘说。

"你不想找个安静的房间看书么？"

"对，对。房间越安静越好，能看到山坡就更好了。"

她竟然知道我喜欢在安静的地方看书。我随着老板娘上楼，楼梯里昏暗，我们的影子在外面灯光的映照下越发巨大，塞满了整个楼道。

2

房间显得陈旧，但是干净朴素，不像很久不住人的样子。一张老式雕花木床，一张红漆剥落的写字台，写字台上甚至还有一座铜做的烛台，插着半截红蜡烛。一把和写字台配套的旧椅子。墙上是很多年前流行的简单的年画，粉红的胖娃娃早已被时光涮得苍白。只有头顶的日光灯多少有点现代气息，也是昏黄的，在天花板上映出一环一环黄中泛红的光圈。这几年我去了很多省份和地区的小地方，即使在十分落后的乡下，也很难再见到这么古朴陈旧的旅店摆设了。

外边下起了雨，透过玻璃只能看到漆黑的一片大雨。我倚着被子躺到床上，两脚垂在床下。有点累，每到一处停下来我都感到累。这两年才有的感觉，过了三十五岁就不一样了，身体动不动给你一点颜色看看，提醒你已经不再是可以无限轻狂的少年了，而坐车又的确是件劳神又劳力的事。响起了敲门声，是老板娘，拎着一桶热水和一个盆子，让我烫一下脚，洗洗再睡。

"赶长路烫个脚睡得才稳。"她说，帮我把床铺理好。"喜欢这房间吗？"

"很不错，"我说，"看起来似曾相识。"

我对这个房间充满好感，有那么一会儿我觉得好像在哪里见过，然后想起来，多年前祖母的房间大约就是这种模样。

"八年前养蜂场旅馆最好的房间就是这样，我把它原封不动地从旧屋里移到了这里。"

"老板娘真是个有心人。"

老板娘笑笑，说："你来过左山么？"

"记不清了。好像来过，又好像没来过。这些年跑的地方太多了，混在一块儿连我自己都搞不清哪对哪了。"

老板娘不再问，说有事就到楼下找他们，临走前帮我点上了蚊香。我简单洗了洗，重点烫了一下脚，然后从背包里抽出一本书就上了床。因为下雨和靠近山石，房间里温度不是很高，我躺在被窝里散漫地翻着手里的书。然后就稀里糊涂地睡了过去。

又梦见了摇摇。她在梦里再一次哭喊不止，说我竟然背着她和别的女人乱来，面对她的指责我两手空空地摇荡，说不出话来，脑袋里也空荡荡一片，我无法让她相信我什么事都没干过，她说她亲眼看到了。摇摇曾经是我的女朋友，八年前嫁给了别人。我常常做这个一成不变的梦。也许不是梦，我睡前常会想起这个做了无数次的梦，尤其是一个人在外面的世界游荡时。所以，我怀疑我并没有睡着，只是昏昏沉沉地又想起多年前。那时候摇摇热衷旅游，一有机会就拖上我到处跑。我们工作时间都不是很长，所有的积蓄几乎都花在了路上。跑了多少地方她也说不清楚。其实花费最多的不在车上，而是住宿的费用。我们只是恋爱，不是夫妻，没法住在一起。即使旅馆老板睁一只眼闭一只眼也不行，摇摇对男女之间的形式十分看重，每到一处坚决和我分开住，这样我们每次都要开两个房间。

八年前，大约就是这时候，从一次长途旅行中归来，她突然对我大吵大闹，说我竟然背着她和别的女人干坏事，被她当场撞见。这些天来，她一直在等着我向她道歉，可是我居然若无其事，好像什么坏事都没干过，太过分了。原来还准备留点希望给我的，现在彻底寒心了。要命的是我仍然不承认，我不记得什么时候和别的女人有染，和她在一起时，我几乎很少盯着别的女孩看。摇摇认为我在抵赖，越发激起了她的愤怒，无论我怎么解释都无济于事，她咬牙跺脚地离开了我。

这些年来我都觉得莫名其妙，我什么时候和别的女人乱来？我们还是分开了，半年之后她嫁给了别人。我们还在同一座城市里生活，偶尔还能在马路上遇到。见面各自勉强地打个招呼，成了不冷不热的点头之交的朋友。见了面很少深入地聊聊，谁都不再提那些已经无法弥补的旧事。她已经不再热心旅游了，一年难得出门几次，兴趣几乎消失殆尽。而我却喜欢上了旅游，这些年来一个人跑遍了我所能跑的几乎所有地方。我的工作，我挣的钱，只有一个去向，就是花在旅游的路上。有一天我在马路上遇到了摇摇，她问起了我最近的行程路线，我简要地介绍了一下。她说左山就在这条线上，有时间可以去一下。

"应该去看看，"她说，"八年前的老地方了。"

3

第二天我起得很迟。房间在山后，阳光进不来，拉上了窗帘的房间好像永远停在了凌晨时分，我的生物钟在这样的上午突然瘫痪了。老板娘敲开了我的门，我蓬乱的头发没有让她吃惊。

"太阳很好。该起来吃饭了。想吃点什么？"她径直走进房间，拉开了窗帘，然后自然地坐到了椅子上。她看起来比昨天晚上要漂亮得多，头发鲜亮，衣服的样式有点陈旧但是十分合体，怎么看都不像是小镇上七八岁男孩的母亲，倒像一个风韵正满的美丽少妇。"昨天又看了一夜的书吧？半夜我看到你的灯还亮着。"

"不好意思，我忘了关了。"我从床上坐起来，把枕头边的书整理好放到桌子上。

"这么多年还看同一本书？"她看了看封面，说了这句很让我吃惊的话。"八年还读不完一本书吗？"

"你怎么知道这本书我看了很多年了？"

她没有回答，而是盯着我的眼睛说："你记得这张床么？"

我惊讶地摇摇头，不知道她在说什么。

"你还认识我么？"她又说，脸涨得通红。

"有点眼熟。"我勉强把微笑挂在脸上，她的目光让我无端地心虚。"对不起，我们见过吗？"

"你，不记得了？"她扶着椅背站起来，眼里充满泪水。"那天晚上，养蜂场旅馆，你把，我。"

我还是不明白，不知道她在说什么。她直直地看着我，疑惑和怨恨随着眼泪一起涌出来。楼下响起了自行车的铃声，然后是老板的声音："老婆，老婆，我回来了。"

老板娘擦干眼泪答应了一声，开始向外走。出了门又回头，眼里再度充满泪水。"你该吃点东西了。"然后是一串盘旋而下的脚步声。

下楼时我顺便看了其他房间，门窗都大敞着，让阳光和风进来。那些房间的摆设和装潢和我的房间完全不一样，一例的乡气的都市化，典型的小镇上的旅店。正如老板娘所说的，那个房间的确是最好的，至少是我最喜欢的。

老板买了很多菜，说足够我和他们一家三天吃的。我告诉他，我只是到这儿看看，听说左山的风光不错，待上一两天就离开。老板解释说，一两天大概是走不了的，因为隔三天才有一班火车。没办法，小地方就是这点要命，想出个门都要等前伺后的。既然这样，着急是没用的，三天就三天，就怕左山真的没什么看头。已经上午十点半了，我和老板瞎聊了一会儿，老板说左山虽然穷了点，还是有点东西可看的，来过左山的人都这样说。可以看山，看水，还可以到下面的一些小村庄里转转，不少村庄都曾是当年打日本鬼子的战场，留下很多与战争相关的遗迹和史料。有这些就好了，最近一两年我正在搜集这方面的资料。我们正聊着，老板娘端着一碗面条从厨房出来，面条上堆着两个荷包蛋。

"先垫垫肚子，一会儿就做午饭了。"老板娘说。

"对，先垫垫，"老板说，"午饭包你满意。"

我真感到饿了，狼吞虎咽地吃掉了面条，汤汤水水的全倒下了肚。吃过后精神好多了，想出去走走。老板让我不要走远，差不多了就回来吃饭。我答应着，看了一眼老板娘就出了门。她也在看我，那种不经意的一瞥。我又看到了一些说不清楚的熟悉的东西来。

4

左山不高，半山腰上偶尔也建筑了几户人家，出其不意地散点各处。我从旅馆后面的小路上了山。昨天一夜大雨清洗，左山上颜色分明，黑绿的树木，青翠的灌木，长满铁锈红的石头和暗绿的青苔，阳光照耀下发出清明的光泽。沿曲折不定的小路进山，一路上树影斑驳，像踩在水上。林子里蝉鸣稀疏，偶尔在某处传来几声鸟鸣。刚开始有点热，渐渐深入林中以后，山上风大了起来，清凉宜人，后悔没带本书上来，否则找一块阴凉的石头坐下，翻上几页一定是件惬意的事。在路边的岩石上，不时还能见到名人的题字，仔细辨识之后，竟然发现还有苏轼、米芾的墨迹刻石，不知是真的假的。

如果说左山和其他地方的小山相比并没有什么显著的特色，那么爬到山顶就会发现别有洞天。我花了大约一个小时到了山顶，站在最高的那块大石头上，顿觉心胸陡然阔大。万里晴明长风浩荡，凌乱的头发和衣服让我产生一种类似烈士的悲壮感。大平原在脚下像布匹一样连绵地展开，绸缎似的原野，蘑菇一样的村庄，目光有鸟一般滑翔的快意。最让我觉得不虚此行的是流经山后的运河。河道不是很宽，但河水清净，在阳光下如同一条汤汤不绝的玉带，水面上波光闪耀，不远处还有两条小渔船，一人摇橹，一个人蹲在船头撒网，要么是收网。

　　我坐在山顶上，倚着大石头，尽管多年来跑了不少地方，但却很少能够安静地坐在高处向远方长久地眺望。三十多岁的人了，也许需要常常作这样的眺望。那么高又那么远，让我想起倏忽已过的岁月，一晃就三十多了，马不停蹄，两手空空，还是个孤家寡人。我看着远处两眼发呆。风声过耳，周围一片喧哗。记不清过了多长时间，山上稍稍安静了一些，山下平原的深处升腾起氤氲的烟雾。我转身的时候看到了老板娘站在大石头边上，我没听到她什么时候来到这里。

　　"老板娘，你怎么来了？"

　　"找你回去吃饭呀，都三点了。"老板娘说，"我就知道你在这里，八年前我过来找过你。你还记得吗？"

　　从昨天晚上开始，老板娘就一直在暗示和提醒我，她的意思是我们见过，好像关系还非同一般。这就怪了，我实在想不起我们之间曾经发生过什么，我甚至都不记得在哪里见过她，只是觉得眼熟。世界这么大，眼熟的人多呢，而且漂亮的女人总让人觉得眼熟。

"你认错人了吧，老板娘？"

"不可能认错，就是你。你的声音这辈子我都忘不掉。"老板娘说，目光坚定，"八年前你和我好过一次，然后一走了之，我以为再也见不到你了。"

"你确信没有认错人？说不定那个人的声音和我差不多。你记得他长得也和我一样？"

"昨天晚上我一听到声音就知道是你了，但是这些年来我已经记不清楚你的脸了。昨晚看到你我就全记起来了，国字脸，浓黑的眉毛，还有右耳朵上的那颗痣。"她的两手十指交叉，不停地蠕动和颤抖，显然比较激动。"不会有错的。客生长得和你一模一样，你看他的脸形和眉毛。他是你的儿子。"

我立马从石头上跳起来，我竟然连儿子都有了。荒诞。我从不记得和哪个女人有染，现在连儿子都凭空冒出来了。不过那个孩子的确是国字脸浓眉毛，可是这又能说明什么问题呢，我们在哪里见的面？儿子又是在哪里出生的？

"就在这里，左山，养蜂场旅馆。"她说，言辞凿凿。"你不记得了？八年前你和一个女孩来这里，你们在养蜂场旅馆住了一个星期。那时候养蜂场旅馆门外还有大片大片的蜜蜂，那时候火车一周才经过左山一次，所以你们只能在这里住了七天。那时候旅馆老板和老板娘都没死，他们只有一个娶不上媳妇的儿子，我在旅馆里当服务员。你不记得了？你说你喜欢我，说我长得很漂亮，我也喜欢你，你的声音是我听过的最好听的声音。那天晚上下大雨，你把我留在房间里不让出去，我们就，就那个了。"

不可能。我在脑袋里找了半天，丝毫找不到那天晚上的记忆，甚至连有关左山的记忆都找不到。我只记得摇摇八年前曾对我说过，左山是个不错的地方，有时间了我们就去玩一玩。

老板娘默默地哭了："你竟然忘得一干二净。因为你我嫁给了这个小男人，原来我看都不看他一眼的。可是我发现我有了你的孩子，我想把它留下来，这是我们的孩子。肚子一天天大起来，没办法，我只好嫁给他了。这些年我一直盼着你回来，我想你一定会回来的，你的儿子在这里，我给他取名叫客生，一个客人的儿子。我不知道你的名字。"

她说得很伤心，为了证明我们的确曾有过一段缠绵的往事，她向我详细地讲述了那七天里发生的事情。随着她的讲述，我仿佛看到了八年前的初秋的某个傍晚，我和一个女孩在大雨来临之前来到养蜂场旅馆，身上还带着火车和煤渣的气味。老板打发一个年轻美丽的姑娘把我们带到各自的房间，那个姑娘淳朴羞涩，像一朵待放的菊花。她给我们做饭、打水，还带我们到左山附近游玩，一路小声地介绍左山和运河。那时候还有养蜂人住在山脚下，她领着我们去看蜂巢。同行的女孩喜欢到处乱跑，我却喜欢待在一个山顶的石头上看书，看一会儿书再看一会儿山下辽阔的平原。她常常在老板和老板娘的差遣下到山上来找我们回去吃饭，然后她知道我喜欢看书，知道我喜欢她。于是在大雨滂沱的夜晚，她送水时被我留在了房间，在那个古朴的房间，她说我一看到那个房间就喜欢上了，在那张雕花的老式木床上，我这个来路不明的远方客人，把她从姑娘变成了女人。若干天以后，她发现，她不仅被我改造成了女人，同时还改造成了一个孩子的母亲。

5

她的回忆如此逼真和深情，让我无法坚决否认，事实上在她的讲述中我似乎感受到了多年前的往事，但我还是不愿轻易相信，我无法接受突如其来的旧日情人和陌生的儿子，我不相信他们都是我的。因此在下山的路上，我们心里都明白，谁都没有说服谁。她已经不哭了，她说她又喜又悲，如同做了一场大梦。

回到旅馆已经五点多了，老板等得困倦，躺到床上睡着了。听见我们回来就起来了，他问我们怎么现在才回来。我说不好意思，我给玩忘了。老板娘说，她几乎围着左山转了一圈，才在一个旮旮旯旯里找到我，要不是她把我带回来，我大概早就迷路了。我向老板点头，表示事实就是这样。他们已经吃过午饭，给我留了一份饭菜。老板让我先凑合着吃点，晚上再陪我好好地吃上一顿，他叫老板娘那些饭菜放进锅里再热一遍。

我找不到饥饿的感觉，草草地吃了一点就上楼回到自己的房间。有点累，也有点困，我躺到床上，头脑里交替出现摇摇和老板娘的脸。我觉得这次的左山之行不免怪异，仿佛一下子坠入了巨大的不确定性之中，其实八年来，乃至三十多年来何尝又不是如此。怪异，不确定，甚至是懵懵懂懂地活到了现在，想把一生清醒明白地说出来是多么的不容易，尽管只是三十几年。正如老板娘说的，像做了一场大梦。山风从窗户里吹进来，晃晃悠悠的凉爽，很快我就睡着了。

孩子的哭声惊醒了我。我听到那个叫客生的男孩在楼下哭叫着妈妈，他爸爸要打他，因为他放了学和一群小孩在铁路边上打闹，回家太迟了。我听到老板娘说：

"不许你打客生！"

"我打我自己的儿子都不行？"老板挑起嗓子叫着，"反了天了！"

"谁的儿子都不能打！"老板娘的声音，"要打你打我好了。"

我从房间里出来，站在二楼的过道向下探出头。老板仰脸看见了我，不好意思地放下了笤帚。"让你见笑了，这孩子不听话，"他说，"下来洗把脸吧，准备吃晚饭了。"

看来时间不早了，我一觉睡到了黄昏之后。院子里上了黑影，老板娘和客生一起抬头向楼上看，在朦胧的光线里我看到了客生的脸，他的长相和我小时候的确有几分相像。

晚饭十分丰盛，各样的小菜摆满了一桌子。老板要陪我多喝几杯，他说我这样的客人不多，不像有些经过左山的外地男人那样小气巴拉的，住进旅馆像进了贼窝似的，时刻提防着他们。而且我脾气也好，能够随遇而安，对住宿和伙食也不挑剔，大城市里来的人，不容易啊。

"我和老婆可是把你当成家常的客人来对待，你不要太客气，"老板端起酒杯。"来，我们再干一个。"

我和老板干掉了一个又干掉了一个，一杯一杯地往肚子里送。酒杯很小，喝了一串也没什么感觉。这几年在外跑惯了，常在包里装一瓶老酒，一个人寂寞了就喝上几口，没想到酒量也跟着大有长进。老板娘坐在我右边，一直看着我喝，不时替我和客生夹菜。她让客生坐在我对面，抬头就能看见，他的国字脸，他的浓黑的眉毛，他在我看他的时候腼腆地低下头去。老板娘大声说着客生的名字，还让他像我这个叔叔学习，好好读书，将来想到哪儿就到哪儿玩。我从她的声音里听出了兴奋和苦涩的味道来。

老板娘的做菜手艺不错，可惜她和客生吃得不多，我们还在喝酒他们娘儿俩就离开了。客生要睡觉，她也说有点疲倦，让我们继续喝，她想歇一会儿。

老板说："你们娘儿俩先睡吧，吃完了我来收拾。这位老兄好酒量，我陪他好好喝上一回。"

我们继续喝，一边喝一边瞎聊。十点半钟那会儿我还清醒，去了趟厕所回来接着喝。酒一喝多就管不住自己的舌头了，哥俩好的意气似乎也上来了。老板问我老婆孩子情况，我说哪有那么多累赘，现在是一人吃饱全家不饿，所以才能到处乱跑，图个轻松自在。

"这话就不对了，老弟，"老板舌头开始打结，摸着小胡子说，"老婆还是个好东西，就像你老哥我，这辈子最得意的事不是从爹妈手里继承了这家旅馆，而是有了这么个看着就让人心疼的老婆。有老婆好啊，没老婆的光棍日子不好过。你就不馋女人？"

我说："还行。一个人过惯了也就没什么了。"

"不一样的老弟，当年我光杆一条时也这么想，可还是觉得不对劲儿。我的一个修理电器的一个朋友给我出了个馊主意，在旅馆的床下放了一台录音机，他捣鼓了一阵说能用了。只要床上有两个人，床垫中间的地方就要下陷一部分，恰好接触到录音机的录音键，床上什么事都录得清清楚楚明明白白，那段时间可真是让两只耳朵过足了瘾。对，就是你现在睡的那张床。我录了好多盘带子呐，后来出了问题，我去打开录音机时发现磁带不见。我吓坏了，心想一定是被我爹妈发现了，就等着挨骂吧。他们竟然没再提这事，我也不敢了，赶快把那些磁带都给销毁了，也不需要了，那时候我老婆终于同意嫁给我了。嘿嘿，你老哥我终于熬出头了，床上有个水灵灵的漂亮媳妇啦。"

老板提到老板娘就眉开眼笑，一脸为人夫的幸福的皱纹。我说："老板祝贺你呀，兄弟我还得继续熬，熬个像老板娘这样的媳妇守在身边，也过上个他妈的幸福的后半辈子。"

我喝高了，舌头都大了。两个人又断断续续地喝了半瓶，胡说了一通，回楼上睡觉的时候已经听见左山的公鸡叫了。上楼时我看了一眼老板娘的房间，灯还亮着。进了房间我就倒在床上，有那么一会儿清醒了一下，从床上探出脑袋向床底看，什么也看不见，没有录音机。熄了灯，连脚都没洗就呼噜呼噜地睡了。

6

第二天又是上午十点左右醒来，后脑勺有点疼，精神倒是很好，神清气爽。窗外又下雨了，噼噼啪啪的大雨点落到左山上，敲出了一个含混的左山的轮廓。我听到老板娘的脚步声越走越近，敲了两下门她就推门进来了。

"昨天晚上没喝醉吧？"她说，把一碗冒着热气的蛋汤放到写字台上。

"还好。老板怎么样？他喝了不少。"

"他呀，酒鬼一个，睡一觉什么事都没了。去他姐姐家了，说好了今天给他姐姐送药的。你喝点蛋汤。"

"谢谢老板娘，先放着，饿了我再喝。"

"别叫我老板娘，叫我小艾。"她坐到了我的床上，神情立刻黯淡下来，眼里又充满了泪水。"八年前你就是叫我小艾的。你怎么什么都忘了？昨天晚上我一直在听你的声音，我不会认错的。不信你听。"

她从口袋里拿出一个廉价的小随身听，摁了一个键，我听到了一片嘈杂的声音。雨声，床铺声，男人和女人的声音。像来自遥远的地方，穿过风沙之后的声音，落满了尘土的陈旧之声。

男声说："不要走，小艾。留下来不要走。小艾我喜欢你。唔，唔，不要走。"

女声说："别这样，不行。我害怕，我连你的名字都不知道。别，唔，唔，我，我也喜欢你。"

接着一阵床铺的嘈杂声，女声低声地叫了一下，然后是床铺和雨声的底子上来回重复的男人和女人的压抑的喘息声。

那声音旧了，残缺了，听起来总不饱满，尽管男声里还存着类似生铁一样的质地，有点像我的，但说实话，我不能肯定那就是我的声音。按老板娘的意思，那女声是她，那时候她叫小艾。但声音显然和现在有所区别，区别在哪，我也说不好。就像一件事众口相传之后，多少变了样，变在哪，也说不清。可此刻，老板娘涨红了脸，泪水经过鼻翼流到嘴里。而我却满脸疑惑。

"这盘磁带这些年我一直珍藏着，过几天我就要听听这个声音。这些年我不停地翻录，防止它坏掉，声音已经变化了不少，可我还是能听出你来。就是这个声音把我的一生都改变了，还给我留下了一个孩子。"老板娘幽幽地说，"可你还是不承认。我等了八年了，常常盯着停下的火车门看，希望你能从那些打开的某一门里走下来。现在你来了，却装作是个陌生人。"

"这就是他当年偷偷录下的磁带？"

"是的。你和那女孩走后，我来到那个房间，想找到一点你留下的东西，就在床底发现了录音机，取走了这盘磁带。"

"不可能！"我大叫着，抢过随身听，"我要再听一遍。"

我仔细地又听了一次，不放过每一个细节。和刚才听到的一样，生铁一样的男人的声音和老板娘的声音，那时她叫小艾。男声和她的声音的所有者的激情四溢男女之事。此外是八年前的风声雨声床铺声。在录音结尾时，突然出现了一个异声，是我刚才所忽略的：混杂的声音之外一道醒目的开门声，然后是一个女声叫了半截的"啊"，后半声被捂在了嘴里。那短促的半个声音让我出了一身的冷汗，有点像摇摇的声音。我把磁带倒回去重听，又不像了。来来回回听了五遍，还是不能肯定。可是，有几个人惊恐地喊叫时发出的还能是自己正常的声音。

我茫然地看着泪流满面的老板娘，她像一个小学生在等候老师的正确答案。我放下随身听，缓慢地抱住了她，录音里的多年前的一个颤抖的好身子。

她抱着我说："我等了你这么多年了！"

我们抱成一团。时光在这个雨天的上午缓慢地流逝。我在她的身上看到了八年前的那个夜晚，如同在想象里一般，在古朴的客房里，我和一个名叫小艾的女孩身心凝结一处，我说着她的名字，呼吸此起彼伏，然后是陈旧的风声雨声一起涌来，床铺欢腾。左山静静地矗立，河水在窗外流淌。突然，一声清醒的开门声，吱呀，一个人叫了起来：

"啊——"

我惊怵地回过头，打开的门前站着旅馆的老板，那个干瘦的小个子男人，两眼圆睁，嘴巴洞开，右手放在他的胡子上。

一号投递线和忧伤

1

时间还早，我在"郁金香"饭馆门口停了一下，决定进去。早吃晚吃都得吃，一顿午饭而已。我是中午的第一个客人。馆子里有种破败的凉气，桌子上覆盖的人造皮革纸比昨天又多了几个洞，谁他妈的又把烟屁股扔错了地方。我找了张洞少的桌子坐下来，胳膊压在翘起的边角上，响亮地咳嗽一声。从吧台后面升起俞丹的脸，头发有点乱，眼睛还没彻底睁开。

"你的呼噜都快赶上迫击炮了，"我说，"来了两个客人，又被你吓走了。"

"放屁！"俞丹打着哈欠半天才站起来，"我打不打呼噜你还不知道？大白天你来干什么？"

"吃饭。来点好的。"

"等会儿，我去洗洗脸，找点情绪。"

她从吧台里走出来，身段还不错，这是我喜欢的。她会错意了。我也懒得解释，等她从帘子后面的屋里出来，我说："老醋花生米，老虎菜，夫妻肺片，香辣鸡胗。三瓶啤酒。"

"你到底吃谁的？"

"厨师的。"

俞丹嘴歪到一边去，斜着眼说："早知道不洗了。哪有这么早吃午饭的。"

"赶着见局长。"

俞丹继续斜着眼，对帘子后面喊："小瓜，小瓜，来客人了！"

小瓜跑出来，白围裙还没系好，看了我的菜单，惊叫一声："老周，你中奖了？"

"中个屁奖！"我敲了一下他脑袋，"穷人就不能吃顿好的了？妈的。"

"你穷？没听说，老板娘你听说过老周穷过么？"

俞丹说："多嘴。"

小瓜就不吭声拿着菜单去厨房了。

菜味道还不错，就是稍微有点咸，一定是小瓜这小子做了手脚。他被俞丹骂了一句不高兴了。不过没关系，多喝点酒就是了。还是我一个客人，俞丹坐在吧台后，我换到桌子的另一边，这样可以正对着她。她比刚才精神多了。她看着我，一点红晕丝丝缕缕就上了脸。简直是我的镜子。我知道我的脸也红，一喝酒就红。她抱着茶杯说：

"这顿免费，算我请你。"

我笑笑说："不要你请，今天有事。"

"跟局长？女的？"

"男的。"

"那你吃这么好干吗？"

她知道，两三年了，只有和她干坏事时才吃这么好。这半年来，只有她想干坏事时才请我吃这么好的。

"从明天开始，我就退了。"

"退什么？"

"退休。"

我的量一般是四瓶，最后喝了五瓶。不是高兴，也不是难过，就觉得这是个大事，应该喝五瓶。喝完了五瓶，俞丹以为我醉了，要扶我一把，那会儿饭馆里已经开始陆续进客人了，我推开了。没醉，清醒着呢。俞丹就小声说："这两天我心情不好，什么时候过来？"

"吃你？"我说。

"去，小点声。"

我嘎嘎地笑，满嘴的酒气。我说："退了，哪天都是时间。"

2

一路风吹到局里，酒气散了大半。我把自行车架好，局长还没到。我就在局长办公室门前坐下，报纸没看上半版，差点睡着了。局长说："哎呀老周，我正找你。"他来了，大肚子顶在门上，正掏钥匙要开门。

"局长好，"我站起来，"报告你看了？签了字我就拿去办手续。"

局长把门打开，指着沙发让我坐。"老周啊，你为我们这片的邮政事业做出了巨大的贡献，二十多年了，于公于私，我都舍不得你退啊。"

"局长哪里话，工作嘛，分内事，哪有什么贡献。"

"能不能再考虑一下？年龄又不是很大，身体又好，再为我们的邮政事业发挥一下余热嘛。"

我坐在沙发上数手指头。一辈子了，我都不喜欢和"嘛""嘛"的领导打交道。"局长，我想了好多天了，决定了。"

"不能再拖几天？"局长扔给我一根烟，"就当帮我个忙，你这条线上的人员还没最终定下来。这样，你再坚持一下，我和其他几位领导再碰碰头，争取这两天出来个结果。就这样吧。"局长站了起来。

他都站起来了，他都说"就这样"了。我只好也站起来，也只好说"就这样"。声音比他小多了。出了门我又回头，我说："局长，几天？"

"时间不会长的，就几天。老同志嘛。"

他都称我"老同志"了，适可而止我还是知道的。我还以为今天是我最后一次投递了呢。那么好的酒和菜都下肚了。白吃了。他妈的俞丹，一点折扣也不给我打。她说好啊老周，免费的午饭你不吃，好，一分你也别想少。不少就不少，我还想，也就这一回，明天我他妈的就是一个退休的人了，吃死你。而且，以后再也不用骑这破自行车了。

现在还得骑，上了车就觉得屁股和两腿之间难受，不是疼，是难受。我已经难受了二十多年了。到了仓库里把邮件装好，我弓着腰往前跑。还得和昨天一样。我的那条投递线离这里十里路，再曲曲折折十里路才能把那地方转上一圈。

　　这条路我实在是太熟了，梦游都不会走错。苏州桥。莫愁路。天堂购物中心。珠江饭店。新华书店。和平影剧院。花园小区。野玫瑰花店。梦巴黎婚姻摄影。刘二民书画工作室。公交公司。汽车站。粮食蔬菜贸易市场。悦来客栈。田大妈水饺屋。然后越来越小，越来越旧，越来越破，然后中间是一大段平房，人家，菜地，接着是马路，开始分叉，三条沙子路歪歪扭扭伸向远方，经过城郊通往乡村。从城市的繁华开始衰败的地方开始，就是我的投递范围，一直到隔一段野地之外的桃源新村。这个投递线看起来像个"一"字，局里的伙计们就称我的投递线为"一号投递线"。

　　在一号投递线上跑了八年了。没人愿意跑，一是远，二是到郊区了，投递很麻烦，有些信件要一户一户地送到门上。环境也不好，脏，乱。年轻人都挑市区的片儿，剩下来就给我了。头头问我怎么样，我说没问题，我他妈的都一把年纪了，这种地方我不去谁去。我也愿意去这种地方，从小就在胡同巷子里长大，现在还住低矮的小平房，让我在楼梯里爬上爬下还不习惯。仰着脸看高楼我也害怕，那么高，摇摇晃晃的要倒下来一样。后来郊外的野地里新建了桃源新村，战线拉长了，更没人愿意跑了，因为一圈跑下来，正常的下班时间是干不完活儿的。每次我回到家，都要晚上六七点钟。我无所谓，一人吃饱全家不饿，没有人眼巴巴地站在门口等我。所以我就年复一年地跑。跑哪儿不是跑。

3

桃源新村的邮件都送完了，我开始往回走。刚到小区门口，被喊住了，是8号楼那个叫陈禾的女人。她的宠物狗长了一张猫脸，都变了种了还对我叫，叫声也不像条狗。

"有我的信么？"她问。

"今天没有。"

"哦。"她对我点点头就跟着猫脸狗走了。

我只知道她叫陈禾，每周都有她的邮件，要么是挂号信，要么是包裹。一个小盒子，或者一个大箱子。看上面的字迹，应该是出自同一只手。现在都上网发邮件，能拿笔写几个字的人都稀罕了，也不知道她哪来那么多的邮件。有时候整个桃源新村就她一人有信，我也得单独跑一趟。

她走远了，我问像棵树似的站着的门卫："她是干什么的？"

门卫说："你改行查户口了？"

"小狗日的，会跟我转圈子了！"我骂了他一句。这小子顶多二十岁，几乎天天见，早混熟了。我也没继续问，问了他也未必知道。他就是一个看门的，就跟我就是一个送信的一样。我抽了他一根烟，就骑车往家走。

这是我每天最难受的时候，从现在到躺在床上睡着，尤其是现在，忙完了，一个人空荡荡地回家，觉得一条路越走越长。整个人都很疲惫，从里到外，空荡荡的疲惫。路上行人和车辆开始少了，有一段路简直就是空白，活的东西一个都找不到。现在是傍晚，准确时间是六点三十五分。天很好，火烧云都变成了灰烬，西半天是灰黑色的云，背后的天空有点靛蓝。星星早早就出来了。有一天就是这个时候，桃源新村一份邮件都没有，所以我早早地回了家，然后到郁金香吃晚饭。云在半天，一团一团的，还有点红气，我坐在郁金香的门前。那点红气越来越淡，被更大的天和夜稀释了，吞没了，云也越来越少。整个天空最后就剩下那一块云，就像一个人站在这个世界上。周围一点点被抽空了。我常常觉得我就是那一个人，我就是眼下的那一块云，孤零零地等着被天空和夜吞没。而且一点办法都没有。我一直看到它消失。死死地盯紧了它，还是在一瞬间发现它不见了，消失的那一瞬间我没能抓住。天黑下来，我万念俱灰。我对俞丹说：

"俞丹，我想自杀。"

"你说什么？"她的大嗓门把自己都吓了一跳。

"我想自杀。"因为周围没人，我又重复了一遍。

"真的假的？"俞丹说，她夸张地用手背去试我额头的温度，"你还越老越会作了呢！"

我没说话，觉得刚吃过饭的肚子里空洞洞的。不知道都吃到哪去了。

"找个人结婚不就行了？"俞丹又说。

"你？"

"喊，就你？我才不稀罕！"

"你都不稀罕，我找谁去。"

"好啊，你个死老周，骂我！不理你了，我得招呼客人了。"

俞丹忙去了，我继续悲伤。控制不住。有时间就止不住地难过。不知那根神经搭错了，你想想，说出来别人都笑话，我他妈的一大把年纪了。当然俞丹觉得我还年轻，尤其在床上，她说，给她个二十郎当岁的小伙子她也不换。她是在鼓励我。

其实，我也知道自己不算很老，不过是因为我们跑投递的退得早，我们干的是体力活儿，胳膊腿跟不上了就得知趣地从自行车上滚下来。不像坐办公室的，可以一直坐到七老八十，只要还活着就行。

可是难过这东西跟年龄没关系。

从二十八岁我就开始难过，就觉得我他妈的是这世界上剩下的最后一个人。或者这样说，全世界的人都把我给扔下了。撂在一边的那种扔。不知道哪来的这种狗屁感觉，大半辈子都甩不掉。

4

要说没过过好日子也是假的，二十八岁之前我满可以称得上幸福。学是没上好，看见书就想睡觉，高中毕业混了几年，就接了我爸的班。那时候还有接班这回事，他也是个老邮递员。刚做邮递员那几年，我的自行车骑得意气风发，撒开两个车把在马路上乱钻，当然那会儿人也没有现在这样多。我的投递效率在整个局里是最高的，一直到二十八岁没出过一次投递错误。

二十六岁，我结婚了。别人介绍的，我挺满意。两个人过日子嘛，就那么回事。老婆不高兴，她老说我整天在外面跑，每天正眼看她的次数不超过三次。这绝对是瞎扯，两口子对眼怎么可能少于三次呢。我也没太在意，那种骑着自行车满天飞的感觉让我着迷。那时候人也好，你把邮件送到了，人家对你很客气，要你喝茶，还给你烟抽，经常留你吃饭。搞得我相当有成就感。不像现在，跟去送借条似的。老婆不开心我也是知道一点的，没想到她那么不开心。她不跟我吵，就是气鼓鼓的不搭理我，有了孩子更是这样了，她说她就跟孩子一个人过。这叫什么话，没有我哪来的孩子。后来孩子生了病，是我的原因，每天回家都很迟，把小病给耽误成大病了。医生说很严重，要住院治疗一段时间。我白天送信，下了班就守在医院里，折腾了两个月，还是没留住孩子。这时候我二十八了，老婆开始没牵没挂地跟我闹。

孩子没走之前，我一直以为我是幸福的。现在老婆开始闹了，有一段时间简直就是发疯，她有毁掉整个世界的愤怒和热情。我忍着，这都是我的错。我主动把茶杯、水瓶、收音机递给她，让她往地上掼。最后家里易碎的东西都没了，只剩下一台黑白电视机，是我们结婚时爸妈送的，当时是绝对的奢侈品。我咬咬牙也递给她，她掂量掂量又放下了。

我想该差不多了，就说："别闹了吧我们，再生一个，以后一定好好过。"

老婆笑得怪异，脸上能掉下来冰碴子。她说："你等着吧。"

后来我发现她不闹了，一声不吭，没心没肺一样地生活。最严重的时候，她都能连续两天不洗脸。有半年时间，我们没有在同一个被窝里睡过一整夜，她一动不动，那感觉真是糟糕透了。我从她身上下来，只能回到自己的被窝里。我受不了她背对着我像死尸一样悄无声息。再后来我们就彻底不干坏事了。我就劝她多出去走走，开始她缩在家里不动，后来总算出去了。

两个月吧，有一回我从仓库里整理好邮件，出门遇到另一条线上的老扁，他随口跟我说了一句，看见我老婆和一个小个子男人在公园里散步了。我没当回事。又过了几天，隔壁顾老太在门口堵住我，问我们最近是不是老来亲戚。我说没有啊。

"噢，我还以为是亲戚。一个男的，个头不高。"说完她就走了。

我听得出来，她在提醒我。

晚上老婆回来比我还迟。我说："家里来亲戚了？"

"没有。"

"听隔壁说，有个男的过来。"我也是提醒一下，不管有事没事，差不多就该结束了。

"哦，一个老同学，"老婆在厨房里说，"碰巧经过这里，过来看看。"

我没再说什么。第二天下午，我比平常提前一个小时送完邮件，直接去菜市场，想买点鱼肉吃顿好的，安慰一下老婆。

不管出了什么事，我得先把她拉回家里再说。我们到了需要重新把对方拉进自己心里的时候了。总难过不是办法，日子还要过下去。我也难过，不过是因为老安慰和迁就老婆，把自己的伤悲放到了一边。每天我一个人在路上，就想起儿子，他才那么小，甚至都没法分清楚他长得像我还是像他妈，就没了。一条命啊。我常常觉得他其实是我身上长出来的一个小东西，胳膊上的，腿上的，或者前胸后背上的，被一把叫死亡的刀活生生地割掉了。那些天我坐在自行车上，总掌握不住平衡，觉得身上丢了一块，丢掉的再也找不回来了。出了菜场，我看见老婆在百货商店门口一个人走，看起来精神不错，头发、衣服都清清爽爽。我在街角停住，看她到底要干什么。她就这么一直走来走去，时间不长，从商店里走出来一个男人。我骑着车子就走了。

饭菜都做好了，老婆才从外面回来。我把筷子递给她，她没接，说，没胃口。

"在外面吃过了？"

"没有。不饿。"

"一点都不吃？"

"吃不下。"

"你过分了。"我努力把声音弄得很平静。

"过分？"她看都没看我，"不吃饭也算过分？"她进了卧室，关上了门。

等她听到动静从房间里出来，整桌饭菜已经被我掀翻到了

116

地上。一口都没吃。我坐在一边抽烟，她一声不吭地收拾打扫。

此后两天加起来不到十句话，我们像陌生人，仇恨远远超过爱情。这两天我休息，老婆哪也没去。第三天该上班了，我去了局里，临时找了一个兄弟帮我代班，骑着车子又回来了，守在巷子里。老婆出门了，她把自己收拾了一番。我远远地跟着她，她走得比我想象中的要急。经过杂货店时，我顺便买了一把剔骨刀。

老婆穿街走巷，推门进了一个独立的小院。我推推院门，插上了。估计时间差不多了，我翻墙进了院子，晾衣绳上晒着一件白大褂。房间门关着，透过玻璃窗我能看见我老婆和小个子的医生抱在一起。他没治好我儿子，现在开始治我老婆了。

医生的床很大，但他们还是坚持把衣服都扔到了地上。老婆那样的表情我已经很久没见过了，她像一头母兽。她变成了另一个人，在我面前的空洞和安静仿佛只是积蓄力量，现在她饱满、动若脱兔，头发乱舞。她似乎在为我们死去的儿子向医生复仇，她的身体那么白。小个子医生看样子又败了，一脸求饶的表情。我听见老婆的叫声，我身上着了火，嗓子里往外冒烟，头皮开始噼里啪啦炸，上下两排牙激烈地打架。我把刀子举起来。

如果我踹开门，而且剔骨刀也足够长，我可以把他们两个像糖葫芦一样串起来。我开始往门口走，这时候他们停下来，我老婆趴在医生身上，我听见她号啕大哭。他们俩抱在一起，像我们过去一样紧紧地抱在一起。

是什么能让两个人抱得这么紧。

我站住。有些东西已经离开我了，离开了就回不来。世界就这么坍塌下来。我看着我的老婆和别的男人赤裸着抱在一起，眼里涌出了泪。我不知道他们这样是不是美好，在我的年轻的时候，一直认为能够如此抱在一起是美好的。两个人相互需要，从里到外的需要，充满了激情和悲壮。但是我也前所未有地痛恨自己，我突然下不了手了。我站在那儿像具尸体，然后一拳头捣碎了玻璃，迅速翻墙而出。他们打开门时，我已经走远了。我骑着车子一口气跑到城边的河边，扔掉车子就躺到地上，然后感到了疼。我从手上拔出了六片玻璃碴，整只手都红了。

那天我一直坐到半夜才回家。下午夕阳将尽时，晚霞铺到水里，逐渐衰败的颜色让我揪心，像饥饿一样的痛。那种能让你骨头都发冷的孤独和哀伤。你他妈的被扔下了，孤零零地留下来，所有人都跟你没关系。就像腊月里你找不到棉衣。我开始哭，从小到大都没流过那么多眼泪，哭声也是空荡荡的，全世界没有一个人听得见。

回到家里，老婆还坐在饭桌旁。桌上的饭菜都没动。她没看我，对着我关门的声响说："怎么才回来？我再把菜热一下。"

"好，"我说，"明天我们离婚。"

5

额外工作的第一天就忙到了天黑，到郁金香吃晚饭时已经晚上七点半了。进了门俞丹就叫："你这个死人，到哪儿去游尸了？打一天电话都找不到人。"

"找我干吗？请吃饭？"

"美的你！"俞丹从吧台后出来，"不是退休了嘛，想给你庆祝一下。"

"免了吧，我现在是退而不休。刚从桃源新村回来。"

"没退成？"

"就算吧。领导说了，这叫发挥余热。"

俞丹很生气，生我的气，也生领导的气。一直到了我的床上她还耿耿于怀，她觉得我投递这事重新把我霸占了。我说你别感觉太好，我不是谁的私有财产。

"你别臭美，就这把骨头，"俞丹湿漉漉地躺到一边，"我还不稀罕呢。"

我说："看出来了。饭钱连点折扣也不打。"

"怪你自己。中午想免费请你，没口福我有什么办法。"

她打了二十次电话也不止。打二百次也没用，家里没人，我又没有手机。前两年买过一个，没人找我，只能作手表用，后来丢了，正好，带两个表出门也麻烦。

俞丹是饭馆打烊之后才来我这里的，饭馆让小瓜看着。第一次来是两年前，有了第一次就有第二次，然后就成了习惯。女人在这方面好像总能很快就养成好习惯。前面的几个也是，有了空就往我家跑。不是我有什么过人之处，这个自知我还有，而是大家都很寂寞，碰一块什么事都不干，单聊聊天也是相互取暖。我还以为这世上就他妈的我一个孤零零的人呢。她们似乎比我还孤独，她们像小孩一样害怕空荡荡的后半夜。我也经常去找俞丹，就在她的饭馆里，两个人关在一间小屋子里，整个世界就充满了那种让人心神笃定的安稳，就安安静静地对对眼也有不错的效果。但是连着几天都待在一起，我又烦，重新空荡荡了。说不清楚，越老不明白的事越他妈的多了。

俞丹离婚了，四十岁的女人被人蹬了不是件值得庆祝的事。还好，她有一个饭馆，发不了也饿不死。她说，你不知道啊，一个女人管这一摊子事有多麻烦。我说这容易，送出去。

"送给谁？你？"

"你别。我都管不了自己，你看我家里乱的。"

"你都不要我能送给谁呢？"她的口气像开玩笑。不能让她继续开下去，再开可能就不是玩笑了。所以我说，给你讲点白天的事。

"不想听。"

不想听我也得讲。我说今天又给那个叫陈禾的女人送信了。又是挂号。

"你拆了看了？情书？"

送了二十多年的信了，这事没干过。我就想，你说她哪来那么多的邮件，几年了，哪一周好像都没拉下。我想到哪说到哪，关键是把俞丹的头脑引到别处去。我按了门铃，刚响半声她就出来了，就像一直等在门后似的。她打开门，仅容自己的一个身子出来，我想伸头看看里面，我听见她的猫脸狗在叫，她啪地把防盗门关上了。她站在门外签字取挂号，身后的门关得死死的。拿到信，重新掏钥匙打开门，又是一个身子的空当，进去，不容我看一眼，门又关上了。

"就这事？"俞丹问。

"就这事。"

"有意思么？"

是啊，有意思么。她是跟我耗上了。我说："有意思。"

"在哪？"

在哪？我在点烟的工夫里觉出了一点意思。在这。想起来了，我给她送了几年邮件，还从来没看清过她房间里的东西，除了在那个空当里闪了一下的窗帘，总是拉上的。她总是只开那么一点，好侧身就侧身进出了。

"就这意思？"

"还不够？你想想，她为什么不许我往里看看呢？给别人家送邮件，即使不象征性地邀请我进去喝口水抽根烟，起码不会这么咣当来咣当去的吧。而且，这些年我就没看过第二个人代她收取邮件。"

"你是说，"俞丹的表情发生了可喜的变化。"这里面有问题？"

"太有问题了。一定有问题。"

"天大的问题跟我有屁关系！"她的表情又回去了。

我白忙活了。她又要说话，我扔掉烟，及时地堵住她的嘴。恢复得差不多了，我翻到她身上。看来只有这样才能让她停止接下来的胡思乱想。然后是疲劳和睡眠。

6

当时也就随口编排一下，过后就忘了。三天后我又给陈禾送邮件，一个小盒子，比肥皂盒大不了多少。到了她的楼梯口，一下子想起了门。按铃之前我站在门前，想透过猫眼往里看。这是相当愚蠢的行为，什么也看不见。而且头刚伸过去，门咔嗒开了，陈禾穿着睡衣出来了，又是那么一点小空当，她全挡住了。我的脸立马红了，我怀疑她刚在猫眼里看见了。她好像一年到头都生活在门后。

"你的邮件。"我完全是没话找话。

她点下头，指了指门铃按钮。她的意思瞎子也看得出来，一声不吭就让你无地自容。

签字。接收。她进去的时候空当更小，突然又转了头停下了，她就站在那里不动，也不说话。我明白了，她要看着我离开才放心。

这女人。我很生气，把我当成什么人了。当然也自责，管她门里面有什么，关我屁事啊。俞丹在这点上头脑就比我好使。

回去的路上骑了一半，那种无以名状的忧伤感突然不见了，我又气了，觉得自己简直是晚节不保，送了半辈子的信，最后几天弄成了这样。我应该见好就收。回到家我就给局长打电话，我说局长，你看，这都好几天了。

"再等一下，人员正在调整。"局长说，嘴里咕噜咕噜地在吃东西。"我们都知道你是先进，标兵就当过五次。"

他妈的，我是骑虎难下了。"好吧。" 我只好说。都没办法自轻自贱了。

再去桃源新村，我又生气了。其实人家什么都没说，可我就是气。越老越放不下这张脸了。那天没有陈禾的邮件，但在楼下遇到了她。我想躲，没躲开，她说又来啦，有我的么？我说没有。她就笑笑，对我笑了半截子就转向她的猫脸狗了，让我搞不清笑的内容。不管她是把对我的笑的一部分匀给了狗，还是把对狗的笑顺便给了一点我，我都不舒服。她把漫不经心的笑弄得既矜持又高贵，好像笑是翅膀，靠两个嘴角翘一翘她就飞到了我的头上，优越地看世界了。我看着她扭着屁股带着半猫半狗上了楼，像吃了一个死苍蝇。

我就不信了，非看看你家里藏了什么宝贝。我跟她气上了。

出了小区门，我问小保安："小子，说实话，那陈禾家里几口人？"

"两口。"小保安说，"那口是狗。"

"妈的，正经点。她是干什么的？"

"遛狗的，没看她做过什么别的事。要打她主意？那我帮你问问。"

"屁，没兴趣。"我说。小保安看样子是兜了底了。"瞎问问，她一个人的邮件就快把我忙死了。"

"没事不写写信，还能干啥？小区里很多人都没事，整天就活着。"

我溜一眼他桌子上的小书，怪不得能说两句有水平的话，都看琼瑶的书了。小保安倒是提醒了我，陈禾有可能是个什么作家呢。那些作家不都是坐在家里整天写，然后等着别人回信、寄杂志和稿费么。又不像，没看到她的汇款单，印刷品也不多。最关键的，那些都是一个人给她的。我更好奇了。

有两次送邮件，经过陈禾的门口，门都关着。没她的邮件就没见她开过门。她的邮件对我成了好消息，每次在仓库拿邮件，看到陈禾的名字就高兴。我都觉得自己有点阴暗了。我也不去催局长了，随他去，多干一周就至少有一次可能看见陈禾家里的机会。

两周过去了，我按了她的门铃三次。很遗憾，她一点机会都不给我，门把得越来越死了。很明显，我们两人都感到了对方莫名其妙的敌意了。她开门还是一贯的及时，态度越来越居高临下，就像我的一个酒肉朋友说的，傲得像一泡屎。你到底傲得个什么劲儿？我一个送信的不吃你这套。我说："信。签字。包裹。签字。"我们停止使用谢谢和再见这类美好的词。两个星期脾气长了不少，事情没有进展。局长那边有消息了。

局长说："老周同志为我们的邮政事业做出了巨大的贡献，我代表局里向他表示衷心的感谢！"

一会议室的人都跟着鼓掌，我也鼓。

局长又说："虽然我们及时补充了一名新生力量，人手还是不够。所以，我们几个领导研究了一下，还是想继续挽留老周同志，一号线让年轻人跑，老周同志调换到我们邮局周边的线，老同志嘛。不知老周同志有什么意见？"

大家都看我，我噌地站起来："局长，我还跑一号线。"

整个会场一下子呆掉了。局长就是局长，率先回过神来，鼓掌。然后一大片掌声像暴雨一样赶过来。

局长说："看看，看看，老同志就是老同志，先进和标兵就是不一样！"

雨继续下。真是种豆得瓜，这辈子也没得过如此规模的荣誉。按局长的意思，今年我不"先进"也要"标兵"了。我这个"准先进"或者"准标兵"想的却是陈禾的事。

7

俞丹气坏了，就差指着我鼻子了："你有病啊，你还真以为你是小伙子？你知不知道，开弓没有回头箭，不累死在路上你是回不来的！"

得承认俞丹有道理，我把自己射出去了。我说："我就是不甘心。"

"你有什么不甘心的？人家一个女人，关你个屁事啊！"俞丹在床下走来走去，就是不上来，突然站住了，"哦，我明白了。你是不甘心，一个住高楼养宠物的女人，你怎么可能甘心呢？"

"看看你，扯到哪儿去了。我又不是没见过女人。她长得

125

又不好看。"

俞丹笑得咯辚咯辚的，只用鼻子出气："你终于说实话了！我说呢，看来是我粘着你了。好，从今天开始，我他妈的再来找你一次，我就是个婊子！"

"你这人，没意思了吧。给根竿子就往上爬。"

"竿子你都给了，我不爬还等着你笑话？"她开始收拾自己的东西，两年来零零散散丢在我家里的。我下床劝她，她一胳膊肘把我送回了床上。我还要过去，她指着我，"你别过来，再过来我报警。今天我就要回脸给你看看！"

"你别说风就雨，我就是觉得她有点气人。"

"气人？你原来不是说就想看看她家里到底藏了什么宝贝么？什么时候变成人了？"俞丹一根筋，再说什么她都听不进去，走了，拉都拉不住。她把门摔得半个城市都听得见。

我知道她想让我老老实实跟她过日子。都说过很多次了。她说，你看，我们都不小了；你看，我们都到后半辈子了；你看，我都主动过来了；你看，我们都这样了；你看，你过去的那些乱七八糟的女人我都不在乎了；你看，其实我什么都能依你。你说话啊。我就哑巴了。我不想说这个话。就不想说。摸着心口窝说，俞丹是个好女人，配我实在是太他妈的绰绰有余了。可我就是不想跟另一个人绑在一起。

俞丹走后，我躺在床上抽了半夜的烟。那个陈禾，我怎么就从她家里转到她人了？我也糊涂了。后半夜我都在想这事，天亮了也没弄明白。

现在我有信没信都往桃源新村跑，就觉得有点事要去做。从陈禾门前走一圈，我知道什么也看不到，还是去。有一天在仓库给邮件分类，又发现一封陈禾的挂号信。仔细地研究了信封上的笔迹，突然脑袋一亮，从邮袋里取出签名单，把她的字迹和信封上的对比了一下，不太像，但也不是一点影子都没有。我找了两个伙计，让他们也看，他们说，老周你是不是累糊涂了，怎么可能有这事？除非头脑有问题，才自己给自己写信。我想也是。

去桃源小区，我没有及时地把信给陈禾送去，放在邮包里压了一天。第二天又去，刚到小区门口，就看见她抱着猫脸狗站在那里。

"有我的信么？"她冷冰冰地问。

"没有。"

"哦，"她说，转身就走。走了两步又回过头，说，"应该到了。你们不会丢信吧？"

我说："什么意思？"

她说没什么，随口问问。满脸狐疑地走了。我心里生出了一种隐秘的快乐。

第三天我把信给她。她看了看邮戳日期，质疑地看着我，"前天的邮戳，怎么今天才到？"我装模作样地接过来看了看，发现信封上只有我们局的邮戳标记，也就是说，这封信就是从我们局里寄出来的。这个发现让我浑身激动得哆嗦了一下。"可能是分信时落下了，"我说。"不太清楚。"然后我就走了。我对她的房间已经没有兴趣了。

8

这两天休息，我骑着空车在桃源新村里转，转累了就跟小保安聊天。就等着陈禾出来。第一天没动静，第二天下午她出来了，一个人，骑一辆十分漂亮的女式电动助力车。我看到她把车头拐向了市区，就从门卫值班室里出来，骑上自行车就跟着。开始还能差不多跟上，后来紧蹬慢蹬，还是被甩下了。真的老了，当年骑自行车跟摩托车赛跑的壮举一去不返了。进入市区刚一会儿，几个红绿灯之后就找不到她了。我钻进巷子，抄小路走。

赶到邮局，车子没锁就跑进大厅。人不少，没有她。我不死心，买了份报纸，找张椅子坐下来等。一份报纸快看完了，我都快放弃了，她进来了，高跟皮鞋的声音一路响到服务台。有点远，听不清她说什么。我在报纸后偷窥，这个女人，看起来没四十也不远了，她把自己收拾得像个贵妇人。因为排队，十分钟之后她才办完手续，我看见她下了台阶，戴上丝织手套和墨镜，才发动助力车离开。

现在问题又来了，我怎么才能看到她寄的东西。直接进服务台查也没什么问题，我都认识，只是名不正言不顺。我看看表，离收集整理邮件还有四十分钟，我又去买了另一份报纸，把大同小异的新闻报道重看了一遍，然后去帮他们收邮件。这事比较正常，我经常帮他们干这种活儿。

在一大堆邮件里找到了，唯一一封寄给陈禾的挂号信。署的是友谊商城姓石的一个名字。如果仔细推敲，还是能从那字迹里看出陈禾的签字风格的。我拿起那封信抖了抖，笑一下，扔进了信堆里。

这封信第二天就到了我的邮包里。我把它放在绝对安全的夹层里。桃源新村所有邮件都送完了，我举着它按了门铃。陈禾开门的速度依然很快，她从仅容一人的空当里出来，门在身后关上了。

"挂号信。"我说。把本子递过去让她签字。

"谢谢。"签完了，她要伸手拿信。我把信使劲抖了抖，说："以后有信我可以帮你寄，省得你一次一次地往市区跑。"

她的脸一下子就撂下来了，这正是我想看到的。我微笑地盯着她，我们在对视。她的嘴唇慢慢地开始抖，脸色开始涨红，眼睛里开始有东西出来。足有十秒钟的时间我们都一动不动，最后她扛不住了，突然转身要推门进屋，门被带上了。她掏钥匙开门，摸索了半天才把门打开，她推门的力量很大，进去时我看清了客厅里的摆设。沙发，茶几，电视，音响，几盆花。和别人家的客厅唯一的区别在于，她的窗帘是拉上的。这就是我一直好奇的门后世界。门关上的时候，我听到她发出的微小的哭声。

下楼梯的过程中我是一个胜利者，出了楼，看到了满天的红云，血红，偶尔镶着乌灰色的边，背后是伤心的蓝。又是一个日落时分，我的心情陡然坏掉了。巨大的孤独和忧伤不可遏止地席卷了我，我又感到了轰轰烈烈的饥饿，饿得直不起腰来，空空荡荡的饥饿和痛，痛得我两眼流泪。我捂着肚子坐在楼前的台阶上，影子落在身边，一小堆，孤零零的，像谁家丢在楼前的一堆垃圾。一个人从我面前走过，说："这不是送信的老周吗，怎么回事？生病了？一头的汗。"

"没事，"我摆摆手，挤出点干笑来，"胃疼，两分钟就好。"这个时候，我不想别人来看笑话。

那人走了，我抬起头，看见陈禾的窗户里飘出了一段窗帘。不知道她是否还在哭。她随手把门关上，也许仅仅是不愿意自己的生活被别人窥视，就这么简单。她把信寄给自己，也许只是一个游戏，或者，只是为了让自己知道，她还没有被抛弃，那些邮件定期把她和这个世界绑在了一起。她不想跟我一样，时时觉得自己是地球上的最后一个人，是被所有人扔掉的。也可能是其他。不管是什么，与我有什么关系？

我竟然把那封信不遗余力地抖给她看。

太阳快落了，我不得不站起来推车往回走。饥饿和难过还在，我迫切想吃顿好的，想找一个人，改变眼下无法克服的孤零零的恐慌，我得把空洞洞的身心塞满。

到了郁金香，天完全黑透了。我饿得手都哆嗦了，自行车没架好，摔倒在地上。我没理会，径直进了饭馆。俞丹坐在吧台后抱着下巴发愣，看到我更愣了，她站起来又坐下，一声不吭。

我扶着吧台说："快，我饿死了。"

　　俞丹看看我，走出了吧台，还是没说话。我一把抓住她，说："我快饿死了。"她想拂掉我的手，脸上的表情复杂，饭馆里的客人都看着我们。我抓得更紧了。"别这样，"她小声说。我不管，把她往帘子后面推。"你要干什么？"她踉跄着往后退。很多客人哄笑起来。我还是推，一直把她推到帘子后，就我们两个人，我抱住她，觉得空洞的地方开始逐渐充实。

　　"怎么回事你？"俞丹说，"满头满脸都是汗。"

　　"饿的。"

　　"饿了叫小瓜做饭啊，你抱着我干什么？"

骨科病房

1

6床进来的那天大家都记得，具体日期说不清楚，不过那是个好日子，国家队前一天晚上总算赢了球。当时8床正在看当天的晚报，他拍着被子大叫，进了一个，又进了一个。整个病房的人都竖直了耳朵盯着8床的嘴，除了8床，对足球一知半解的只有9床。但是大家在这个无聊沉闷的时刻无一例外地振奋起来，希望8床进第三个球，乃至更多。可是8床说，到此为止了，他很满意，模样有点像主教练。病房里重新安静下来，病人和他们的家属再次懒散地趴到病床上，等待晚饭早一点到来。就在这个时候，6床被一伙人抬着架着从外面进来。走在前头的护士指着空荡荡的床位说，就这里，以后你就是6床了。

他们看到的是一个脸部瘦削而身体发福的老人，头发只剩下四周的那么稀稀拉拉的一圈，他被三个男人和一个年轻的女人七手八脚地移到床上。把他放到床上似乎不是一件容易的事，体重当然是一个问题，主要是老人嘴里嘶嘶啦啦叫疼的声音让他们不敢轻举妄动。终于放置好了，那几个人松了一口气，病房里的观众也跟着松了一口气。年轻女人说，爸，你别担心，我们已经挂了专家门诊的号，明天早上会有这里最好的医生给你诊治。另外的三个男人也都称呼老人为爸，让他安心养病，很快就会恢复如初的。老人说，恢复如初，哎哟哟，恢复如初。安慰过之后，三个男人一字排开站在年轻女人的身后，好像不知道下面该干什么。女人给6床掖了掖被子，说，愣着干什么？还不去到车上把行李拿过来！三个男人相互看看，转身出了病房。

年轻女人留下来，她对病房里其他人笑一下，说不好意思，打扰你们了，我父亲以后和大家就是病友了，请大家多多关照。又是一笑。躺在床上的欠起点身子，坐在床边的伸直了脖子，都向她回报微笑，他们嗓子里的声音转了几圈又回去了，什么意思都没表达出来。大家面对这意外的客气多少有点不好意思。在病房里待的时间久了，整个人都随着缓慢的生活节奏松散下来，尤其对看护病人的家属来说，每一天都像是留在家里过周末，懒得换下拖鞋和睡衣，头发慵懒蓬松，甚至连洗漱都会忘记。若是突然有一身西装推门而入，礼貌地向你招呼，你会觉得这样的方式与你的生活相去甚远，以致无法适应。所以病房里的人都对着她毫无内容地微笑。他们的笑倒让她不好意思再说了，毕竟还是陌生人。这时候7床，一个九岁男孩，突然从床上坐起，说，你叫什么名字？

我？年轻女人吃惊地指指自己，你说的是我？

133

是你。男孩一本正经地说，你像我们语文老师，身上有好闻的香味。

他的母亲，此刻正坐在儿子身边的女人轻轻地拍了一下他的屁股，不许瞎说。然后对年轻女人说，小孩子不懂事，你别见怪，因为腿伤，他都三个月没上学了。她的拖鞋吊在脚上来回晃荡着，没穿袜子，脚指甲有一圈清晰的黑垢。

没什么，小家伙挺讨喜的，年轻女人说，告诉阿姨，你叫什么名字？

遥遥。他的母亲说。

不，庄遥。男孩纠正。

庄遥的严正申辩引得病房里的人都笑起来。9床躺在床上，扭过头说，乖乖，遥遥长成大男人了，明天让你妈回家给你找个媳妇。9床的老婆，一个丰满结实的女人，接着丈夫的话说，我们家有个小邻居，叫燕燕，和你一样大，遥遥，说给你做媳妇要不要？

不要，遥遥说，给8床做老婆吧，他要。说完立刻拉过被子盖住脑袋。

大家又笑。8床是个年轻的小伙子，长得很精神，好像身上有用不尽的力气。他伸手拉遥遥的被子，对着遥遥的屁股打了一巴掌，说，我老婆多呢。小家伙竟然也知道老婆。

6床一句话不说，只是哼哼。三个男人回来了，手里各拎着包或者马甲袋。该给爸买点吃的了，其中年纪轻一点的对年轻女人说。她看看手表，问父亲想吃什么，过会儿给他带来。6床说什么都不想吃，腰疼。年龄稍大的一个说，多买几样带回来，爸想吃什么就吃什么。6床瞟他一眼，脸转到另一边去了。

2

第二天早上八点二十分左右，骨科主任唐医生带着一群医生和护士来查房。唐医生据说是这家医院骨科的领军人物，被认为是该领域难得的专家，医院因他在全省得了声名。唐医生先是和6床的小女儿，也就是那个年轻女人握了手，他们看起来很熟。后来大家知道，6床的女儿是在本市的另一家医院工作，而且还是某科室的主任，他们认识就不足为奇了。唐医生因此对6床表示了极大的慎重，他仔细地询问了6床的病情，比如哪儿疼痛，行动是否方便，腰部和腿有何感觉，饮食和睡眠情况如何。6床在断断续续的呻吟之间做了回答，必要时，他的女儿，还有站在旁边的他的三个女婿分别做了补充。根据有关症状，唐医生说，应该是腰椎间盘突出，具体治疗要循序渐进。

6床说，医生，能不能早点止住疼痛？睡不好觉，也没法走动。最主要的，要花多少钱哪，可苦了人民了。

唐医生一愣，什么苦了人民？

公费医疗啊，6床说，实报实销。

您老是退休？

离休。6床说，离休老干部。三九年参加工作呢。

大家都知道6床原来是有来头的。他们弄不清楚离休和退休有什么不同，但听6床自豪的口气，二者区别一定不仅仅是馒头和包子的关系。这些人多是自费治疗，为了筹钱历尽周折，因此不由得羡慕起6床和他的女儿女婿来。唐医生说，既是公费，那就好办了，我们可以用最好的药为您治疗，您老贵庚？

七十八。6床的女儿说。

看不出，唐医生说，看来手术还不能轻易实施，目前只能接受保守治疗，先住半个月观察一下。睡眠还好吗？要不要转入单人病房？那里的条件好得多。

不要，6床说，已经花了不少钱了。苦了人民了。

唐医生没再说什么，和6床女儿打个招呼就到其他病房去了。6床继续有一声没一声地哼哼，说疼啊，疼得睡不着觉。他的话引起昨天晚上留下来看护他的二女婿的不满，二女婿说，你还睡得不好？我给你折腾得一夜就没合上眼。6床的女儿和大女婿、三女婿一声不吭，他们昨天晚上都回到各自的家里，一觉睡到天亮。6床没有因此感谢，也没有对二女婿有所抱歉，他把头一偏，歪到一边去不理他，嘴上还说，疼啊，睡不好。

真正没睡好的应该是病房里的其他人。上半夜6床一直哼哼，更像是唱一支不成调的民歌；下半夜不唱了，代之以惊天动地的鼾声。那鼾声也不是持之以恒的同一个调门，忽高忽低，有时半天没有动静又异军突起，轰隆隆从鼻子和嘴里蹿出座山峰来。6床的二女婿与岳父相和，睡在临时租借来的行军床上也是呼噜来呼噜去，聒噪得大家根本没法睡。这一夜他们睡得都很浅，像浮在水面上漂流，稍大一点的风浪就把他们惊醒了。之前病房里的夜晚一直很安静，大家随便说上几句闲话就睡了，清醒的只有男孩庄遥，他左瞅瞅右看看，自娱自乐累了也就睡了。昨天晚上遥遥睡不着了，他不停地弄醒浮在睡眠表层的母亲，告诉她6床在唱歌，然后学他打呼噜的声音和样子。母亲说，睡觉，管别人唱歌干什么，你看叔叔们都睡着了。她说的是8床的小伙子和看护他的堂兄阿三。遥遥说，你骗人，叔叔都睁着眼睛。母亲转身看了一下8床，他们俩果然都睁着大眼，她闭上眼翻一个身，在6床和他的二女婿的鼾声里含混地说，去，睡。

3

病房里的人很难相信6床今年已经七十八岁，从外表看，不过六十多，若不是腰椎间盘突出让他腰疼，6床完全可以挺起腰杆走路，那模样就气派了，是个老干部。老干部这个词让人不敢低估，怎么听都像是首长厅长之类的大官，因此他们不敢随便去问。是他的二女婿不屑地告诉了别人，就是个前镇长。那也是几十年前的事了。但是6床从不这么对别人说。他很少与别人交谈，偶尔谈起的也是些陈年老事，比如建国，比如"文革"，比如十一届三中全会。6床想当年的表情无比深重，说起"文革"的语气充满了现实感，那时候他一夜之间成了阶下囚，戴着白纸做成的圆锥形高帽，脖子上挂一块贴着批判标语的土坯，整个人忏悔似的低下腰身，比现在腰弓得还要厉害，被一群意气风发的人牵着走、赶着走，身上落满了来自四面八方的石子和浓痰，活像落魄的白无常。但是他挺过来，一声不吭地当了好几年的农民，直到十一届三中全会之后，他平反了，他成了老干部。

就这样，6床意味深长地说，成了老干部了。

他的二女婿在他遥想当年的时候总是去厕所，或者到走廊道里溜达，他不愿听。6床对他的这个女婿显然也很不满意，他不看他从家里带来的那本被他翻得起毛的《"文革"十年史》，而是偷空去楼下的地摊上买那些两三块钱一本的地下杂志，花花绿绿的充斥色情和暴力的小故事。6床认为这是品位问题，他后悔当年同意了二女儿的婚事，女儿昏了头他怎么也跟着昏了头呢。

病友们陆陆续续地知道了二女婿的一些情况，这些都是他自己说的。姓林，所以6床一直叫他小林，当然这也是很久以前的事了。自从对这个女婿横竖不顺眼后，6床连小林也懒得叫了，他不和小林说话，一说就吵，不得不说时都没有称谓，反正病房也不大，随口说一句话就知道是和谁说的。小林原来是个工人，三年前工厂倒闭，成了无业游民，其间零零碎碎做了几回生意，也是赔多赚少，索性不再为工作和生活发愁，想起来就出去跑两天，卖青菜也罢，蹬三轮也罢，只要赚钱什么都干，累了烦了就在家歇着，反正还有老婆在工作挣钱呢，女儿也工作了，操心的事不多了。人一在生活里放松了，嘴边就没遮没拦，想说什么说什么，这是6床尤其看不过去的，什么事小林都要插上一嘴。不喜欢归不喜欢，他不能把小林赶走，家里只有小林这么一个闲人可以在医院里长期照顾他。对病房里的人来说，经常看到翁婿两人生着对方的闷气也是件很有意思的事。

前面说了，8床是个年轻的小伙子，说话很滑稽，没事了就和7床遥遥逗乐。他的伤现在已经不太严重，但不能下床走动。小伙子受伤之前在少林寺习武，功夫练得不错，毕业后就留在少林寺里教授一帮小孩子。半年前，他的一个师兄请他到成都帮忙，师兄在那里办了一家武术学校，请他去代几天课。他是在课堂上受的伤，弹跳的时候腿部拉伤，他以为是常见拉伤，没当回事。一个月过去仍然疼痛不止，最后连行动都困难，跌打损伤的药吃了一大堆也不见好转，只好到医院检查。结果吓了他一大跳，肌腱断裂，再拖延下去整条腿就废了。他这才慕名来到这家医院治疗。现在左腿上从上到下都打着夹板，一层层地缠满了绷带。因为年轻，所以讨小护士的喜欢，他的油滑言行常常惹得护士们露出牙齿大笑。尤其是那些没见过世面的实习护士，她们从学校里刚出来，逐渐清晰的爱情意识让她们激动不已，在这寂寞的骨科十楼，她们在缺胳膊少腿的病人里发现8床不是件容易的事，所以总有小护士成群结队地来到8床身边，叽叽喳喳地围着他说笑。

早上查房的时候，8床问医生，他可不可以下床到洗手间去洗洗头发，躺着坐着大半个月，头发都能闻见臭味了。医生说不行，下床走动容易伤到筋骨，出了事后果自负，要洗就在床上洗。在床上怎么洗？他对着护士们做出思想者似的失望神态。护士长说可以洗，若真要洗就喊几个小护士帮你洗。8床一听就高兴了，随手划了一圈，就她们几个吧。那几个实习的小护士笑嘻嘻地说，美得你。说是说，查完房她们果然来了，每人端着一样器具，8床，拿头来。躺在床上洗头有一定难度，整个病房里的人都伸着头观看，甚至其他病房的也拥进来看新鲜。护士们用架子把调好的热水袋吊起来，8床仰躺在床头，脖子垫在一个半圆的凹形支架上，支架下面是一个椭圆形的器皿，水流下来就可以继续下流，一直流进放在地板上的脸盆里。实习生们大约也是第一次干这种事，几个人围成一团，在护士长的指导下才逐渐掌握要领。她们像一群喜鹊似的叫个不停，笑着抱怨水的不是和8床的不是。一个佯装气恼，说干脆把8床掐死算了。8床在底下夸张地叫，不好了，谋杀亲夫了。他的叫喊引来护士们的调笑，人人都伸出手在他头上挠一把。

8床隆重的洗头行动让观众大为羡慕，病人们开玩笑说，洗一下多少钱？我也洗一下。护士说，不要钱，免费的，你洗吗？说的时候嬉笑不见了，给对方的是一张公事公办的脸。病人讪讪地退后，他担心洗过以后还要付钱。怎么可能会有免费的服务呢？小林一直津津有味地看她们忙乎，呵呵地笑，说有意思，有意思，然后又说，你们是不是只给年轻的小伙子洗，我们老头能不能享受一下？护士说，当然可以，但是你不行，必须是病人。小林来了精神，说那好，你们给老爷子也洗一个吧。他对6床说，爸，你也洗一个吧。

年轻人的事你瞎掺和什么？6床说。

护士已经答应给你洗了，你看，都是年轻的小丫头呢。

出去！6床发火了，脸涨得通红，你就不能做点正经事？

小林气呼呼地说，不是为你好。出去就出去。刚出门，电话响了，他又折回来，准备接电话。他喜欢接电话。

让你出去的呢？有人接电话。

说不定是我的。小林已经把听筒放到了耳边，喂？是。他把话筒捂住，对6床说，看，是找我的吧。小三子问你还疼么？疼么？

疼！6床说，死不了！

4

自从住进医院，每天打两瓶点滴，十五天下来6床觉得仍不见效，疼痛非但没减轻反而加重，独自翻身都成了困难。医生每天早上来查房，得到的都是相同的答案，病情在加重。唐医生也着急了。因为6床先前曾在另一家医院治疗过，那里的医生就是唐医生的师弟，他在无计可施时想起了唐医生，他的声名远播的同门师兄，建议6床转到唐医生这里来治疗。这就给了唐医生很大的压力，能不能治愈6床已经不仅仅是解除一个病人痛苦的事情，而是关乎他的权威和声誉。为此唐医生的神情越发沉重，他想不通6床的腰椎间盘突出和别人的有什么不同，镇痛和缓解的药物他一换再换，他不可避免地想起"黔驴技穷"的成语来，再这样下去，他就是那头驴。不能再掉以轻心了，看来昂贵的药不一定就是最恰当的药，他决定在这个早上再询问一下6床的情况。

真是不幸，唐医生还在办公室里整理衣冠准备查房时，小林找到他。老爷子疼痛难忍，哼哼了一夜，小林说，唐医生你看我的眼，一宿没合哪，全是血丝你看到了吧？唐医生把梳子丢进办公桌里，说看到了，走，看看去。

6床躺在床上断断续续地呻吟，从昨晚十点钟叫到现在把他给累坏了。听到医生的声音他的呻吟声又提高了几个分贝。一夜的折腾，6床浑浊的眼睛红红的，脸也发红，像在发高烧。唐医生问他，现在感觉那里痛？6床有气无力地指指腰部，然后是臀部、大腿、小腿，还有脚面。唐医生脸板得像不规则的大理石，一路摁着6床指点的地方，他看到6床的右腿在萎缩，和左腿已经出现明显的不对称。

这里疼吗？这里呢？他听到6床疼得哆嗦的声音，唐医生的右手所到之处，6床一直在告诉他，疼，麻。疼，麻。唐医生说，好，好，明天手术。说完转身出了病房。查房时没有再来。

病房里此刻昏昏沉沉，他们都没睡好，躺着或趴着打瞌睡。外面市声喧闹，病房前不远处正在建一栋新的病房大楼，塔吊伸着巨大的手臂这里抓一把那里抓一把，吱吱哟哟的声音尖锐地钻进耳朵，像刀刃垂直在铁块上走过。8床闭着眼睛想回家的事，堂兄阿三昨天刚从家里回来，告诉他，家里实在拿不出钱，不能再住下去了，医生也说了，他可以先回家，只要保持不受大的动荡，静养一个月就可以解除绷带和甲板，这期间还须坚持挂水，就是说，如果出院，必须带一大堆药水回去。8床早就想回家，可一想到回家又难过，住院的三个月里，家里的钱给他用光了，朋友那里也得了不少的帮助。应该说师兄弟们还是很讲义气的，他们从成都，从少林寺，从中国的各个地方长途跋涉来看他，每个人临走时都多少留下一些钱。就是靠这些他才能够在医院里待到现在，大大加快了康复的速度。他笑笑，转身的时候，看到9床在看他。

要出院了？9床说，你的朋友都不错。

要走啦，8床说，再过几天你也该能下床走动了吧？

9床笑笑，抚着趴在床边瞌睡的老婆的肩，一声叹息。她在医院里服侍他半年，一天都没离开过，连一句怨言都没有，她只希望丈夫能早日康复，和过去一样活跃健壮。

9床过去的日子很滋润。家住这座城市的郊区，原来是农民，丢掉土地做起小生意，渐渐做大了，自己开了一家供应日用百货的杂货店，撑不死也饿不死，还交了一帮在那个小地方颇有点头脸的朋友。在其中一个提议下，他们拜了把子，发誓要像桃园结义那样肝胆相照同舟共济。去年冬天他从朋友家喝酒回来，坐在摩托车上感到屁股疼，回到家对妻子说了。妻子想也许是遭了冷风，或者是关节炎，暖和暖和就没事了。他在被窝里坐了两天，电热毯开到最高温度，浑身冒汗，可屁股那儿还是丝丝缕缕地抽着凉气，越发地疼痛起来。问题大了，才决定到郊区的诊所去。但他刚下床就跌倒了，站不稳，腰部以下好像不是自己的，扶着架着也软绵绵地站不起来。用车子拖到郊区诊所，医生了解情况后，让他赶快去大医院。医生的命令代表了某种不可言说的恐怖，车子拐了个弯直奔市区。

医生说，股骨坏死，必须立刻动手术，置换股骨。听到诊断结果，9床和他老婆头都大了。医生的意思是，腰部以下切开，取出死去的骨头，换上新的。医生说，放进去的是人造的塑料股骨，它们在下半生成为你身体的一部分。没什么好说的，切吧，换吧。问题还是钱。手术费八万。9床听到这数字倒吸一口冷气，对老婆说，买一个活人又能要多少钱。老婆就哭，十八万也做，我要的是一个健康正常、能跑能跳的人。然后就做了。他们把杂货店折价卖给了别人，加上多年来的积蓄，大大小小凑在一块儿只有七万。只好借了。从亲戚那里借了一万。

浑身酸麻地从手术室被推出来，已经到了日落时分。一天了，9床在病床上木木地想，八万就这么没了。过去他从不考虑钱的问题，身外之物，大男人不该在乎那些东西，现在他知道自己过去活得有多轻率。事实上这只是开始，他要住院疗养，医生说大概要半年才能下床行走。半年意味着一天天向医院送钱，一直送一百八十多天。他躺在床上一动不动，依靠电话和朋友们联系，告诉他们这里有一个需要现金的人，向他们借。朋友们很慷慨，三千五千地拿出来，常常三五成群地来看他。后来就不行了，他们的热情难以为继，很少到医院来看望他们的把兄弟，他们的钞票也躲得远远的。他们担心这是个无底洞，借了就还不上，你不能不怀疑那些新置进他身体里的塑料，那东西是否还能让他和过去一样行走如飞。即使行走如飞又能如何，他能把送给医院的十五万块钱挣回来？即使挣得回来，谁又能知道那时候他是否老得还能走得动路？

十五万。9床想得最多的就是这个数字，它还在上升，见风就长。他在床上不动窝躺了半年，连翻身都不能，两只脚一会儿被两个铁块吊着，名为牵引，一会儿又用架子支起。这些都没能把他累坏，累坏他的是十五万。每次老婆风尘仆仆地从外边回来，他都羞愧难当。半年来老婆只做了两件事，看护他和到处借钱。他不知道已是这间病房里的多少朝元老了，一茬一茬地进人，一茬一茬地走人，每次只把他剩下来。现在8床也要走了。他对8床笑笑，说，走了好，走了好。

5

手术进行得十分顺利。6床打过麻药后一直在等医生们动手，但是他们似乎并不急着操刀，而是在他腰部比画来比画去，像用一支铅笔在作画。大约一个小时，6床忍不住了问医生，为什么还不手术？医生说，已经结束，还有几针就缝合完毕。就这么完了？6床很奇怪。之前医生们一直说，年龄太大不宜手术，还以为多大的动静呢。他被护士从手术室推了出来，觉得想睡觉，迷迷糊糊就过去了。后来被一阵疼痛惊醒，腰部的刀口让他意识到，手术的确是做完了。他看到床边或站或坐着小女儿和小女婿，还有那个让他厌烦的二女婿小林。

爸，你放心吧，女儿激动地说，医生说再休养几天就没事了。

他没说话，闭上眼努力想再睡一会儿，听到7床的庄遥对他说，8床走了，8床出院了！男孩的声音他很不喜欢，这是最近几天才发现的，原因是他不喜欢庄遥的妈妈，那个大大咧咧的农村女人，他发现她和小林关系暧昧。

其实，住院后的第八天6床就发现了问题，小林和庄遥的母亲的眼神不大对劲，两人的目光之间老是有个来历不明的夹角，那个角度的复杂性对任何成人来说都是不言而喻的。但此时6床还是不敢相信，原因之一是他不能肯定躺在床上时发现的那个角度就是正确的；另外，那女人的确太一般了，要什么都没有，脸，腰身，实在不适合搞外遇，尤其是不乏村妇的一些粗俗举止。6床知道小林不是个十分正派的男人，但他的眼光还不至于低劣到要和这样的女人瞎搞的程度。事实证明他高估了二女婿。

6床记得刚住院的那两天，老听庄母说没钱了没钱了，没钱住院了，反正遥遥的病也不能一下子治愈，回家治也一样，那要省下好多钱。可是到了预定出院的时间他们没有离开，庄母不再提出院的事，而是说，医生说了，遥遥的膝盖积水必须再观察一段时间，过几天还要抽一次水，绝口不提钱。6床只是看到庄母没事的时候往小林身边凑，晚上睡不着也会大老远找小林搭茬。6床想，小林也不容易，从上次住院起就是他看护，那次是半个月，现在又要很多天，整天待在病房里和坐牢区别不大，一个大男人，成天这样没什么想法也不现实。尽管他不喜欢二女婿，但他服侍自己还是尽心尽力，难为他长久地守着自己，所以也不太过问小林的事。偶尔一天早上，6床想去厕所，小林又不在身边，他只好自己忍痛下床，拄着拐杖慢慢地向厕所挪。在平时，都是小林搀着他去。当他挪到厕所门口时，看到庄母正抓着小林的手，很委屈的样子。他觉得浑身发抖，他们竟然在厕所门口就这种样子，那女人穿着拖鞋和睡衣，头发蓬乱，那模样大概从早上起来牙都没刷脸也没洗。他站在原地，用拐杖用力地磕地面，他不想让别人看见他女婿在医院里和一个女人胡来。

小林惊出了一身汗，上前搀住他说，爸，你怎么来了？

厕所也归你管？6床说，一甩胳膊把小林推到一边去，你忙啊！

小林在接下来的两天收敛了许多，不过很快又管不住自己的眼睛了。庄母从原来睡在儿子右边转到了左边，晚上睡觉时喜欢把腿伸出被子。天还冷，又是公共场所，病人家属睡觉都穿着外衣。庄母也穿着裤子，但是伸出被子时总能露出一截丰白的小腿。小林就睡在她不远的行军床上。6床目测了一下，小林伸出手完全可以摸到庄母的腿。6床常常在夜间醒来，第一件事就是找庄母的腿边是否多出一只手。还好，小林的呼噜如日中天，他似乎已经忘了这回事。6床开始心疼邻床的女人，天还是挺冷的。

在手术的前一天，小林端水给岳父喝，吞吞吐吐地说，手头没钱了，买饭都成了问题，能不能再给一千，就算借的。6床一听就明白，环视一下病房，那女人不在，他说前些天不是给你一千么？

没敢告诉你，爸，小林说，下楼买饭时丢了，就剩下一百，全用在伙食上了，你看我这些天连烟都不抽。

6床很想给女婿一个耳光，但这是病房。他犹豫一下，从上衣口袋里摸出钱夹，抽出五百块钱。半个月的零花钱，他说，别再丢了。他把"丢了"咬得很重。

小林慌忙接过，说谢谢爸爸，谢谢爸爸。

遥遥抱着他的受伤右腿，膝盖上缠着厚厚的绷带，大有不达目的誓不罢休的天真气，再次对6床说，8床出院了，6床爷爷，8床今天早上走了，你什么时候出院？

不知道，6床说，觉得刀口一阵阵跳痛。小林说别动，别动，渗血的管子还在刀口里。他把盛放渗血的塑料盒子向旁边移了移。这些事小林做起来得心应手，而来看望父亲手术的三女儿夫妻俩就只能在一边看着。住院以来，三女儿夫妻俩连同他们十岁的儿子，也只是来看看父亲，没在这里住上一个晚上。他们说，工作实在太忙了。

出院好。6床对遥遥说，空出一张床，让你妈妈过去睡，你妈整天陪你太辛苦，夜里都睡不好觉。

遥遥抛起枕头，开心地说，妈妈到那边睡啦，我的腿就想伸到哪儿就伸到哪儿了。他对妈妈说，妈妈，今晚你就到那张床上睡。

庄母尴尬地笑笑，说，听遥遥的，是该到那边睡了。

6

庄母在8床上只睡了一个晚上，又住进一个从其他医院转来的病人，刚来的老人成了名副其实的新8床。他也腰椎间盘突出，五十来岁，本市某所中学的化学老师。6床对新来的8床没有太深的印象，他们隔着7床，而且8床沉默寡言，整天躺在床上翻看学生的作业和他自己的课本。8床老伴说，不能上课之后，他每天都要看看学生的作业心里才踏实。老伴抱怨，看有什么用，病治好也该退休了。但8床仍然坚持不懈地看，他还想给学生再讲几堂课。6床不能过多关注8床，他的大部分时间都在和疼痛与小林做斗争。让他稍稍放了一点心，庄母回到儿子的床上，没有选择睡左边，而是回到了先前的右边。

8床进来的第二天就进了手术室，接受和6床相同的手术。类似的手术并不大，只是在腰部切开一个小口子，把紊乱的骨头调整好，然后再把刀口缝上。像为封闭的房间现开一扇窗户，跳进去把杂乱的东西收拾好，出来后再把窗户堵上。8床手术过后感觉很好，除了刀口渐趋衰微的疼痛之外，腰椎间盘突出对他的神经压迫已慢慢消失，疼痛几乎可以忽略不计。他对看望他的学生说，感觉好极了。可是6床没这么幸运，手术两天之后就对医生提出了质疑，现在不仅是臀部疼痛加剧，大腿、小腿，还有脚面，都是日甚一日地疼痛。

唐医生脸上像下了霜，他是经过全面论证才决定给6床实施手术的。6床年龄偏大，很少有医生愿意给近八十岁的老人做手术，伤口愈合太慢，容易感染或者出现其他难测的情况。现在做了，他亲自主刀，整个手术他都瞪大眼，生怕哪个地方出一丁点差错。平心而论，此次手术之谨慎是他多年所没有过的。可是结果让他浑身出汗，疼痛居然变本加厉。他询问了小林，手术之后6床是否有过大的动作或其他意外情况。小林想了想，手术后的第三天岳父就独自从床上爬起来上厕所，他要大便，而当时病房里却聚着一群花枝招展的小姑娘，都是来看望8床的学生。6床不好意思在众目睽睽之下躺在床上大便，所以要起床。偏偏小林正在走道里晃荡，他看到岳父时，6床已经走过去厕所的一半距离了。他跑上前去挽着岳父，让他回床休息。老爷子坚持要去，他只好挽着他去了厕所。回来的时候他就发现老爷子不像刚才那么自信了，涨红了脸直喘粗气，躺在床上一动也不能动了，连呻吟也发不出来。小林知道他的伤口一定很疼，他只是不愿向刚刚的贸然举动认错，闭上眼干受着。

唐医生总算找到了一根救命稻草，有点理由了，他又有了一点时间去考虑对策了。其实他很清楚，这个时候下床问题不大，而且与腿疼没丝毫关系，但他还是抓住了这根稻草，对6床和小林说，有可能受到伤口的影响，先观察几天才能定论。

注意，他隆重地伸出右手指头强调，一定不能乱动。然后拎着白大褂匆匆出了病房。

遥遥和他的母亲终于决定出院。护士前一天晚上就已经催过，再不预付医药费，从明天开始7床的药水就停掉。他们前几天交上去的七百块钱已经用光，再想不出办法只能出院。看着护士表情空白的脸，庄母的嘴茫然地动了动垂下头哭了，她知道没办法了。她想不通为什么遥遥的膝盖里会有那么多水，像黄河之水源源不竭，医生怎么抽也抽不尽。不就是一个小膝盖么？不就是那么一点水么？都住了一个半月了还这样。她的哭泣引起了遥遥的悲伤，遥遥说，妈，你别哭，我明天就出院，妈，你看，我的腿好了。他用力地搬起自己的腿，刚抬离床面就摔倒了。他抱着母亲的胳膊哭起来。病房里静得怕人，所有人都不说话，那个发布命令的护士讪讪地退出了病房。

这一夜6床没睡好，腿疼只是原因之一。他听到庄母辗转翻了一夜的身，凌晨时分他终于沉沉地睡着了。醒来时已经七点半钟，侧身看一眼7床，空荡荡的，那个叫遥遥的九岁男孩不见了，他的母亲也不见了，被褥叠了，但不整齐，是匆忙之间的急就章。6床有些难过，像丢了东西，又像是想吐，他忍了忍，把那些说不明白的东西给咽了回去。这时候小林端着早饭从外面进来，说，爸，吃早饭了。

6床答非所问，他们上车了？

上车了。小林说，喝点豆浆吧，爸，趁热。

不想吃，6床说。

151

查房时病房里又热闹起来。医生问9床和他老婆，尝试过下床走动没有？下床走动？9床夫妻俩几乎怀疑他们的耳朵，医生你是说下床走动？医生点点头，说到日子了，应该可以下床了。9床的妻子手里的馒头落下来，掉进豆浆里，溅了她一身水。她的嘴张着，好像一直在等待馒头的到来，但是它掉进豆浆里了。她站起来，说他可以走了？然后拍了一下自己的脑袋，我竟把这个日子给忘了。今天几号？你们知道吗？大家都笑起来，弄得她和9床都不好意思。但是他们顾不得了，她说别动，我扶你坐起来。

医生随意地挥动着他手中的文件夹，说，看把他们激动的。你们慢慢来，乍起来他可能不适应。带着一群小护士到隔壁的病房去了。

9床面目潮红，头上都冒汗了。他对突如其来的消息一时还无法接受。他们当然知道会有这么一天，而且一定也牢牢地记住了这个日期，但是半年结结实实的等候和盼望把它变成了一个抽象的东西，像一个理想，存在着，却有遥遥无期的虚空，以致突然到来竟措手不及，怀疑它是否是冲着自己来的。

夫妻俩在努力，他们不要别人帮忙。是8床的学生率先鼓起掌来，随后整个病房都加入了祝贺的行列，丢下筷子、汤匙和馒头，站着的，坐着的，躺着的，拍出了整齐的掌声。9床和他老婆哭了。她跪在床上，抱起丈夫的头和后背，一点一点向上抬。

疼不疼？她问。

没事，他说，继续。

他倾斜着缓缓升起，像一面被修复的墙。坐起来了。坐直了。腿向外移动。脚垂下床。坐直了。双脚踩地。支撑。起。起。

不行，不行，头晕。9床突然说，他笑了，躺着觉得自己重，起来倒觉得轻了，太阳真好，让我先稳一稳，头晕。

病房里一阵笑声。9床看到了窗户外面的世界，这是他半年来第一次看到广阔的天空和阳光。他看到了不远处茁壮成长的病房大楼，他记得刚来时他们还在打地基，大卡车一辆接着一辆向外运泥土。当时医生对他说，新的病房大楼和他一样高时，他就能走了。现在他在十楼，新的病房大楼真的和他一样高。他该能走了。五分钟后他小心翼翼地站起来，还没站稳就坐到了床上。他觉得两条腿不足以支撑他的身体。两分钟之后他再次尝试，又跌倒了。第三次他终于答应让老婆揽着他站起来，他的确是站起来了，两条腿像在摇着筛子，他觉得有点累，气跟不上。但是他站起来了。病房里再次响起了长久的掌声。9床满头大汗，他没忘记幽上一默，转过身像伟人似的对着大家挥挥手。

那一天9床都在不懈地练习站立。他终于能够独自站立，甚至能够独立地走上两步，但痛苦是显而易见的。两条腿一直在抖，总是用不上力气，根据以往的感觉，他觉得现在的腿只有一半是自己的，不太听使唤，总感觉哪个地方不对劲儿，具体又说不清楚。9床的脸色越来越难看，开始还挂着笑，后来笑容僵在了脸上，到了下午三四点钟，所有的笑容都从脸上掉了下来。比他脸色更难看的是他老婆，她的早饭一直放在窗台上，馒头落在豆浆里，喝足了水，浮在碗中央。

医生曾说，站起来会和好腿一样。在你身体里，就是你的。

检查的结果给病房带来了末日般的气氛。由于某种非专业人员难以理解的原因，人造骨骼与身体某些部位和系统不协调，手术失败。必须选择恰当时日重新手术。9床被护士推回病房，脸白得像一张纸，另一张纸在他妻子的脸上。病房再次安静下来，大家都知道检查结果意味着什么。又是半年。手术费八万，加上住院费生活费等各种费用，第二个十五万。

7

在小林百无聊赖的看护生活中，6床还在哼哼。他的哼哼之长久，终于让医生和他的女儿女婿怀疑上了他疼痛的虚假性。在他哼哼的同时，做过相同手术的8床让唐医生十分满意，8床的病情让每一个医生包括小护士都感到生活的前景无限美好，他正一日千里地向健康的人群跑去。再调养观察几天，出院没有任何问题。

6床不行，他在手术后一天都没停止叫疼。唐医生经过细致深入的思考，没有发现6床症状的任何疑点，他的治疗方法和用药也没有任何问题，他甚至可以自豪地说，也只有他唐医生才能如此高明地用出这些药来。他决定从病理之外的因素找原因。为此他请来了6床的小女儿和女婿，以及一直守在6床身边的小林。他如实把病理方面的所有可能一一摆在他们面前，然后从理论和实践两方面一条条加以排除。唐医生是医学院的兼职教授，带过一群博士，他以学者身份对6床做了颇具学理色彩的分析，严谨，务实，不容置疑。同为医生，6床的小女儿深知唐医生没有任何问题。

问题在别处。小林抱怨着说，都是钱闹的，要在农村，像他这么大的人得了这病，疼也得挨着，直到疼死。小林的抱怨提醒了他的妻妹，她也觉得父亲有时比较过分，不就是个腰椎间盘突出么，至于那样成天哼哼唧唧吗？她觉得父亲的生活一向夸张，稍有点痛苦就搞得满世界都知道，腰疼以后，不仅在家里叫苦，还叫到医院，从镇医院叫到县医院，又从县医院叫到市医院。第一次去镇医院看望父亲，他坐在病床上神气地说，苦了人民了。当时她就想，公费就公费呗，这么张扬干吗，周围可都是为了治病东借西凑的农民兄弟啊。她把想法说出后，唐医生拍一下桌子如梦方醒，说我怎么就没想到呢？他是老革命，劳苦功高，在"文革"中又饱受打击，现在日子好过了，出现点心理问题也在情理之中。我怎么就没想到从心理方面做文章呢？

唐医生请来心理疾病的专家，在一个早上为6床会诊。会诊的过程骨科病人前所未见，医生们像幼儿园阿姨一样对6床循循善诱，问了很多让6床和病友们莫名其妙的问题。比如6床当年做镇长时的一些情况，"文革"中他所遭受的迫害，以及他现在对当年经历的看法，还有他对公费医疗和自费治疗的认识。等等。他们希望从6床的言谈举止中找到心理问题的突破口。结果令人失望，6床在七十八岁高龄依然头脑清醒，他的回答思路清晰逻辑严密，没有任何精神上偏执的迹象。他对"文革"不乏反思，对现状观点冷静，他仍然强调那句已经表达了很多次的说法：苦了人民了。经过一个上午的会诊，骨科之外的专家们无功而返，他们达成了共识：6床在精神上没任何毛病。可是他在哼哼，整个会诊的过程中他都没有停止过，而且不时用手去抚摩那条日益萎缩的右腿。该死的哼哼。唐医生简直要绝望。

会诊结束，唐医生在与众专家讨论之后，做出了新的决定：对6床进行全面复检。这是没有办法的办法。

6床不明白为什么所有人都不相信他的疼痛，从他们的盘问和眼神中他看出来，好像疼痛成了他的罪过。这让他不舒服，也许哪个地方真出了问题，但是在哪儿呢？他躺在床上无法入睡，一直到后半夜才迷迷糊糊睡着。朦胧中他看到9床从床上笨拙地坐起，然后下床，他的动作缓慢而力不从心，扶着墙壁走到门前，静悄悄地打开通往阳台的门，似乎还顺手拿了一张凳子。9床像个影子把门重新关上，来到阳台上。6床把脸偏向另一边，他不知道自己是否在做梦，他似乎还这么问了自己，应该是做梦吧，要不9床怎么能够站起来走路呢。他告诉自己在做梦，然后睡着了。

凌晨时分他被一阵骚乱惊醒，他看到9床的老婆蓬乱着头发在病房里转圈，结结巴巴地说，人呢，人呢？病房里其他人也跟着乱起来，小林从外边揉着眼进来，说，找过了，厕所里没有。别着急，小林说，也许他感觉好了，出去呼吸新鲜空气了。

不可能，9床的老婆说，医生说他要重新手术，不可能走出去的。

说不定就有奇迹发生了，8床安慰她，世界这么大，什么事都可能发生。没准医生诊断失误，其实他已经痊愈了。

9床的老婆稍稍放松一点，扶着床头大口地呼吸，突然她发现了阳台上的凳子。谁把凳子搬到了阳台上？她大声地说，我记得昨天晚上把它放在床头的。

6床出了一身的冷汗，明白了昨天夜里他看到的不是梦，而是活生生的现实。9床的老婆已经奔到了阳台上，大家听到她慌乱的喊声：啊——。声音因为惊恐变了形，不像出自人的喉咙。如6床所料，9床带着他作废的人造股骨飞身而下，从此离开了骨科病房。9床的妻子在十楼上俯视地面，一圈人围在垂直的楼下，一个人趴在清晨的水泥地面上，一动不动。她感到从未有过的疲惫，整个人像一团烂泥逐渐瘫软，缓慢地委顿在阳台上。

8

因为9床的自杀，8床提前出院。他不愿再待在这里，他总是在夜里看见9床的笑脸，和9床第一次从床上坐起时一模一样的笑脸，惊喜中带着男人的难为情的羞涩，充满了对新生活的热爱和向往。他忍受不了一个本该好好活下去的年轻人在梦中送给他一个一成不变的死掉的笑容。8床出院的早上，临走时握住了6床的手，说老哥，保重，还是回家好啊。

6床侧身看了看空荡荡的病房，雪白的床单覆盖在其他三张病床上，一片单纯的荒凉，他觉得冷风呼啦啦地全刮进了他的心里。这种景况他在最艰苦的岁月里也没有感觉到，他被别人的鞭子赶着，孤独是有的，但那毕竟还有身后的一点无知的热闹可以听取，回回头还能看见他们意气风发的无辜的脸。现在只有他一个人，守着这巨大的房间，他感到自己真的老了，离开家两三个月了，他想回去。像8床说的，还是回家好啊。

小林坐在7床上看着他，终于说话了，爸，检查的时间到了，我扶你过去。

按照唐医生的建议，6床把内科、外科、五官科、放射科所有沾边的能查的都查过了。有的当时能知道结果的小林就打听到了，都没大问题，有的也只是老年人因为体质和身体功能退化导致的常见小毛病，与眼下的腰椎间盘突出根本扯不上关系。不能当场告知的，要等到下午下班之前来领取结果。小林在搀扶的时候，发现岳父大人走路一瘸一拐，头上出了一层汗芽，但一声不吭，不说疼也不说不疼。问他也不回答，像在生谁的闷气。一圈下来已是中午，6床累得躺在床上只喘粗气。

下午小女儿和女婿也来了，他们随着小林把所有刚拿到的检查结果送到唐医生的办公室。那里已经聚集了好几个医生，根据年龄和相貌看，个个都不可轻视，不是专家也是教授。其中还有几个是6床小女儿的熟人，他们热情地和她打招呼，然后把脑袋凑到一起对检查结果进行分析论证。作为当事人的亲属，小林他们只能坐在休息室里等候结果。他们听到里面吵吵嚷嚷，仿佛他们进行的是一场辩论，而不是对病情的剖析。

大约下午五点钟，唐医生表情严肃地出来了。小林他们迎上去，急迫地询问诊断结果。唐医生不说话，把手中的一张纸条展开在他们面前，在那张只有处方大小的纸上，他们看到了两个巨大漂亮的黑色行书字：骨癌。那两个字在他们面前停留了近一分钟，他们也盯着字看了近一分钟。然后听到唐医生低沉的声音，不会错的，一定要照顾到病人的情绪，你是医生，你知道该怎么做。

他们在回病房的途中，深刻地体会到了乍暖还寒的意思。冬天已经结束，但是风吹到脸上还是冬天的味道。他们都不说话，主要是不知道说什么好，是该安慰一下对方还是该大哭一场，都不清楚。他们甚至都不知道该如何走进只有父亲一个人的病房。短短的一段路花了他们十分钟。进入病房大楼。乘坐电梯。电梯升到十楼停下，他们失重似的差点跌倒。电梯门轰然洞开，不得不出来。他们希望能够在病房外边就听到父亲的声音，比如哼哼声，咳嗽声也行，那样他们还有个话说。可是病房里静悄悄的，他们的父亲残忍地不发出任何声音，他让他们无话可说。

房间里空无一人。病床上被子掀起，6床的鞋子没了，拐杖也不见了。小林跑出病房来到护士值班室，声音嘶哑地问她们，我爸爸到哪里去了？护士愣一下，说我怎么知道，是你爸爸又不是我爸爸！他们找遍了整层楼道都没有找到。在下楼的过程中小林逢人就问，你见到我爸爸了吗？就是拄着拐杖的老人。一直到了底层，才打听到一点眉目。一个拎水果的小女孩说，她下楼时遇到一个拄拐杖的老人，走路高一脚低一脚，半个多小时左右。谢过小女孩，他们在医院里四处寻找。他们第一次发现医院这么大，好像永远也找不遍它的角角落落。后来小林想起一个地方，就是病房垂直的楼下。

三个人急忙来到病房大楼后面。他们的父亲正安静地坐在毁损的花园的石凳上，像一尊雕塑，背后是继续长高的新病房大楼和它伸出的长臂塔吊。此刻夕阳将尽，光线衰弱而漫长，新病房大楼庞大的阴影干冷地倒在他身后，而他的影子，如一团形状不明的黑色物体，斜斜地躺在落满尘土的水泥地上。他身前的地面上散落金黄的阳光，金黄之下是水泥干净惨白的底色，只有这一块最干净，被水仔细地冲洗过后，看不到丝毫残留的血迹。

爸，你怎么跑到这里来了？我们到处找你。

爸，你把我们吓坏了。

爸，外面风大，我们回病房去吧。

我没病。我的腿不疼。6床，他们的父亲，拄着拐杖老态龙钟地站起来，他被黄昏的冷风吹得更老了。回家，他哀求他们，送我回家。

鹅　桥

1

"那个人在桥上站了一会儿，我只看到他在水中的倒影，瘦瘦的，长长的，在水波里不打弯。中午的阳光太好了，映得我看不清他在水中的脸。再说我也忙，正收网。嘿，那一网可真不错，足足抓了十斤鱼。等我收完网再去桥上看他，那个人已经不见了。"自称水虾的小伙子对我说，散漫地摇动两支橹，"你是今天来鹅桥的第二个外乡人。"

我看看水中我的影子，被船桨激起的水浪摇晃得支离破碎，和水虾的影子没有什么不同。于是我说："我的影子和你的一样，都是弯的。"

"不，你的影子是直的，"水虾说，"外乡人的影子在水里都是直的。你看不到，因为你是外乡人。"

我没告诉他那外乡人就是我。中午的时候我刚到这个地方，在桥上站了一会儿。我只是想站在高处看一看河两岸的房屋和人家。我也看到了水虾，他坐在船头收网，专注的样子说明那一网收获不小。

"到这里的外乡人好像不多吧？"我说。"我在北岸转了半个下午也没找到一家旅店。"

"不多，来了也是一转身就走了。"

那是他们，我不行。我从几百公里外的地方来，转了身就找不到地方了，何况我是专程来这个地方看看的。天不早了，我得在这个地方住下。水虾和北岸的人说的一样，外乡人都要住在南岸的老金家。现在水虾要把我送过去。老金是这个水边小镇的管事的，他们不叫他镇长，也不叫他村长，叫他管事的老金。

夕阳沉到水底，河水暗淡下来，傍晚开始从水面上升起来。小船晃晃悠悠地前进，在陌生的水里行走有点像在飞。迎面不时碰到几个同样摇着小船的渔民。他们同水虾打招呼，船过去了还扭回头看我。水虾告诉他们，去老金家。

"就那儿，"水虾把船靠近一个简易的石码头，指着大柳树旁边的一栋两层小楼说，"那就是老金家。"他稳住船让我跳上岸，然后从木桶里捞出几条个头比较大的鱼。刚用网兜装好，从老金家门洞里走出来一个扎辫子的女孩。水虾说，那是老金的女儿。他冲女孩喊，"小水，来客人了。"

那女孩走过来，手指缠着辫梢，看着我不说话。

"给老叔下酒，小水，"水虾把鱼递过去，"刚抓的。"

"以后你别再送了。要送你自己拎给我爸。"小水说。

"我就不进去了，"水虾把网兜塞给小水，窘怯地用手搓着裤子。"有客人来了嘛。"停了停又说，"客人来了也好招待一下。那我走了，小水。"

2

进了老金家，灯已经点亮了。昏黄的电灯底下放着一张黑亮的小八仙桌，桌上摆放着碗筷。中间是三碟菜。小水的母亲正在厨房里忙活，听到了人声，就在厨房里问："屋子修好啦？"

"爸还没回呢，"小水说，"来客人了，妈。还有鱼，我来杀。"

一个女人从厨房里出来，衣着朴素，一看就知道是小水的母亲。脸上还存留很多小水现在的模样，眉眼清秀，下巴上有一颗痣，但是灯光的阴影还是遮蔽不了她的衰老。

"外地来的吧？你请坐。"小水的母亲在围裙上擦着手，"小水她爸去给神经七修房子了，就回来了。小水，给客人倒碗水。"

娘儿俩在院子里的水井边杀鱼。我的水没喝上几口，就听到有人咳嗽着进了院子。是老金，魁梧的大个子，脸上的线条有点硬，咳嗽和吐痰的声音都很响。客套了几句，他让我坐下，递给我一支烟。他咕咚咕咚喝光一碗水，也开始抽烟，一边抽烟一边咳嗽。

"这两天感冒，"他说，声音有点矜持，说话时直直地看着我，"你是城里来的吧。路过还是有事？"

"没事，就是看看。"我弹了弹烟灰。对面的墙上是一幅陈旧的年画，穿红肚兜的胖小子抱着一条大鲤鱼。因为墙壁是本色的水泥和着沙子涂成的，整个房间显得灰暗阴凉，那幅年画即使褪了色也热烈得有些过头，显得荒凉了。"早就听说这地方了，想看一看。"

"早就听说了？"老金又咳嗽起来，"到我们这里来的人不多。"

"听我父亲说的。他去世前一直向我念叨鹅桥，所以就想过来看看。给您添麻烦了。"

这时候小水母亲拎着一个小酒坛子过来，右手里是两只刚洗好的酒杯。"金，你陪客人先喝酒，小水在烧鱼，一会儿就好。你们先喝。"

"好，喝酒，"老金说，"边喝边聊。穷地方，没什么好招待的，凑合着填饱肚子吧。"

3

老金安排我住在楼上靠左边的一个房间里，说客人来了都住那里。床铺上落了一层尘土，整个房间有一股潮湿的霉味。很久没有人住了。小水和她母亲帮着收拾了房间，一个清扫和整理床铺，一个去楼下抓了一把艾蒿上来点上，说是除除霉味和潮气。都忙活完了，我洗漱完毕，在艾蒿缥缈的苦香味里躺下。灯灭了，眼睛逐渐适应了房间里的黑暗，便从黑暗中发现了光明来。这个时候整个鹅桥已经声息全无，人们和我一样，早早就睡下了。偶尔几声狗咬和鹅叫，听起来像是从河对岸传过来的。很多年没有感受到这种安静了，静得让我感到一点恐惧。我看到置身其中的这个房间，四壁都是光秃秃的水泥，墙上曾被谁用粉笔一类的东西画过，残存着一间茅屋和一只大白鹅的形象。另一面墙上是一座拱桥，旁边是一只小船行在水里。房屋的简陋从屋脊顶上可以看出，是用茳草扎成捆苦成的，然后才盖上灰瓦。

我瞪大眼睛看着寄身之所，觉得有点像梦游，这就是鹅桥？我足足花了一个月的时间才鼓动自己来到这个地方，现在它终于从一个名词变成了具体的存在，我倒觉得不真实了。父亲为什么要一再向我念叨这个地方呢。

第一次听到鹅桥这个名字是在父亲住院之后。一天下午我在单位接到医院打来的电话，说父亲因心脏病复发又住进了医院，让我赶快过去。这次的确很严重，我进了病房发现父亲已经在吸氧。大概正如医生所说，父亲体质太差，所以才导致目前的危险症状。然后医生又说，请我放心，他们会尽力的。这话说得我浑身一颤，父亲的睡态也让我恐惧，他平静得像死了一样。还好，父亲挺了过来，能说话的时候就把我叫到跟前。然后我就听到了鹅桥这个名字。

"鹅桥，鹅桥，"父亲蠕动着嘴，干燥的手抓着我的手，有些烫，"我要回去。在河边，两排茅屋。鹅桥，有鹅也有桥。"

"爸，什么鹅桥？"

"向南走，一直向南走。有一条河，河边有人家，他们都是鹅桥人。"父亲说话断断续续，手越来越烫，"你说我来了，穆馨如。回来看看。船从鹅群里穿过，到处都是水和鱼，那些简陋的石码头。站在桥上可以看见所有的屋顶。"

"为什么要回去？"

下午的阳光从玻璃窗外照进来，落在父亲的枕头旁。父亲半眯着眼，头转向背光的一边，嘴唇抖得更厉害了，呼吸也开始急促。我松开他的手要去喊医生，他不让，竟有那么大的力气死死攥牢我的手。我只好在病房里高声喊医生，让他们赶快过来。喊过了俯下身，听到父亲支离破碎的微弱声音：

"回来。回去。"

然后就没有声息了。

医生赶到时，父亲的眼睛已经不会动了。他们手忙脚乱地折腾一阵，满头大汗地对我说："心力衰竭，救不回来了。"

那天是我第一次知道鹅桥，也是父亲最后一次说鹅桥。父亲去世之后我一直在琢磨这个名字，显然是个地名。但是我翻遍了所有可能搜集到的地图，都没能找到这个地方。那些地图已经具体到村镇了，在现代社会里，我不知道还有什么群落单位能小于村镇，可就是找不到。我一度以为鹅桥是父亲或者母亲的出生地，但是发现他们户口簿上的原籍写的是与它完全不相干的地名。母亲走得早，我五岁时就见不到她了。母亲是否说过与鹅桥有关的事情，我实在不记得。也许它与母亲有关？弄不清楚。

鹅桥成了我的一个结，绕不过去。事实上，从父亲说出之后我就放不下了，它是父亲的遗言，回到这个地方就成了他的遗嘱。父亲说得语无伦次，不知道他是想回去还是想让我去这个地方。我整天在脑袋里盘旋着鹅桥这两个字，甚至按照父亲的说法虚拟了一个沿河筑立的村庄，一个近乎桃花源般的水边之地。但它的抽象是明显的，一切都是望文生义的产物。我总看见我想象的村庄上空飘着鹅桥两个字。它对我成了一种折磨，我知道我不得不从这个世界上把它发掘出来，然后仔细地看清楚。

　　父亲说："向南走，一直向南走。"

　　我背着背包开始从城市出发，一路向南。记不清打听过多少对我摇头的过路人了，对这个地方他们和我一样迷糊。我只是向南，直到我看到了一条东西走向的河流，河上有桥，桥下有船，一群群白鹅从水面浮过。那些和水虾、老金、小水一样陌生的人告诉我，没错，这就是鹅桥。

　　终于来到了鹅桥。躺在床上感觉四肢酸痛，十分疲倦，可就是睡不着。我打开灯和背包，掏出黑皮面子的笔记本开始记录我所见到的鹅桥。第一句话是："我来到了鹅桥，这里已经不再是父亲的鹅桥，到处可见的简易的两层小楼取代了茅草屋。"拉拉杂杂地写了三页纸，都是关于对鹅桥的初步印象。它与我虚构的村庄有很大出入，从中我看到了时间的力量。

　　正写着，听到几声轻微的敲门声。我下床打开门，是小水，端着一杯水站在门前。

"你没睡吧？"她说，"我妈让我给你送一杯热水，我忘了。"

"谢谢。"我接过水杯，"一会儿就睡。"

小水咬着下嘴唇，羞涩地低下头，转身走了。走了几步又回过头，轻声说："我住在这边的屋子里，有什么事就喊我一声。"

她的脚步很轻，夜寂静，远处黑暗平坦。我关上门，觉得整个鹅桥如同浮在半空。

4

"你听过穆馨如这个名字吗？"我问老金，"他是我父亲。"

老金摇摇头说："没有。从来没听过。"

"可是父亲弥留之际一再向我提起鹅桥。"我看着他剔着发黑的牙齿，顿了顿才说，"我再向上了年纪的老人打听一下。"

"他们也不会知道的，一辈子都住在这里，没见过几个外乡人。"老金心不在焉地说，咳嗽着，"你想到处看看，就让小水陪你去，有什么还可以照应一下。我有点事要出去一下。"

小水在旁边说："神经七的房子还没修好？"

"神经七是你叫的？"老金说，吐了一口痰就出门了。小水吐了一下舌头。

我问小水："神经七是谁？"

"七爷头脑有点问题，大家都叫他神经七。"小水缠着辫梢说，"过会儿我带你去看看他。他的破茅屋三天两头漏雨。"

小水二十岁，正值年华大好的时光。初见陌生人怕羞，熟悉了就现出活泼的一面。我们说话开始很少，逐渐就多起来，转了几条巷子已经算熟了。一边走她一边向我讲乡邻们好玩的事，谁家的猫到河边用尾巴钓鱼，谁家的鹅踩着楼梯进了房间，跳到床上生蛋，谁家的酒鬼把门前的阴沟当大河，不敢跳过去急得大喊大叫。等等。

我们身后出现了好奇的小孩，开始是一两个，接着越聚越多，最后成了一大群。他们从各自的院子里走出来，汇集在我们身后远远地跟着。小水说，陌生人很少，新鲜。如果是我一个人在街巷里走，不会有这么多小孩跟在后面，他们怕陌生人，现在有她小水在，他们胆子大了点，才远远地跟着。她小时候也和这帮孩子们一样，是他们中间的一个。有一回，一个外乡人冲她做了个鬼脸，都把她给吓哭了。我听了，回过头咧开嘴捏起眼，也冲他们做一个鬼脸。还好，没有小孩哭，倒是走在前头的几个小女孩吓得转身就跑，两只小辫子飘起来。巷子里是青亮的石板路，逃跑的不合脚的大鞋子击打地面，回声浮泛又空洞。

小水转过身说："回去，没什么好看的。再跟着我就告诉你们爸妈，回家打屁股。"

他们听了，闪动大眼相互看看，一个个尽力贴着两边的墙壁站着，蹭来蹭去，一会儿就相继散了。他们刚进家门，窗户里就伸出了大人的脑袋，他们伸长了脖子看我一眼，赶快缩回头去，又伸出头看一眼，再缩回去。然后是砰砰的关窗户声音。我听到经过的那家院子里，一个男声说：

"是他，就是昨天我告诉你的那个，在桥下的槐树荫里坐了两袋烟的工夫。"

我循声转身去看，两个人头迅速隐没到窗户后面。

我问小水："他们为什么好像都在躲着我？"

"他们在躲着你吗？不知道。"小水说，步子开始加快了，"我们这里就这样，外乡人一年也难得见到几个。"

我不再问了，只想尽可能详细的看看这个叫鹅桥的地方。也许这就是他们的生活习惯，不太愿意和外面的人打交道。他们聚在某一个巷口三五成群地聊天，见到我来了，便沉默着各自散去，好像有相同的默契。待我走过时，只看到零落一地的烟头。我对小水笑笑，我已经习以为常。但这么一来就有了麻烦，找不到人打听有关我父亲的事，我希望有人知道多年前穆罄如与鹅桥的关系。

现在的鹅桥，已经不再是父亲所说的那个样子。尽管河边依然是傍水而居的人家，但更多的人家散布在河岸之后，从河边开始向两边摊开去，几乎家家都是造型相同的两层简易小楼。从外面的装饰和空荡荡的院子来看，空旷的房间不会比老金家好多少。众多的人家摊开去，不得不穿过一条条纵横交织的青石巷。这里大约算得上水乡，石板上泛着潮湿的南方气息。一个上午我们看的地方并不多。小水说，大约是鹅桥的四分之一，河对岸还有半个鹅桥，我们只走了这一半的一半。说没看到什么也看到了，很多人家，他们的房屋，躲避我的大人和小孩，相对安静又有几分神秘的乡间生活。说看到了，又于我的初衷无益，我想我就是把每一条巷子走上三十五遍，恐怕也找不出父亲与鹅桥的一点头绪。父亲为什么要在临终之前提起鹅桥呢？

我把父亲弥留的情形详细告诉了小水，她很有兴趣。确切地说，她对城市里的医院和城市有兴趣。这一点显而易见。我们经过桑树底下的那条废船时，她就开始不断地向我询问有关城市的问题。医院和护士，汽车和电话，超市和购物中心，还有电脑和吊带衫。我回答说，吊带衫就是一件能够露出肩膀和半个前胸后背的小衣服，小水羞红了脖子，她捂上眼，透过指缝看我，说：

"那个什么衫好看吗？"

我开玩笑说："我没穿过，不知道。"

"人家问你正事，那衣服好看吗？"

"真的不知道，应该好看吧，要不然为什么满大街都是光着膀子的姑娘呢？"

小水不说话了，坐到河边一块石头上。我们已经来到了一个石码头边。过一会儿，她说："我没去过城市。远吗？"

"还行。有空你可以去看看，跟鹅桥一样好玩。"

"我不敢，"她站起来，走到另一块石头边，"我也不认识路。"

一群鹅游过来，嘎嘎地叫成一团，在石码头边盘桓一阵，又叫着游走了。我在水里又看到自己的影子，弯的，有波浪的形状。

"小水，你看我影子是弯的还是直的？"

小水伸头向水里看了看："我爸他们都说了，外乡人的影子都是直的。我也不知道。"然后声音低下来，"我们走，水虾来了。"

水虾的小船沿鹅群刚才的路线划过来。他单手摇橹，右手向这边招呼："小水，小水，婶子让你带客人回家吃午饭。"等我站起向他招手时，船已经靠上了码头。"小水，还有，我妈下午套被子，想让你过去帮忙。婶子已经同意了。"

"我下午还要陪客人到处看看，我爸嘱咐过的。"

"老叔说客人可以自己四处走走，用不着再陪。老叔在家里等着你们回去吃饭呢。"水虾说，冲我笑笑，"用不着再陪吧。鹅桥是小地方，走到哪也不会走丢的，你说是不是？"

"不好意思，打扰你们了。下午我一人就行，没什么问题。"

5

下午我的确是一个人出门的，此后的几天一直都是一个人，两个人的时候那也是因为要过河到对岸，坐水虾的小船。

很难想象，这么大一个村镇白天也如此沉寂，至少我所到之处突然都变成了哑巴。弄出点动静的只是那些家禽和动物，鸡鸭鹅，牛马，山羊什么的。偶尔遇到一两条狗，和我一样在街巷里晃荡，摇着东张西望的尾巴。越这样我越好奇，专找动静大、人声多的地方凑。和上午一样，蹲在巷子头聊天下棋的人见到我的影子立马不吭声了，或者干脆拍拍屁股走人。一个个面无表情，好像恰好到了他们该回家的时间。我故意擦着他们的肩膀走，能闻到他们身上散发出的河水的清凉的气息和淡淡的鱼腥味。老金说过，河两岸的人多少都能下水，屁大的小孩一个猛子扎下去，出来时手里就多了一条鱼。长期下水的生活使他们养成一个习惯，裤腿总是卷得高高的。没有人脸上露出要和你打招呼的欲望，所以半个下午过去了，除了看到了和上午所见的相同的房屋和人群，我一无所获。因为当我想开口的时候，他们已经走远了。那时候我深刻地感到了自己外乡人的身份，我的装束，我的眼镜和嘴上叼着的香烟，他们把我从鹅桥人中显著地分了出来。

日薄西山时分，我来到一个巷子的尽头，看到了一个破败的院落和三四间茅屋，围墙是玉米秆做成的篱笆。这样一个院落引起我的注意，在河两岸触目所见的都是两层简易小楼的背后，竟然藏着这么个原始的土坯茅屋，不能不说是个意外。更让我意外的是，这个院落的上上下下里里外外聚集了我到鹅桥以来见到的最多的人，大人小孩加起来大约五六十个。青壮年的男人蹲在屋顶上，怀抱成捆的茳草，在给最靠边的那间茅屋重新苫顶。

我看到老金站在院子里，对着屋顶的人指点不止，吆喝中间以咳嗽。这大概就是他们说的神经七的家。

院门口的树底下蹲着一堆人，大多是老头，一个个抱着大烟袋，有的怀里偎着拖着鼻涕的孙子孙女，任凭孩子们揪自己的胡子。老太太们坐成另一圈，就着干瘦的大腿搓麻绳，一边说说一边往手心里吐唾沫。这正是我想看到的。我灭掉烟小心地凑过去，在那群老头的圈子外面蹲下来。我蹲了有五分钟，没有一个人转过脸理会我，倒是他们怀里的小孩眼神好，瞪大眼盯着我看。我只好主动碰了碰身边一个老头的胳膊，赔着笑脸说：

"哎，大爷好。"

老头转过脸，说："噢，外地来的吧？还戴眼镜。"

他说话有点结巴，艰难的发音终于引起了其他人的注意，他们不得不向我这边看。

"听说鹅桥是个好地方，我特地过来看看。"我的脸上挂着笑，希望每个人都能看见我对他们的友好。

"什么个好地方。就是个水里找饭土里埋人的地儿。"

那老头说完，他们又不管我了，接着刚刚的话题有一搭没一搭地说。听内容是说神经七这茅草房早该拆了，躲在高高的房屋之间有些不三不四的。正说着，一个斜挎老式军用水壶的老头一瘸一拐地走过来，水壶的油漆早就不见了，擦满了经年摔打过的痕迹。七十岁左右，一头蓬乱的花白头发。

"我不拆，我就住这茅草屋。"他说，满身的酒气，"冬天暖和，夏天凉快，给个金銮殿也不换。"

一个说："神经七，几间破屋有什么好守的？是没钱盖新的吧？"

又一个说："谁说七叔没钱？七叔都拿酒当水喝，钱到处塞，养活了河南岸的一半老鼠。是不是，七叔？"

神经七扑扇着醉醺醺的长眼皮，倚着树干坐下来，拍着军用水壶说："我金老七的钱都存在信用社，老少爷们没钱花找我，我盖个章你们去拿钱。"

大家笑起来，嘴里说着这个神经七，头脑彻底不好使了，穷得裤衩都十几年没换了，还瞎吹。笑过以后又聊起来，还是有一搭没一搭。

我又碰了碰那个结巴老头，问他："大爷，您听过穆馨如这个名字吗"

"穆，穆馨如？"结巴结结巴巴地说，半天又说，"没，没听说过。"

"他是我父亲。父亲生前提过鹅桥这个地方，"我掏出烟递给他一支，"是父亲让我到这个地方来的。我想知道他和鹅桥有什么关系。"

结巴推开我的烟说："不，不认识。我们这是小地方。"

他们中的几个人吃惊地看着我，随即转过头去。突然神经七抽冷子似的睁开眼坐起来，问我："谁？你说谁？"

"穆馨如。我父亲。"

"穆馨如？这个名字有点熟，"神经七抹着脸，伸长脖子盯着我看，"我知道个大头，头大，粗眉毛。"

"我父亲就是头大眉毛粗，大爷，您认识我父亲？"

我站起来，想走到神经七那边去。一个年龄和神经七差不多大的老头一把将神经七推倒在树干上。"都老皇历了，"他说，"没有的事，别瞎说。"

"有，有，怎么没有？"神经七费了好大的劲儿才爬起来，指手画脚地喊起来，"大头我认识，这房子，昨天夜里我还梦见他的。"

神经七破锣似的喊声引起了所有人的注意，屋顶上的泥瓦匠和院子里的老金都向这边看。神经七自顾嗫嚅着嘴，说着大头大头，两手到腰间去找军用水壶，拧开了就对着嘴倒，空了半天也没空出一滴酒来。他跺着脚哭丧着脸叫着："大头，没有酒了，大头。"

有人喊老金："管事的，神经七又犯病了。"

老金急匆匆跑过来，一把将神经七拖过去，推到院子里。"七叔你有完没完？你再瞎叨叨我让他们都下来，你自己爬上去修。"

神经七不吭声了，低着头一瘸一拐向东边的屋子走。

老金走过来对我说，该吃晚饭了，让我先回去，他马上就来。那时候夕阳早已落尽，西半天的夜色开始缓缓垂落。

6

晚饭开始有点沉闷，开始只有三个人吃饭，小水在水虾家

176

还没回来。我们没有喝酒，老金根本就没提这一茬，三个人干巴巴地在那里嚼着饭。沉闷的原因还有一个，就是刚坐下来是老金对我的不耐烦的告诫。

老金说："七叔头脑不好使，喜欢瞎说八道，你别听他的。"

我说："可是他好像认识我父亲。"

老金说："怎么可能？鹅桥的人那么多，为什么单单他神经七认识？他有病。"

我说："可是他说大头、浓眉毛的，就是我父亲的样子。"

老金说："在鹅桥，头大眉毛浓的一抓也一大把。我说了，别信他的。"停了一下又说，"我说过了，他神经有问题。有病。"

他显然已经失去了耐心。我不再说什么。女主人夹了一块肉放到我碗里，说："吃菜。鹅桥是个小地方，没什么好玩的，客人多担待。"

我说："很好，挺有意思的。"

吃了一半，小水急匆匆地回来了，进了门就说："妈，我回来了，有我的饭吗？"

"没在水虾家吃？"

"没有，"小水说，洗手的声音很响，"不想在他家吃，就回来了。"

老金说："你这孩子，怎么这么不懂事。"

小水吐了一下舌头，自己去盛饭，在我旁边坐下来，端着饭碗对我说："鹅桥没你们城市好玩吧？我跟水虾说过了，明天带你坐船去逮鱼。"

我刚想说声谢谢，小水的母亲用筷子点了一下桌子，说："小水，吃饭。"

于是都不说话，屋子里只剩下吃饭的声音。灯光摇摆不定，四个人头的影子在饭桌上无规则地移来移去。我很少夹菜，担心一不小心筷子戳到谁的头上。

晚饭之后，我稍微洗漱一下就上楼回了自己的房间。他们也相继没有了动静。鹅桥人似乎还坚守着日出而作、日落而息的生活习惯，晚饭后时间不长，整个村镇就如同滑入了沉寂的梦中。这大约也是不得已为之，我实在没有看到他们有什么可以消磨掉漫长夜晚的东西。我毫无困意，拿出黑皮本子开始记日记，颠三倒四地写，我说不清楚这地方到底是怎么回事，总感觉着怪怪的，搞不明白的别扭。只有那个神经七还有点意思，神经病和酒鬼往往比正常人还要可爱一些。我想重点记下神经七，他的衣着相貌等等我都详细地写下来了。快写完的时候，小水敲响了我的门。

她瞟了一眼桌上的黑皮本，说："你在写七爷？"

"你觉得这人怎么样？"

"神经七呀？就是一个神经病，说话做事稀里糊涂的，连他自己都不知道在干什么。反正不正常。去年冬天还脱光衣服在河边跑呢，一边跑一边叫，说要去打鬼子，打到鬼子老家去。"

"他一直都住在鹅桥吗？"

"应该是吧。我记事起就听说他神经有毛病。"小水在我旁边的凳子上坐下，又开始用手指缠绕辫梢，"七爷就是个疯子，没什么好说的。你给我讲讲你们城市里的事。"

"你想听哪方面的事？"

"什么都想听。你随便说。"

我想了想，不免起了卖弄之心，开始给她讲网络和股票。这两个东西听起来有点虚幻，空对空，讲起来更过瘾。其实我也是半瓶醋，对于股票连半瓶醋也算不上，顶多有点酸味。好在她对这些和我对鹅桥一样陌生，我不论怎么发挥总能自圆其说，听得她两眼发直，一愣一愣的。

我夸夸其谈大约四五十分钟，几乎完全沉浸到我所叙述的那个网络和股票的世界里，无意中向门口看了一眼，吓我一跳，小水的母亲板着脸站在门前。她什么时候过来的我丝毫不知道。

"小水，回去！"她说，声音有点凉，"让客人早点歇着，跑了一天了。"

她说完转身就走了。小水看看我，吐了吐舌头，说："都是我不好，忘了把门关上了，明天接着讲，我还想听。我走了。"走到门口，小水又转过身说，"别忘了，明天我带你去打鱼。"

7

第二天我们没能打成鱼，因为老金夫妇突然把那天定为小水和水虾定亲的日子。

一大早，我从楼上下来，看见小水坐在走廊的竹椅上哭，声音不大，肩膀有节奏地耸动。我问她是怎么回事，她只顾低头哭，不说话。老金喂过牛从牛棚过来，我又问老金，不知出了什么事，小水哭得这么伤心。

"没什么，自家的一点小事。"

我就不好再追问下去了，拿着牙刷毛巾到井台边洗漱。收拾完了早饭也准备好了。我看到女主人在饭桌旁数落着小水，见我进屋，她一脸无辜地向我摊开双手："客人，你来说说，我和他爸给她定了亲事，她还不高兴，一大早起来就哭。"

"我不去。"小水终于说话了。

"不去也得去，反了天了！"老金咳嗽着说，对着门外吐了一口浓痰。

"我不想去。"小水还是哭。

"谁家呀？"问过了我才后悔，我有什么资格问别人的事。

"水虾，"女主人说，"客人你看看，不是很好么？人老实，又能干，家境也不错。客人，你来说说。"

我迟疑了一下，脑袋里迅速掠过水虾的形象。"不错，"我说，"人挺不错的。"小水的哭声更响了。

出了老金家，我直奔神经七的茅草屋，走到半路觉得就这么冒冒失失地闯过去不合适，应该带点礼物才对。为了打听到商店在哪里，我在周围的巷子里转了好几圈，好在鹅桥的巷子幽深长远的就那么直愣愣的几条，记住个大方向就不会迷路，但是没遇到一个可问的人。他们总是在我走到身边之前就已经离开。没办法，只好敲开一家院子，向在井台边洗衣服的一个老太太问清了商店的位置。老太太简练地告诉我，就在靠河边的村镇的最东头，金二家的杂货铺。说完就匆匆关了院门。

金二杂货铺的门面不小，三间屋大的地方，乱七八糟地摆满杂货。货架上是些小巧贵重的物品，地上摊放的则是粗笨的耐摔打的东西，菜刀、塑料脸盆、坛坛罐罐之类的。油腻腻的柜台上一溜摆着几个大坛子，散发出酱油、醋和白酒的味道。再过去，是摆放在几个盒子里的冷菜和调好的肉类熟食。店里人不多，一个五十来岁的秃顶男人守在柜台里面，柜台外面的凳子上坐着两个老酒鬼，每人一碗白酒，一只手捏着一条小咸鱼。

"老板，给两瓶白酒。"我说。

"没有瓶装白酒，只有这个。"老板拍拍酒坛盖子，面无表情地说，"散装的老烧。"

"那就老烧，给五斤。还有，这几样熟食每样一斤，冷菜都给来上一份。"

我以为这样慷慨利落能把他们给镇住，没想到他们根本不吃这一套。老板仍旧面无表情，熟练地打开坛子向一个大塑料桶里装酒。另外两个酒鬼斜着眼睛看我，各自举起碗咕咚咕咚喝光剩下的半碗酒，抹抹嘴出了杂货铺，一脸的空白，连个招呼也没和老板打。

离开杂货铺天已经不是很早了，在巷子里可以看到起床的小孩到处乱跑。他们同样对我感兴趣，歪着头抓着衣角躲在墙角处看我，跟在身后的比昨天少多了，看他们的眼神就知道，只有胆子大的才敢远远地随着我走。他们几个身后是几条狗，跟着我是因为闻到了我纸包里的肉香。我停下来，打开一个猪头肉的纸包向那几个孩子招手，他们也停下来，远远地看着我。我向他们展示提在手里的一块硕大的肉，希望他们能够走过来。过了半天，终于有一个个头大的孩子跑过来，到我面前又怯生生地慢下来，然后突然抓到那块肉，转身就跑。我看到他兴奋地舞动另一只胳膊，对面的小孩也兴奋地向他奔凑过去。我把那包猪头肉放到地上，对着那个抓到肉又盯着我看的小孩说：

"都给你们了，拿回去分给大家吃吧。"

然后提着酒肉去神经七的茅屋。

神经七正在收拾屋檐下用剩下的苫草，房屋昨天傍晚已经修好了。他一定是先闻到酒香才看到我的，因为我进了院子后，他下意识地去摸腰间的军用水壶，晃荡了半天也听不到一点酒响，然后抬头看到了我。

"什么酒？"神经七响亮地抽动鼻子，翻着白眼看我，嘴角流出一串口水，"你是谁？"

"七爷，我是专门送酒给您喝的，来看看您。"

神经七嘿嘿地笑起来，口水流得更多了，一跳一跳地跑过来，一把抱住酒桶，拧开盖子就喝，像喝水一样，那么大的桶口竟一滴也没洒出来。放下酒桶时直喘粗气，又嘿嘿地笑，满脸都是眼泪。神经七拍拍酒桶说：

"嗯，好酒，好酒。你是谁家的孙子？坐下来陪七爷一块儿喝。"

他让我坐到那堆散乱的苇草上。我和他坐下来，把几样菜摆在地上。

"七爷，您老边吃边喝。"

神经七说："好，边吃边喝。"又喝了一大口，抓起一块肉塞进嘴里。"你也吃，呵呵，你也喝。"

我想让他尽了兴再提我父亲的事，谁知道他吃喝起来竟没完没了，不仅如此，还逼着我也跟着吃喝。我们俩就这样坐在院子里，像一对真正的酒鬼那样吃吃喝喝。神经七喝酒的时候嘴里念念有词，不知道在咕哝什么。当我觉得他差不多该尽兴了时，问题又来了，他竟然喝着喝着歪倒在泥墙上，一块肉送到半路上又掉下来，手也跟着垂到地上。我吓了一跳，怎么突然没动静了，眼睛都闭上了。

"七爷，七爷。"

神经七吧嗒着油腻腻的嘴，打起了沉重的呼噜。他睡着了。我看一看酒桶，已经下去了五分之二，他也该睡了。那会已经上午十点多了，阳光有点烤人，我又拖又抱把他弄到了屋子里的床上。那张床脏乱不堪，他满身尘土地躺到了被子底下。

只好等他醒来再说了。我找了张四条腿长短不齐的竹椅子躺下，感觉酒开始上头了。我记得我喝得不多的，的确不多，可是我还是睡着了。醒来时已经十二点多了，神经七还在被窝里吧唧着嘴说，喝，一块儿喝。我晃动几下吱哟作响的竹椅，神经七睁开了眼，打过呵欠他坐起来，惊讶地看着我：

"你是谁？怎么坐在我家里？"

"七爷，上午我还陪您喝酒的呢，"我指着转移到桌子上的酒，"您不记得了？"

"噢，"他拍拍脑袋，和正常人没什么两样，"喝酒，对，喝酒，呵呵。你是个外乡人，找我这个孤老头子有事？"

"七爷，我想向您打听一个人，叫穆馨如，天生大头，浓黑眉毛。"

神经七从床上下来，赤着脚在地上走来走去。"大头，浓黑眉毛。穆馨如？他是你什么人？"

"我父亲。"

"年龄有多大？"

"六十四了，不过两个月前已经过世了。"

"六十四？穆？大头！你爸是大头！"神经七突然两眼放光，"你是大头的儿子？"

"您认识我父亲？"

"大头啊大头，我的小兄弟！你十九岁来鹅桥，二十二岁离开，还拐跑了一个鹅桥的姑娘，那可是河两岸第一号的天仙哪。嘿嘿，你小子跑哪去了这些年？老哥我替你守着这三间茅草屋，天天修，年年补，就是等你回来的。你小子说死就死了！四十二年了，大头你说死就死了。我金老七还守着这破草房子干什么呀？"

我上前扶住鼻子嘴角乱动准备大哭的神经七："七爷，七爷，你真的认识我父亲？"

神经七突然又糊涂了，抓着我的胳膊大叫："大头，大头，你怎么说走就走，说变就变了？带跑秀水不算，你还戴上了眼镜。"神经七老泪纵横，"你跟我说，大头，我金老七都不戴眼镜你凭什么戴？你说好房子让我只住三年的，你竟然让我住了四十年！你知不知道我都给住老啦，都住成瘸子啦，我金老七都住成神经七啦！"

不知道神经七哪来那么大的力气，把我又推又搡地推到了院子里，他的大喊大叫引来了很多邻居站在篱笆外观看。他又犯病了，喋喋不休地喊叫，说得越多越让我糊涂，他到底认不认识我父亲？我父亲是否就是他说的那个大头？我不知道，我从没听过谁叫过父亲大头。他们在冷眼旁观，人越聚越多，这让我受不了。我很想从这个破落的小院子里逃掉，可是神经七两只手把我抓得紧紧的，酒气和唾沫源源不断地喷到我脸上，避之不及。那么多的人，我都不知道怎么摆脱神经七。

幸亏老金及时赶到了。看到人群里挤出一个人时，我立刻高兴起来，救星到了。老金进了院子，抓着神经七的胳膊猛地一拽，神经七松开了我的胳膊后退两步，右手里抓着半截我衬衫的衣袖。

"七叔，你干什么！喝两口猫尿就撒酒疯，回屋睡觉去！"

"大侄子，"神经七说，"他是大头，我不能让他走啊。"

"什么大头大头？我让你回屋去，有话跟你的酒壶说！"

神经七像个委屈的孩子，哭哭啼啼地看着我，念叨着大头大头，低着头一瘸一拐地回屋去了。

老金脸色很不好看，说："你怎么又过来了？回去吃午饭。小水妈到处找你。我就知道你会来。我就没听过什么穆馨如，鹅桥人哪个听过了？他一个疯子，你能问出什么道道来？神经病的话你也能信？回去！回去！"老金走在前头，对着篱笆外围观的人挥着手，"你们也回去，回家去，有什么好看的？没见过人是怎么的？"

8

老金家的牛棚失火大约是在晚上十点半钟，那时候整个鹅桥都睡了。我的生物钟一时半会调整不过来，十点来钟正是精神大好的时候。我在黑皮本上记下白天发生的事，突然听到老金的变了调的喊声：

"救火呀，快救火呀，失火啦！"

我赶紧推开门，院子外面的牛棚处火苗已经蹿过了围墙。火势不是很大，因为老金家的牛棚就不大，但是此起彼伏一丛丛的火焰在黑暗的鹅桥上空依然有惊心动魄的效果，半个天空都跟着躁动起来。老金已经打开院门，正站在院外向左邻右舍求救。小水和她母亲正在井台边打水，急得小水一直咿咿呀呀地叫个不停。我穿着拖鞋跑下楼，要帮她们拎水，小水母亲说：

"客人你还没睡？"

"没有，我不习惯早睡。"我说，拎着小桶就往外边跑。

牛已经被老金换了地方，拴在邻居家门前的槐树上。此刻他还在喊着救火，邻居们的院门相继打开，一只只小桶晃晃荡荡地从门里出来。大约二十来桶水就把火浇灭了，我前后拎了五桶。灭火的时间也不长，大约半个小时。仅仅烧了一个牛棚，没有殃及旁边的树木和柴草。那个晚上没有风，树梢一动不动。

火灭了以后，老金家的门前黑水流成一片。闻讯赶来的水虾和其他几个小伙子正帮着把牛棚拆掉，苫盖棚顶的茊草和芦苇被草叉挑到地上，冒出一股股焦味浓重的熏烟。老金卷着裤腿站在水洼里一遍又一遍地说：

"这三更半夜的，怎么会失火呢？"

小水的母亲好像火灭掉了以后才被吓着，在女儿的搀扶下眼泪都流出来了。"这可怎么办？你说这可怎么办？"她对小水说，"好好的怎么就起火了呢？"

失火的原因成了讨论的中心。牛棚自己着火肯定是不可能的，可是谁会来点上一把火呢。都快半夜了，鹅桥人都做完了一两个梦了，谁还在深更半夜不睡觉呢。我拎着空桶站在老金旁边，就着院子里的昏暗的灯光，我发现他们都在看着我。这让我很尴尬，好像火是我放的。

一堆草落到我面前，溅了我一身的水，水虾站在墙头上握着草叉，不用说这叉草是他扔下来的。

"这场火灾真不巧，把客人的好觉都给搅了，"水虾说，

"真过意不去。"

他的声音有点怪。不过我还是如实回答了他："没什么，我还没睡。"

"都快半夜了，客人怎么还不睡？客人真是好精神呢。"

小水冲着水虾喊："水虾，你瞎说什么？赶快把草挑下来。"

"烧都烧过了，挑下来急个什么？"水虾说，抢起草叉又挑起了一叉草。

还是对着我的方向。我及时地后退几步，烧得半焦的草落到我刚刚站的地方。我没说话，拎着空桶转身进了院子，小水跟在我后面也进了院子。我知道，他们都在看着我。

9

在第二天的早饭桌上，我告诉老金一家，吃过饭我就离开鹅桥。小水对我的决定有点吃惊，说你不是要在这里多玩几天的吗？我的确说过，但是现在我想离开了。我只告诉她，回去还有些事情要处理，该看也看了，不能耽搁太多时间。小水还想说什么，被老金制止了。老金说那也好，早点回去能做更多的事，他就不留我了，免得误了大事，吃过饭他会让水虾送我过河。我谢过他，拿出两百块钱递给小水母亲，算作这几天住宿和伙食费用。她坚决不收，老金和小水也拒绝接受。我说这是应该的，几天来多有打扰，只是表示一点心意，如果不收下，我会过意不去的。她就收下了，一边对老金说着，那怎么好，那怎么好。

小水陪着我来到石码头，水虾的船还没到。我们面对面坐在两块石头上瞎聊着，她让我继续给她讲我生活里的事，那些对她来说无限遥远的景象。我意识到再给她讲虚无缥缈的东西未必是件好事，便说些漫无边际的玩笑话。然后看见一个人不规则地跑过来，是神经七，跑得气喘吁吁的，其实速度慢得要命。难为这么一个老人了。

"大头，大头，你走了又不跟我说一声，"神经七说，咳嗽声把一句话分割得支离破碎，"老哥我到管事的家找你，才知道你小子又要走了。这次又把小水带走？"

"不是，七爷，小水是来送我的。"

小水嗔怒地捶着神经七的胳膊："七爷又胡说，小水以后再也不理你了。"

神经七嘿嘿地笑起来，说："谁知道大头脑袋瓜子里想些什么。大头，"他从怀里摸出一张折了好多道的发黄的白纸，递给我，"我住了你的茅草屋几十年了，我给你钱。这是我的条子，你到信用社去取，老哥我钱多着呢，你想拿多少拿多少。"

我接过白纸一看，上面七零八落地写着几行字，弯弯绕绕的，我一个也不认识。我递给小水看，小水就笑了，说："这是什么？一个都没见过，七爷又犯病了。"

"小丫头瞎说，七爷犯什么病？噢，对了，"神经七又去口袋里乱摸，摸出来半截萝卜和一个盛红水的小铁盒子，"大头，这条子要你老哥盖了章才能拿到钱。你看，这是我金老七的印章。"

他把纸条从小水手里夺过去，把半截萝卜蘸上红水，郑重地摁到纸上，半天才松开。纸条下方多了一个圆形的红印子，上面刻的是什么字我同样不认识，一团歪歪扭扭的线条。小水又笑了，说七爷这次病可犯得不轻。

神经七把纸条认真折叠好，小心地塞进我的上衣口袋里。"大头，盖过章了，这些年的房钱我金老七可还清了。"他动情地拍拍我的肩膀，说，"船来了，大头，你要走就走。快走，天黑了找不到路。"

水虾的小船快速地划过来，靠到码头边上。我跳上船，对岸上说："七爷，谢谢您，您多保重。小水，你也回去吧。"

神经七和小水向我挥手。神经七说："大头，你什么时候回来？是不是又要过四十年以后？"

我说："再说吧。您看我的影子在水里是直的还是弯的？"

神经七愣愣地看着我，没听明白我在说什么。这时船已经离开了码头。

南京，南京

楔子：陌生的炎热

如果我记错了，那一定是热晕了头。我一再向陆轶重复这个毫无意义的推理，以证明我还是认识南京的，同样，南京也认识我。我们在鼓楼口腔医院门前转来转去，转到哪里都是在太阳底下。一点树荫都找不到，正午的太阳劈头盖脸地烤着我们，水泥路面一片惨白。陆轶热得满头满脸都是汗，和我一样，T恤湿漉漉地裹在身上。他认为一定是我记错了，既然卢晓东说好了十一点钟在医院门前等我们，现在都十二点半了，为什么连个人影都看不到。我怎么知道。我和陆轶刚从中央门车站出来就给卢晓东打了电话，他说马上就去医院门前，可是现在我们找不到他。陆轶把背包扔到医院门前的石阶上，沉重地坐在谁留下的一张报纸上，坐下去又跳起来，石阶烫屁股，然后重新谨慎地坐下来，一口气喝下了大半瓶矿泉水。反正都是热，坐着热总比站着热舒服一点。

从35路车下来，我们已经在这里等了足足一个小时，卢晓东并未如他所说的那样，穿着大裤衩和拖鞋来欢迎我们的到来。我怀疑他是一时半会儿没等到我们，就回去睡了，这是他从神经衰弱之后就养成的习惯，不睡午觉整个下午和晚上都没精神，像一只病恹恹的瘟猫。陆轶不同意我的看法，因为卢晓东在电话里说，他十点钟才起床，精神好得不知干什么才好，参加国际马拉松比赛都不会有问题。陆轶说，即使他神经衰弱到家了，熬上三四个小时总可以吧，我们得相信他好歹还是个男人。

好吧，姑且相信他是一个男人。我把背包放到石阶上再次开始向行人打听石城宾馆的位置。卢晓东说了，我们的宾馆就在医院旁边，他在医院门前等我们，也就是在宾馆门前等我们。可是我在医院附近前前后后找了四次，只找到了麦当劳、茶楼和商场之类的东西，哪有什么石城宾馆，连个公共厕所都没找到。

"小姐，请问你知道这附近有一家石城宾馆吗？"

那个年轻的姑娘警惕地看着我，胳膊夸张地甩了几下。她竟然一声不吭，打着遮阳伞扭着纯洁的屁股走了，像一枚性感的大蘑菇向前飞快地移去。她是个哑巴吗，要不就是被男人纠缠惯了，见到男人本能地提高了警惕。

"大妈——"

我刚开口，臃肿的老太太就向我摆手："我们家什么都不缺，空调冰箱彩电，连洗衣粉绣花针都有，你还是找别人吧。"她没打伞，甘做正午的一块蓬勃的海绵，源源不断地渗出汗水来。她老人家把我当成推销员了。

我的兴致丧失了一大半。上海的一个朋友说得好，现代社会的交往危机很大一部分来自女性，小丫头怕拐卖，大姑娘怕骚扰，老太太怕推销。我不想再去找一个小女孩来验证朋友的结论，陆轶已经在对我一脸坏笑了。谁让我夸下海口，说南京这地方我像熟悉自己家一样熟悉？我在这里读了大学，几乎坐遍了全市每一路公共汽车，只有没出现的地名，没有我不知道的地方，哪怕旮旮旯旯的角落我也钻过。陆轶说那太好了，他从没来过南京，一切靠我了。我的口显然夸大了，这下好了，毕业才两年我就成了南京的陌生人，连一个繁华地段的宾馆都找不到。人丢大啦。陆轶心安理得地坐在那里，把屁股下的报纸遮在头上，他不敢乱动，尽管一直抱怨。他是个方向盲，在陌生的地方他会越转越陌生。

　　天实在是太热了，这热也让我陌生。我记得读大学时也很热，但不知是因为记忆力下降还是别的原因，那时的炎热退到层层的时光之后，变得有些茫然和陈旧，因而觉得那热也存着凉爽的质地，不像现在，热得让你恶心，让你活不下去。我抹了一把汗，冲上去拦住一个拄着拐杖的老头，大概只有这样唯欠一死的老头才有足够的安全感。

　　"老大爷，您知道石城宾馆在什么地方吗？"

　　"什么？"他用手挡住阳光，让我的声音进入到他阴凉的耳朵里。

　　"石城宾馆。"

　　"噢，没听说过。"

老人家严肃地摇摇头，点着拐杖继续走了。

此后我又问了一个骑自行车的中年男人，我猜他应该是本地人，因为他脚上穿着一双拖鞋，上身只有一个小背心。他也不知道。他说他已经在这附近住了快十年了，没听说过还有这么一个宾馆，金陵饭店倒是知道，他对我笑笑，说："告诉你也没用，估计那地方你也住不起。"

"谢谢你的提醒，"我说，"为了省事，看来我只能去金陵饭店了。"

我不打算再问了。说得没错，我住不起金陵饭店，腰包瘪得让人害羞。我是一名中学教师，从事着一种与钱无关的职业。我住的是石城宾馆，卢晓东已经为我们订好了房间，他说条件还可以，三人间，有空调、电视，还有桌椅和床铺，最关键的，他说，价格便宜，这比什么都有诱惑力。我很高兴，甚至有点激动，你听听，石城宾馆。那可是宾馆，我无比相信宾馆这两个字。既然是宾馆，即使比不上金陵饭店，总比招待所这样一听就让人想起大通铺的旅店高级吧。最关键的，我还想再说一遍，便宜，还有空调。在火炉南京，空调如在夏天和水一样重要。我要去找石城宾馆和卢晓东。我让陆轶别乱跑，以防卢晓东来了看不到人，我到转盘对面去看一看，也许他等得不耐烦了去邮政大厦买报纸看了。

太阳晒得我头脑发晕，有点恍惚，阳光白花花的，着了火似的缥缈不定。我把剩下的半瓶水浇到头上，省得突然中暑倒在川流不息的车轮子底下。柏油路面晒得发软，走起来深一脚浅一脚。车子经过，发出撕扯路面的噼啪声。我绕过转盘，正准备随着人流向左边的邮政大厦走过去，听到有人叫我的名字。一声，又一声。我停住，向右边寻找，半天才在可口可乐广告牌下发现挥舞着报纸的卢晓东。他的眼镜像两只小太阳，送过来耀眼的白光，这家伙果然穿一双拖鞋，上面是沙滩裤和T恤。

身后响起一串愤怒的喇叭声，行人通过的时间已过，一溜汽车挤在我身后。我对第一辆汽车摆摆手，从车前慢腾腾地走向可口可乐广告牌。热得懵懵懂懂，像午觉睡了一半被人叫醒了。

"你们怎么现在才到？我都等了两个小时了。"卢晓东打着哈欠说，他还是忘不了午觉。

"我们在医院门前找你，你跑哪去了？什么石城宾馆，没人听过这鬼地方。"

"那儿，"卢晓东用报纸指着前面的一幢楼，"鼓楼医院，再前面就是石城宾馆。"

是我搞错了，我和陆轶找到的是鼓楼口腔医院，卢晓东说的是鼓楼医院。相隔不过两千米，可是差大了。他们两个一起取笑我："还在这儿上了四年学呢，看来是白混了四年。"

真他妈的，我还以为南京跟自己家一样熟呢。

正文之一：石城宾馆

其实就是一个稍微大一点的旅馆，先前的名字就叫"石城旅馆"，最近一两个月才改成宾馆的。从宾馆外面的装潢可以看出，墙是旧的，周围的图案也是旧的，"石城"两个铜字也是旧的。在这些破落的背景下，只有"宾馆"两个字是新的，金灿灿的，喜气洋洋地踞身"石城"之后。

"这是策略，"小魏老板颇为自豪地介绍说，"我们要跟上形势，现在中产阶级正在崛起，中产阶级的梦也在崛起。我们可以提供好房间供有钱人居住，也可以提供烂房间供穷人做梦。他们花很少的钱就能住进宾馆，这对他们辛苦的一生是多么大的安慰。多好。我姐她就没想到，名字一改就有点意思了吧，看看我的客人，包括你们，不是都来了？"

他坐在我们的房间里，两嘴角冒泡大谈他的生意经。小魏二十七岁，竟然是我的校友，不幸的是没能毕业，因为情感腻滥，同时和三个女孩关系不明，最后搞成了一锅粥，收拾不了就被学校开除了。这样也好，他对自己目前的状况很满意，他姐姐去了日本，临走时把石城旅馆送给了他，小魏就成了老板。他决定好好干，起码要干得比他姐姐好。

"怎么样，还满意吧？"小魏说，"有问题只管找我，咱们是师兄弟，别客气。"

"很不错，"我说，"挺满意的。"

不过我还是觉得这"宾馆"帽子扣得有些大了，倒显得宾馆的头脸寒碜了。这里没什么东西，破落着陈旧。一共四层，能住人的只有三层。一楼只剩下一个小厅，服务台后面像模像样地挂着几只石英钟，时间跑得快慢不一，注着"北京""纽约""东京""伦敦"等字样。完全没有必要，洋鬼子是不会到这里住的，除非是到南京来捡破烂的乞丐。小魏和一个年轻的女服务员整天就坐在服务台里的空调下，在破空调发出的轰隆隆的噪音里调情。一楼的另一大半租出去了，这也是小魏的赚钱方略，一对夫妻租去开了一家拉面馆，站在宾馆门前就可以听到那个兰州来的小个子老板砰砰地用面条拍打不锈钢案板。

在我后来的观察中，最终没弄明白二楼到底住了哪些人。靠近楼梯口的几个房间是被长年包下的，门上大大小小地各嵌一个灰暗的铜牌，写着：××县或××市驻宁办事处。多数是县名，几个市名也是县级市。常能看见一两个男女从门里出来，在门户大开的空隙里可以看到里面的摆设，像贫困的农村小学的校长办公室，简易的桌椅上堆着一摞乱七八糟的纸册，除此之外是一张凌乱的床和炊具，还有锅碗瓢盆和切了半截的青菜。一个男人穿着西装短裤，光脚丫子跷在办公桌上。此人远离家乡，十分寂寞，伤感得连烟也不想抽了。往里是相对的两溜更深更多的房间，常会大人小孩一口气出来三四个，一看就是一家子，穿着打扮上看，大人们多少和下岗有点关系。再就是学生了，多是附近几个大学的，暑假准备留在南京挣点钱花，集体租了一间房子，睡高低床，过着和学校宿舍一样的日子。二楼有些乱，除了办事处的几个人，很少能见到熟悉的面孔，每次走过楼梯口遇到一个陌生人时，我都在猜测，这家伙是不是刚刚才住进来。二楼的流动性太大，我怀疑小魏也分不清他的宾馆里到底住了哪些人。

旅馆能够改名宾馆，四楼是小魏理直气壮的最现实的理由。他花了本钱把四楼的房间重新装潢了一遍，楼下的宾馆简介中美其名曰标准间。四个两人间，其余的都是标准单人间，当然，里面摆的都是双人床。这些房间我没进去过，只在到楼顶晾衣服时偶尔经过。如果我经过的时候都不在错误的巧合时间，我敢说，四楼上生意最好的时候也没住过五个人。它们没能如小魏想象的那样受到中产阶级的青睐。中产阶级都跑哪去了？卢晓东的解释很有道理，他说四楼的价位高得快赶上三星级了，条件却烂得要死，头脑有毛病的人才会住到那里。室内的条件也许不错，但周围的环境实在不敢恭维。四楼是顶层，防晒层的作用几乎等于零，加上空调干巴巴不懈地吹，房间里干燥得像一张纸，抓一把焦脆得咯咯响。而且闷，我看到一个服务员从某个单人间里换洗被罩浴具出来，扶着门框大口喘气。四楼只有一半用来做客房，另一半是空地，充当整座宾馆的公共阳台，横七竖八地拉了十来道绳子，洗过的衣服只能拿到这里来晾。

关于三楼，就是我和陆轶、卢晓东住的一层，条件高不成低不就，介于楼上标准间和楼下的混合宿舍式的房间之间。这一层集体宿舍消失了，标准间也绝不会有，都是普通的两人间、三人间和四人间。后来我们才知道，如果你想在这一层的某个房间里玩出点花样，比如把它改造为单人间或者双人间，或者混合宿舍，随你的便，前提是你必须把整个房间都包下来。也就是说，除了卧具之类的费用单独结算外，这一层的房间不再按人头收费，而是按房间结算，价钱自然比二楼要高很多。我们的房间里贴满了足球明星照，贝利、马拉多纳、齐达内、菲戈、贝克汉姆、劳尔等等，还有曼联等俱乐部的球员合影。小魏说，之前这房间住的是三个南大的学生，一口气住了半年，能折腾呢。

当然还有其他客人，比如三个小护士，几个公司的代理商，来去无定的普通游客，以及来鼓楼医院就诊的外地病人。如此杂多的身份挤满了宾馆二楼，认识的，不认识的，在灯光昏暗的走道里时不时要撞到一起。

正文之二：乔迁之喜

刚进石城宾馆时，我们住的是314房间，四天以后搬到了隔壁316，原因是陆轶被连续三个紧急电话召回了家，他没法再在南京待下去了，而小魏恰好需要一个三人间出售，请我们帮忙让出314。

应该补充解释的是，我们三个来南京是参加考研辅导班的。据已经考上研究生的同事说，如果真想从这个鬼学校逃出去，就考研吧；如果真想考上研究生，就参加辅导班吧。他像为辅导班做免费广告，说辅导班的老师都是对考题深有研究的专家，有的甚至一度作为某年试卷的命题人，再说了，有人领路总比独自在黑暗里摸索要强，不就是花点钱么。

我们当然想考上，有病乱求医，就报名参加暑期考研辅导班，就来了。我们的担忧在于，学校的这一关难过。不知道天底下的中学是否都和我们所工作的学校一样，总想把你拴牢，一直到你老得跑不动了为止。校长说了，考什么研，想跑？没门儿。如果不是犯了不可饶恕的错误，或者教学质量实在不堪入目，四十岁之前辞职也休想。这是制度，校长对此做了解释，所谓制度，就是死框框，没什么价钱好讲，遵守也得遵守，不遵守也得遵守。你是人民教师，要对得起自己的职业良心。还有什么好说的？校长定下的简直就是"第二十二条军规"，制度是死的，别指望辞职、考研，又不能吊儿郎当去犯错误，因为教师还得有起码的职业良心。好好蹲着吧，安心站在讲台上。

可是我们不能安分，总想换个地方待着。说出来真让人难为情，我们的良心多少有点问题，背着学校开始从事另一项活动，比如现在，偷偷来到南京参加考研辅导班。

陆轶被学校紧急召回是他的不幸，谁让他学的是计算机。谁都知道搞计算机是个不错的行当，挣钱的机会多如牛毛，哪个愿意待在一所普通中学里找罪受，走了就意味着没了，所以是学校的一级看守对象。我们学校只有两个计算机教师，陆轶和一个姓文的女教师。文老师不需要担心，现在正挺着大肚子在家恭候儿子的到来，让她跑也跑不动，而且她老公是学校的教导处副主任，大小是领导家属，这点觉悟总该有的。让人不放心的是陆轶，小伙子二十四五岁，极不稳定的年龄，而且光棍一条，什么事都干得出来。我和卢晓东猜测，十有八九就是因为这个才把他召回去的，大概他最近的行踪让领导深为疑虑了。公开的理由是学校临时决定开办一个暑期电脑兴趣班，让陆轶回去加班。陆轶家人说他去江西亲戚家了，领导说那就让他赶快回来，坐飞机也得回来，眼看开班了。陆轶母亲没办法，两天连打三个电话，就把他揪回去了。

因为我们提前几天来了南京，所以陆轶回去时辅导班还没开始上课，临走时他让我们帮他把听课证退了，反正没法去听了，大概今年考研的事也要泡汤。陆轶离开的当天中午，小魏就来到我们的房间，请我们帮个忙，换到隔壁的316房间，那个房间里只有两张床，而这里有三张，陆轶的那张空着也是空着，不如让给他做桩生意。

"真不好意思，"小魏说，"有个朋友打了招呼，有一家三口要来宾馆住一两个月。贵的住不起，差的又不愿住，三人间都卖完了，只好请你们帮帮忙了。"

我看看卢晓东。

卢晓东说："没问题，听从老板的安排。"

小魏说："爽快，多谢了，有空请你们吃西瓜。现在过日子啊，真他妈的不容易，不就为几块钱么。"

我们拎着背包搬到了316。我们很高兴，是乔迁之喜。这里的条件要稍好那么一点，电视的图像要比314的清晰。意外的收获是，我们终于和鼓楼医院的三个小护士住到了对门。卢晓东早就在电话里告诉我，我们房间的斜对门住着三个小护士，其中一个长得很不错，书看累了欣赏一下还是颇可以养眼的。遗憾的是，来了几天了都没能仔细看一眼卢晓东说的那个漂亮护士。她们的工作很忙，神出鬼没的，难得见上一面，晚上听见她们叽叽喳喳回来了，来不及开门去偷窥一下，门已经关上了，大夏天的，她们不愿意让别人看到点什么。现在好啦，卢晓东说，住上了对门，我们就把门敞开，你们总不能不经过我们眼皮底下而去土遁吧。

她们不会土遁，而是一一从我们面前走过。不去上课也不愿出去时，我们的门敞开着，尤其是中午和晚上，以便光明正大地欣赏。小魏对我们门洞大开有点意见，因为这样热气就会涌进来，空调就要加大马力工作，会耗掉他更多的电。但是他不好意思说，只是偶尔经过我们房间时，装作瞎扯两句，说天真热或者吃过了之类的废话，随手把门关上了。他走了我们再把门打开。她们终于不得不从我们眼前走来走去，穿着白大褂或者不穿白大褂。

搬到316的第三个晚上，我和卢晓东逐个欣赏了她们。十点钟左右听到她们说说笑笑走上楼梯，我们坐在桌前装模作样地看书。一个清脆干净的声音从喧闹里脱颖而出，咯咯地笑，哎哟哎哟地叫着，好像被谁搔到了痒处。笑完了就说："哎呀小点声，别打扰了别人。"

卢晓东说："就这个，最漂亮的。"

三个女孩来到门前，自然而然地都向我们的房间瞟了一眼，随后挤在她们自己的门前，相互催促着对方开门。一个穿粉红连衣裙的女孩，堪称高大肥硕，尤其是颤巍巍的胸部，不免有点咄咄逼人，难得的是她留一条长辫子，因为天热盘在后脑勺上，一圈圈的像卧着一条黑蟒蛇。正在开门的是个瘦子，营养不良的身体，五官和关键部位都没能及时发育完全，好在个头不是很矮，潜力还是有的，哪一天各部位觉醒了，应该是个比较像样的姑娘。她大概近视，撅着淡黄色的裙子在寻找锁眼。卢晓东指的是最靠近我们房门的那个，一个饱满到位的姑娘，身上闪烁了一点少妇似的影子。皮肤不错，新藕一般丰腴的手臂扇动着手帕，太热了，她说。她的头发显然染过了，淡淡的金黄色，不长不短，刚好可以用一枚大抓梳卡住。上身是紧绷的掐腰短袖衬衫，下面是半长的裙子。在胳膊挥动之间不时闪现腰部的一圈皮肤，细腻柔和的白。我无故地觉得那是一个激情四溢却又平稳的身体，一定是经历了生活的诸多幸福，只有幸福的身体才会如此雍容，散发着不可捉摸的祥和的诱惑，和她清朗的眉眼一样，看着如饮红茶，舒服又有点温热。

"不错，"我说，"你的眼光不错。"

卢晓东自豪地笑笑，踌躇满志地说："看我的，早晚搞定。"

"舒月，给我扇扇，急了一身的汗。"开门的女孩说，她的钥匙还在辛苦地摸索。

"不急，不急。"漂亮的护士把手帕对着她摇晃起来。

卢晓东用笔在纸上画着，说："舒月。"

正文之三：隔壁的一家三口

住进314的果然是一家三口。一个四十多岁的男人，见了人会无故地讨好似的笑一下。另一个是二十岁光景的女孩，清纯而又哀怨的那种，好像肚子里咽下了不少苦水，眼泡稍稍有点肿。她叫那个男人为爸。叫爸的还有一个大约十岁的男孩，个头倒不小，但一看就是个白痴，脑袋的形状不免奇怪，怎么端详都不周正。最能标志他的白痴身份的是两只眼，和几乎所有白痴一样；两眼的距离远得让人透不过气来，两道目光从来不能同时落到同一个方向，所以无法分辨他到底是在看什么。他瓮声瓮气地叫那女孩：姐。

他们到来的时候，我和卢晓东都在房间里，门敞开着。小魏和一个服务员把他们领过来，经过门前对我们说："你们的新邻居来啦。"

我和卢晓东不好意思不出去见识一下。那个剃平头的男人汗流浃背地拎着一个蛇皮大包和一只皮箱，衣服溻在身上，见到我们，急匆匆地笑笑，说："打扰你们了，请多关照。"

我们没有立即回房间，而是心照不宣地站在原地，都想仔细看一看拎网兜的女孩。网兜里装满脸盆衣架饭盒牙刷等日用品。女孩看了我们一眼，很快又低下头去，对身边用力摇着玩具拨浪鼓的男孩小声说："别闹。"

不错。我和卢晓东会心地相视而笑，算是对那女孩做出了较高的评价。男孩不听她的，转过脸来对我们嘿嘿地笑了几声，一串口水乘机挂了下来，他幸福地说："爸。"

我不敢武断地认为男孩搞错了对象，因为我分不清他的眼睛到底看到了什么。他的两个瞳仁位置不同，说不定他的视野要比一般人宽阔得多。他对我们的无动于衷表示了愤慨，哼了一声转过脸去，对那女孩说："姐。"

小魏故作仁厚地拍拍他的脑袋，说："小家伙真可爱。"

男孩急速地对他做了个鬼脸，说："爸。"

吓了小魏一跳，眉头一下子就上去了。那男人抱歉地对小魏说："不好意思，我儿子他头脑不好使，就会说两句话，见谁都是这样。你多担待。"服务员把门打开了，他们一家子进去。女孩进门之前又回头看了我们一眼，搞得我心里咯噔跳了一下。那男人堆满笑容，进门时再次向我们客气，"打扰你们，真不好意思。"

小魏在隔壁交代了一番，经过我们房间时，说："这房间还行吧？帮个忙，他们一家是外地来的。"我们答应着，说没问题。小魏顺手把房门关上了。

我和卢晓东开始了讨论，原因是我们都有疑惑：他们三口人竟然住同一个房间。床铺当然是足够了，问题是那女孩是大姑娘了，尽管衣着朴素，但已经显出美丽和成熟，怎么能和一个四十多岁的男人同居一室，就是父亲也不合适，我们都知道，女人的事总是比较麻烦，她们也习惯把自己的生活弄得像有无数的秘密。

"大概是为了节约开支。"我说。

"谁知道呢，这年头什么事没有，"卢晓东暧昧地说，"不过那女孩倒是不错。"

正文之四：我们的学习生活

毫无疑问，来南京是为了参加考研辅导班。我和卢晓东时刻牢记我们的身份，是学子，不是观光的游客。我们相互强调这一点，以便互为对方提醒和鼓励。做学生的时候就成绩平平，现在离开学校两年了，学习的感觉更是忘得一干二净，常常在看书时生出老大徒伤悲的悲壮感。这种悲壮感刺激着我们，去听课，看外语，背政治，复习专业课。日子不多了，我们得玩命地干。

开始的一段时间很令自己满意，集中体现为生活十分有规律。该上课就去上课，一大早起来匆忙去听课地点抢座位。我参加的是外语辅导班，卢晓东参加的是政治辅导班，听课地点相隔甚远，时间上也不尽相同。外语辅导班设在河海会堂，比较近，步行要半个小时，坐公交车只需十分钟，但中间要转车，我怕麻烦，常常步行。起床后在楼下的拉面馆前来杯豆浆，一根油条，一个摊煎饼，穿着T恤和运动短裤，手提袋里装着纸笔和学习资料，外加一把折扇。如果不备扇子会中暑死在课堂上。两千多号人挤满了河海会堂的楼上楼下，一片光溜溜的胳臂和腿，去迟了只能坐在走道上。不知是什么原因，现在是个人都想考研，我看到无数年轻和年老的脸，一例被汗水浸得湿润，像雨天里扔在窗台上的一团团草纸。这种时候我又不可避免地生出悲壮感，心里嘀咕着，如果考不上，就让我马革裹尸，倒毙在考场里吧。所有人都踌躇满志，舍我其谁地抢着座位，仿佛此刻已经提前把通知书装到了口袋里。看到这些信心饱满的斗士，我就免不了要绝望，因为绝望而悲壮，壮怀激烈就更玩命地干了。会堂里的空调形同虚设，根本感觉不到，它只给我们送来了一个比夏天还炎热的夏天，若不是啪嗒啪嗒摇着扇子，我连喘口气都不方便。

　　他妈的，都疯了，卢晓东说他那里也一样。他在南航会堂听政治，离宾馆远得要死，坐车也要四十分钟，为此他痛苦不堪，他有神经衰弱，起得太早要头痛。中午又没办法睡午觉，时间短促，只能在哪个树荫底下铺张报纸，象征性地把屁股放在上面打个盹。上完一天的课后，他回来就成了一只痛不欲生的瘟鸡，满脸憔悴的困意，不停地砸着脑袋，气都短了。这时候他就会邀我去散步，到鼓楼广场放松一下。我一脸坏笑地鼓励他，说古人是朝闻道夕死可矣，你总还有条命在，知足吧。他就会长叹一声骂道，真他妈的，死了倒省心，考什么鸟研！

　　话是这么说，第二天依然去会堂折磨自己。既然命都快搭进去了，不到考场上摸摸试卷岂不太他妈的可惜了么。卢晓东说，既然进了考场，总得考出个像样一点的分数，否则就太对不起自己了。所以我们还是应该勤奋，没课的时候他会收拾课本叫上我，走，到南大看书去。

辅导班隔三岔五地开课，断断续续要一个多月的时间，中间有很多空闲时间，我们都是去南大找教室自修。这里离南大不远，出了门往前走，第一个十字路口右拐就到了。

　　暑期的南大学生也不少，留在南京打工赚钱或者考研。为了这批好学的同志们，学校特地开放了几幢教学楼作为自修室。我们混迹其中，以便在疯狂的学习氛围里分享一点刻苦的刺激。那些天在南大还真看了不少书。晚饭也在南大食堂吃，和年轻的学子们围坐一桌，觉得自己真像那么回事了。于是有点遗憾要考的学校不是南大，否则满可以用力感受一下南大的氛围，提前做个南大人。当然，前提是能考上。

　　可是这种事谁知道呢。学到哪儿了心里都没数，至于考试结果，只有去问导师啦。导师是什么？我们俩都不知道。因此在复习的间隙，常要发出浩叹，我们这样屁也不知道的人考他妈的什么鸟研呢？我们在夜晚的南大校园里无奈地东游西荡，经过一段段有路灯和没路灯的水泥小路，偶尔也会斜穿一片草坪或花园。这种时候往往比较好玩，我们会听到茂密的灌木丛里发出激烈的喘息，枝叶发出闷热的哗哗声。这些震撼人心的声音在我们到来时戛然而止，连众多的蚊虫叮咬他们也不敢用力拍打。也有旁若无人的，在草坪边的椅子上就接起吻来，痛苦的模样仿佛在干一件体力活。我们不是存着歪心思去偷窥，实在是累了想在旁边的一张长椅上歇歇脚。我们一边聊天一边看着他们，直到我们坐累了他们还在继续，一定是满身大汗。南京的夏夜，接吻也是件苦差事，但他们似乎可以持续一个通宵。

"服输吧,"我站起来说,"咱们该走了。"

卢晓东感慨地说:"连这种劲头都没有,还考什么鸟研。走,喝两杯去。"

我们收拾了书本出了校园,来到附近一家名叫"稻草人"的酒吧里。此刻稻草人酒吧的夜生活刚刚开始,灯红酒绿地挤满了人。我们在角落里找了个座位,要四听啤酒,一人两听,坐在理查德·克莱德曼的舒缓轻幽的琴声里喝起了啤酒。吧台背后的墙上果然挂着一个巨大的稻草人,举着幼稚的大手欢迎每一位到来的客人。酒吧里的装潢像非洲的某个部落,用的材料是原始的稻草、麦秸和树皮之类的东西,墙上挂满了奇形怪状的根雕,还有眉飞色舞的脸谱。如果不是高脚杯和服务小姐后现代的打扮,真以为到了黑人酋长的客厅里。服务小姐的大部分皮肤都摆在暧昧的灯光下,让喝酒的人心驰神往。

卢晓东抓着啤酒说:"看她们的衣服,覆盖率之低都快赶上撒哈拉大沙漠了。"

"应该向她们致敬,经济发展离不开女同胞,她们为我们国家节约了多少布啊。"

"我想起了舒月,那个小护士,嗯,不错。"卢晓东微醺地说,"真他妈的,考什么鸟研!"

我看看表,十一点半。"快走吧,"我把剩下的啤酒喝完,"回去还要洗澡,迟了就没热水了。"

正文之五：洗澡问题

我们急匆匆赶回宾馆，小魏和长一对招风耳的女服务员正趴在服务台上打瞌睡。听到我们的脚步声，小魏迷迷糊糊地睁开眼。"你们怎么现在才回来？"他说，"洗过澡了吗？"

"没有。"

"电已经停了。你们凑合着冲个冷水澡吧。"

"没问题。"卢晓东说，对着刚刚醒来的服务小姐夸张地炫耀胳膊上稍稍有点样子的肌肉，"我们身体壮。"

经过二楼，我们发现浴室的门敞开着，里面黑灯瞎火。太好了，现在浴室正闲着。卢晓东让我上楼去拿换洗的衣服和毛巾香皂，他在这里等着，先把浴室占下来。这种事我们常干，没办法。除了四楼的几个标准间有室内浴室外，二楼和三楼的人都得到二楼的公共浴室来洗澡，有个先来后到的规矩。原来宾馆里还有两个浴室，就是正对着二楼楼梯口的那间，男女分开。现在坏掉了，整天锁着门，能派上用场的只剩下门外的一块大梳妆镜。我们从浴室里出来，都在这块镜子前梳理头发，偶尔也挤掉几个潜伏已久的粉刺。房间里没有镜子，我们也懒得买，如果需要正衣冠我们就跑下楼来照。

为了解决洗澡问题，小魏临时在二楼房间尽头修了一个简陋的浴室，装了两台玉环牌热水器，公用，男的来了男用，女的来了女用，进了门就把门插上。后来者只能等，把脸盆象征性地放在门前占个位置，然后要么返回自己的房间，要么站在大镜子前照镜子打发时间。再后来者依次放下他们的脸盆，一长串地排下去轮号。

因为男女混用，浴室就显得复杂，尤其是挂衣服的墙上和纸篓子里。我们通常都是一起去浴室，卢晓东总不忘提醒我看一下纸篓，那里面多半会扔着几块卫生巾之类的东西，也有不愿再穿的内衣。更有意思的是，常有粗心的女人把换下的内衣忘在了浴室墙上的挂钩上。它们羞怯地悬挂在那里，日复一日地对着川流不息的男人和女人展览。

那天晚上我们就见到了一副胸罩。我把浴具和换洗衣服拿来时，卢晓东已经进了浴室，门虚掩着。我推门进去，卢晓东指着衣钩上摇荡的胸罩说："猜猜，这东西是谁的？"

"我怎么知道？反正不是我的。"

"一定是舒月的。"卢晓东顺手抓了一把，又放在鼻子上闻了闻，"还有香味，你闻闻。"

我不好意思去碰那东西，就问他："你凭什么说是舒月的？"

卢晓东颇为自信地说："第一，这东西尺寸比较大，你看看；第二，它是淡蓝色的，我看她戴过，有一天我从她身旁经过，透过米色的衬衫看到的。哇，我当时都快叫出来了，一派壮阔隐约的蓝色。"

果然没热水了。我们用冷水潦草地冲了冲。洗澡时，卢晓东喋喋不休地一次次说起舒月的名字。正说着，外面有人敲门。我们俩裹着毛巾来到门边，听到一个女声在问："有人吗？"

是舒月的声音。卢晓东指了指墙上的胸罩得意地笑了。

"有人。"我说。

外边响起一串远去的拖鞋击打脚板的声音。

"应该开门让她进来,"卢晓东说,"不过你得出去。"我们重新来到喷着冷水的莲蓬下,卢晓东又说,"靠,我对她他妈的真有感觉了。"

正文之六:和白痴握手

去广场散步是卢晓东热衷的一件事。他的神经到了南京似乎更加衰弱了,脑袋紧张了一天,傍晚时分他就受不了了,发紧发涨,用他自认为专业的描述说:脑袋成了紧箍着一圈铁皮的老树根。医生说,这种病仙丹也不能一蹴而就,只能调养,让绷得过了头的神经逐渐地恢复它的弹性和功能,就像弹簧一样。医生建议,要经常温和地刺激和活跃神经,让它们放松放松再放松,比如洗热水脚,再比如散步,实行脚底按摩。卢晓东坚贞不渝地执行,他太希望把这看不见摸不着的鬼毛病赶快治愈了。他每天洗两次热水脚,三伏天也不例外。此外就是散步,而且他发现一处极好的散步地点,就是鼓楼广场,那里有一条鹅卵石小路。

傍晚时分,鼓楼广场聚满了纳凉的市民。这是南京最大的一个市民广场,而且地处中心位置,人是少不了的。广场上有雕塑、花园、奇形怪状的虬槐、芭蕉、长椅、休闲聊天的茶吧和露天MTV，此外的空隙里穿梭游动的都是人，也有主人们牵着的哈巴狗。

广场空旷巨大，傍晚太阳落尽，夜风来临，我们穿着T恤、大裤衩和拖鞋来到广场东边的鹅卵石小路上。广场上的男人都这副打扮。小路上主要是老头老太太的天下，他们把拖鞋放到路边的草坪上，赤着脚在鹅卵石上缓慢地行走，一圈接着一圈。据说此种锻炼方法效果极好，活血健体，脚底神经众多，相当于人的第二个大脑。向前走，或者向后退。渐渐有中年妇女加入进来，她们羞于赤脚，便穿着丝袜来走，嫌石子硌脚的，特地做了一双薄底的软鞋。更年轻的纯粹是凑热闹了，兴之所至走上几圈，受不了硬邦邦的石子就只好从小路上下来。小路上的人太多了，川流不息的人群，因此成了广场上的一大景观，很多人跑过来观看，旁边的椅子上、石阶上坐满了观众，像在欣赏一桩大型的行为艺术。

这种散步显然是卢晓东想要的。他脱了鞋子汇入人流，跟在老头老太太后面，头一点一点地走下去。半个小时以后，他离队了。摸着太阳穴告诉我，效果不错，脑袋果然轻快不少。我也尝试过两次，终因受不了石子硌脚而放弃了。

卢晓东散步的时候，我通常坐在石阶上看人。如果没有稀奇古怪的事情发生，我的注意力都在年轻漂亮的女孩身上。必须承认，在夏天，南京的确是个美丽的城市。姑娘们把她们的美无私地展现给这个城市，济以夜晚朦胧的光影，完全可以说六朝古都佳丽如云，当年的秦淮河畔恐怕也望尘莫及。因为姑娘们新鲜美妙的胳膊腿都坦陈在我们的眼睛里，而那时的粉黛却是长袍大袖，每一寸肌肤都珍惜地藏在绸缎绫纱的下面。

美女看多了也会倒胃口，我就去寻找些新鲜好玩的事来看，常常就是隔壁住的那个小白痴。只要不下雨，他几乎每个晚上都去鼓楼广场，他喜欢人多，他热闹地在别人身边走来走去，摇着陈旧的拨浪鼓。

白痴第一次来广场是在他们一家住进石城宾馆的第二个晚上。卢晓东已经完成了他的健脑运动，我们正坐在石阶上瞎聊，看到他们一家三口从广场西边走过来。那个男人的右手搭在女儿的肩上，女孩牵着弟弟的手，白痴的右手摇着拨浪鼓。男人姓冯，小魏告诉我的，小魏叫他老冯。老冯看到我们，手立刻从女儿肩上落下来，对我和卢晓东点头微笑，说你们也在呀。我们站起来回礼，说随便看看。女孩看我们一眼就低下头去，倒是小白痴不怕生人，摇着小鼓向我们喊爸。女孩轻轻地打了他一巴掌，他悻悻地转过脸去，把鼓摇得更响了。

他们大约只是到这里来熟悉一下环境，因为以后就没再看到过他们。小白痴却喜欢上了这里，每天傍晚都一个人跑过来玩。好在广场离宾馆很近，父亲和姐姐不需要担心。他们没时间管他。老冯大概一直都在忙着找工作，早出晚归，有时午饭都不回来吃。有一天我坐车从新街口经过，看到一个男人在路边卖报纸，好像就是他。老冯的女儿都待在宾馆里，每天洗洗衣服，照看弟弟，宾馆都很少出，菜都是老冯买回来的。他们新买的煤气灶放在房间里，看架势要长住了。空闲的时候她会看电视，我去厕所时经过他们的房门，偶尔会听到他们的破电视在说着含混不清的话。

纳凉的人喜欢调笑白痴，因为他总是胡乱地喊爸和姐。只要有人问他：小白痴，我是谁？他就会脱口而出，爸，或者姐。男的就是爸，女的就是姐，不管对方年龄如何。白痴慷慨的为人子和为人弟的热情让纳凉的人乐此不疲，争着让他叫他们爸或姐。往往他从一个地方开始叫，要一直把一溜人都叫个遍。他们很高兴，看着他马不停蹄地一路叫下去。他也很高兴，好像真有那么多爸爸和姐姐。他叫得兴奋，小鼓响亮地摇下去。我和卢晓东对小白痴甚为不满，为什么逢人就叫爸和姐呢。可是他是白痴。而那些调笑白痴的人我们又无法谴责他们，是白痴自愿的，他们只要拿出一块口香糖、几颗瓜子、半瓶水，甚至对他笑一下，他就忍不住把别人尊为爸爸。

白痴也有不高兴的时候，一是别人逼他叫某女为妈，另一个是觊觎他的拨浪鼓。觊觎他的小鼓的人不多，那东西又旧又破又难看，脏兮兮的，别人懒得碰它。一旦谁不识好歹向它伸过手去，小白痴会立马向后一跳，瞪大两只焦点不同的眼睛怒视对方，傻气中显出几分杀气，一改笑嘻嘻流口水的形象。而对方对小鼓兴趣实在也不大，便缩回了手，笑眯眯地问他：叫我什么？

他响亮地回答："爸！"

常见他发怒都是别人让他叫妈的时候。一个风起大雨将至的晚上，我坐在离白痴不远的地方，他的面前是一对恋爱中的年轻男女。小伙子问他："你叫我什么？"

"爸。"白痴说。

"叫她什么？"

"姐。"

"不对，"年轻人说，搂着他的女朋友，"应该叫妈。"

"姐！"

"叫妈。"小伙子说，他的女朋友只是羞涩地笑，装模作样地捶打男友的胸膛。

"姐！"小白痴简直是愤怒地喊起来，甚至拉开了打架的姿势，前腿弓后腿蹬，小鼓都举了起来。"姐！"他大叫。

小伙子很难堪，猛地站了起来："怎么，要打架？"

小白痴毫不示弱，脖子涨得通红地喊："姐！"

周围立刻围上来一圈人，大家都很兴奋，白痴生起气来原来也很可怕，他们想看他到底能愤怒成什么样。小伙子的女朋友显然认为作为这样的当事人很不合适，硬是将骂骂咧咧的男朋友拽出了人群。观众不免扫兴，好戏刚开了场就落了幕。不甘心的好事者打算上前逗白痴发火，他却对地上吐了一口唾沫，梗着脖子从人群里挤了出来，肥大的T恤一肩高一肩低地吊在身上。

小白痴不知在哪里转了一圈，十分钟后，他孤独瘦弱地向我们走来，然后同样孤独瘦弱地站到我面前，然后突然涨红了脸向我伸出他的孤独瘦弱的右手。这一次他没叫爸。我一下子懵了，他伸着手要干什么？我顺手把喝了一半的绿茶递给他，

216

他没要，我更纳闷了。

"他要和你握手呢。"卢晓东开玩笑地说。

我有点胆怯，我还从来没和白痴握过手，不过我还是伸出了手，谨慎地握住了他的手。既然他姐姐敢牵他的手，我为什么不敢，有那么一会儿我的头脑里出现了他姐姐好看的手，我的手就逐渐放松了。白痴咧开嘴笑了，流出一串口水。

卢晓东说："看他高兴的，终于找到同志了。"

他竟然很温顺地一直握着我的手，他把拨浪鼓放进短裤兜里，左手抓着半瓶绿茶。他很高兴。风越刮越大，大雨不远了。我问他，回家？他可爱地傻笑着，和我们一起回了宾馆。

此后，他就算和我们熟悉了，经常溜到我们房间来看电视。他喜欢看动画片，他们的电视看不清楚。我不知道他能否看懂，只见他抱着下巴规矩地蹲在地上，一直张着嘴开心地看，口水流个不停。问他好看吗，他就傻傻地笑，两道目光四分五裂。他不再叫我们为爸，什么也不说，只是傻笑，流口水。正看着，老冯或者他姐姐一叫他的名字，他会立刻跳起来，连个招呼也不打就跑出去了。一会儿工夫，他又溜到我们门前，磨磨蹭蹭地进来蹲到地上。然后又听到爸爸或姐姐的呼唤：

"小山，回来。"

正文之七：摇摇打来了电话

卢晓东在房间里亮开嗓门喊我，说有电话找我。我甩着湿漉漉的两手从水房跑过来，问他谁找我？卢晓东说，还能是谁，当然是沈摇摇同志啦。

我："喂，摇摇，我在洗衣服。"

摇摇："真辛苦，同情你呀。"

我："有什么办法？没人帮着洗只好自己洗了。"

摇摇："下次帮你洗。真打算考研了？"

我："当然，不考研我毛病呀跑南京来。"

摇摇："定下来考北大啦？"

我："没办法，还有什么更好的学校吗？"

摇摇："吹大牛。好啦，多少天没想我了？"

我："时刻想着沈摇摇，一天至少二十五个小时。"

摇摇："瞎说，我不信。"

我："真的。夜里做梦都想，我梦见自己在梦里也想，所以夜里都是两个我在想你，一天下来总有二十五个小时吧。"

摇摇："不和你贫嘴了。告诉你一个好消息，老妈默许啦！"

我："默许什么？"

摇摇："当然是我们俩的事了，前提是你得考研。要是你能考上北大我们就得救啦。"

我："又是考研，早晚把我逼成范进。"

摇摇："生气啦？先委屈一下吧，做出点奋发有为的样子来。我再去磨磨老妈好了。"

挂上电话我连衣服都不想洗了。又是他妈的考研。考个鸟研啊。我和摇摇从大四开始谈恋爱，三年了一点进展都没有。

她家的大门严严实实地对我关闭着，她妈像个门神守在三楼顶上，原因是我不长进。所谓不长进，说的是我的工作。一个穷教书的，一个月工资还不够下两次馆子，能有什么出息。家庭一般，人也一般，工作还如此不像样，唉，罢了罢了，这样的人别想进我家的门。她老人家显然认为我配不上她的宝贝女儿。摇摇在电视台工作，编导，偶尔也去客串一个十分无聊但收视率很高的娱乐节目的主持。门面不必说了，在小城里连条狗都认识她；薪水更别提，一个月挣的钱我要干三个月的活儿。所以她妈心里十二万分的不平衡，总以为是摇摇闭着眼睛掉进了我设下的陷阱里。她老人家以为女儿中了邪了，如果不是碍于党员的身份，说不定会去请一个大仙来给摇摇驱鬼。摇摇的爸爸对夫人言听计从，二十多年来不懈地坚持"两个凡是"，在大街上见到我眼皮都不甩，他是搞生物的，对苍蝇的兴趣比对我要大得多。好在他只是跟着摇两下旗子喊上几声，所以我们的工作重点还是她妈，我开玩笑说她妈是一座半封建的堡垒。

摇摇说，我们得想办法攻下这座堡垒。并且做了明确的分工。她的任务是从内部渗透腐蚀，我则是从外围攻坚，武器只有一个，就是考研。摇摇说，她妈引用了莎士比亚的名言证明教书匠的平庸，莎士比亚说：如果你什么都不能干，教书吧。她妈还说，这是一个人尽可师的年代，文盲都能跳上讲坛，我凭什么相信你能有出息？要是个大学教师还可以商量，一个小中学教师，算了，说什么好呢？她拒绝和我们讨论。她说得很明白，有无数人消耗了一生，即使死在讲台上也不过是个中学教师。所以摇摇再三考虑之后，说：跳出来吧，给你自由。想跳出来，那么考研吧。我的确也不想再干下去了，一看到成堆的作业我就头晕，见到红墨水就犯恶心。

好了，我不是在为自己找借口。大家都知道，现在教师这个行当越来越成了体力活，而且还要求具备屠夫一样坚强的心理素质。我没有，我从小就不敢杀鱼，我也不忍心折腾那些孩子。所以就不想干了。可也不愿整天听到有人在耳边唠叨考研考研，好像不考研就没活路了，这两个字和试卷作业红墨水一样让我喘不过气来。但我还是仓促上阵了，就像两年前仓促走上讲台一样。

正文之八：舒月

想结识一个人其实很容易，比如舒月，住对门，只要舌头一转打个招呼就可以了，关键是找到一个合适的机会。卢晓东等了一个多星期终于等到了一个好机会，有点俗套，但是实用，他当然不会放过。

晚饭过后我们正准备去南大自修，天突然下起了雨。南京的夏天经常如此，气象专家也搞不清到底什么时候会下雨。雨点又大又白，噼里啪啦砸着窗户上的雨篷。舒月从外面跑回来，一路甩着头上和身上的水，裙子局部贴在了身上。她敲门，喊着室友的名字，半天也没动静。又敲，声音巨大，还是没动静。看来她没带钥匙。我们听到她嘀咕着：不是说好了在宿舍等我的吗？

我们猜测她一定有什么重要的事，否则不会漫无节制地敲到现在。我对卢晓东示意，英雄救美的机会来了。卢晓东尽管至今光棍一条，但他有若干次前科，在情场上绝对是个老手，从他自信的微笑里就能看出来。他理了理头发走到门前，说：

"她们好像出去了，有什么需要帮忙的吗？"

舒月的转身稍稍显出一些吃惊。"噢，谢谢，没什么事，"她说，"她们说好了等我回来，雨伞在里面。"

"既然说好了，很快大概就会回来的，到我们房间坐一会儿，等等吧。"

舒月的犹豫可以理解，"会打扰你们的。"

"没事，"卢晓东说，坚持着邀请的手势，"只要不嫌我们房间乱。你可以看看电视。"

盛情难却，舒月说不好意思，就进来了，坐在卢晓东搬过来的椅子上。

"都认识吧？"卢晓东说，"大家都是邻居，别客气。我叫卢晓东，他是我朋友。"

舒月对我们矜持地笑笑，说："我叫舒月。"然后就不说话了。

我缺乏和陌生人打交道的能力，而此刻唱主角的是卢晓东，让他发挥。在我听来，卢晓东就是在没话找话说，但得承认，能把废话说得如此从容自然和真诚，也是需要一番功力的。

"我们的房间有点乱吧？是不是换个频道？"

"挺好的。男孩子的房间大概都这样。"

我们的出发被无限期地推迟，因为我猜不透卢晓东还有多少废话要说。他们像审问一样一问一答，卢晓东总能找到无聊而又亲切的问题。比如你是哪个地方人，待在南京多久了，对南京印象如何，这里的生活是否习惯，等等。不知是否被卢晓东问烦了，舒月开始不停地看手表，偶尔也看看窗外，外面除了雨还是雨。

"你有急事？"卢晓东问。

"还有点事要办，她们怎么还不回来？钥匙和伞都锁在房间里了。"

"要是很急就用我的伞，反正我也不用。"

"那多不好意思。你真的不用？"

"不用。今晚我们都不出门。"

卢晓东把我的伞递给她。我的伞是到南京后刚买的，比他的新。卢晓东的那把破伞早老得不像样了，作用甚微，天上下大雨，伞底就下小雨。他慷慨地把我的伞借出去了。他说我们不出去了，可是去南大是他先提出来的。这家伙。

"没问题，"我说，"无条件支持老兄的追月计划。"

那个晚上我们没去南大，他的伞实在不堪一用。卢晓东认为他的计划已经迈出了十分重要的一步，戏开场了，下面就看如何趁热打铁地唱下去了。他很兴奋。一把伞先借再还，借和还之间就有了无数的可能性，前景一片大好啊。我说你先别得意，说不准人家已经有主了。卢晓东认为我纯属杞人忧天，都二十一世纪了，讲究竞争上岗，有男朋友怕什么，结了婚还可以离呢。没错，只要人是活的，就什么事情都可以发生。受了卢晓东的感染，我也静不下心来看书，草草地翻了几页就和他起劲地聊起来。电视开着，演的是连续剧《不要和陌生人说话》。

晚上十点，舒月把伞送回来了，随之而来的是谢谢和一个大西瓜。多好的姑娘，知书达理，连我们想吃西瓜都猜到了。她没有在我们房间多作停留，不过没关系，我们都能感受到她的存在，她把已经晾干的伞整整齐齐地折叠好。只有女孩子才会有这种能力。卢晓东对这些精致的细节很满意，他有足够的经验证明它们的微妙，按照他的理论，只要女孩子不讨厌你，你就有了百分之五十的希望了。现在他的希望已达百分之七十，他又说，马上就会升到百分之八十。

他把大半个西瓜切好了送过去，一共六片。他想得很周到，舒月和她的室友一人两片。不能脱离群众，就像娶老婆要先搞定丈母娘一样，他得把另外两个小护士哄开心了，她们是重要的群众舆论基础。外因常常会深刻地影响到内因，从而导致矛盾的发展拐上另一条道上，哲学书上就是这么说的。卢晓东是在活学活用，理论联系实践。

半个小时后卢晓东回来了。小心翼翼地关上门，对着我拍起了大腿，真他妈的，他说，爽，我坐到了舒月的床上，屁股大概都熏香了。那两个傻丫头，还以为西瓜是我买的，乐得屁颠屁颠的。

"舒月表现如何？"我问他。

"不错。她总不能当面就对我说，我爱你吧。"

这类话我只听一半，卢晓东向来感觉良好，除了考研他骂骂咧咧外，天底下的事在他眼里都是泥塑的金刚，一巴掌下去就得现原形，除非他不想干。就像考研，那是形势所迫，谁他妈的想念那几本鸟书啊。

不管怎么说，卢晓东的步子是迈出去了，而且大有一日千里之势。据我所见，他们的关系很不错，我和他在走道里、楼梯口或者宾馆外面的路上遇到舒月，他们都会停下来聊上一会儿。如果正好是吃饭时间，卢晓东便会谦恭地请她赏光，共进晚餐或午餐，舒月谦虚一下也就跟着我们去了，尽管只是拉面或者盒饭，她吃得依然很开心，被卢晓东逗得咯咯地笑。

有一天下午我听课回来，看到卢晓东留下的纸条，他说今晚请舒月去长江大桥附近的一家酸菜鱼馆吃晚饭，就委屈我一个人随便找点东西打发一下肚子吧，南大也不去了，我一个人去好了。结尾是他的口头禅：考他妈的什么鸟研啊。

晚上十一点我从南大自修回来，进了宾馆就被小魏叫住，他推着眼问我怎么一个人回来了？小卢呢？

"出去玩了。"我说。

"和舒月一起去的吧？"

"你好像什么都知道嘛，"我开始上楼，"你这老板干得可真是敬业哪。"

"哪里，"小魏说，和我一起上了楼，"舒月可不是好鸟，你得提醒小卢。我姐临走前告诉我，别惹舒月，她有点那个，那个你懂。曾和泰州一个办事处的什么科长勾搭在一起，被人家老婆发现了，当场抓奸，据说门被踹开时她还坐在科长身上死去活来地上蹿下跳呢。"

"真的？"

"骗谁也不能骗师弟你呀。再说，舒月跟我无冤无仇，我脑子又没坏。"小魏的语气和神情显得极为真诚和坦荡，好像舒月是和我扯上了关系。他说完时我们已经到了三楼，他拍拍我的肩说，"我就不上去了。"

我对小魏的说法将信将疑，按理说老板不应该对客人说三道四，而且舒月怎么看也不像他所描述的那样是个忘乎所以的疯狂女人。可是人心隔肚皮，就是妓女脸上也不留记号。我疑疑惑惑回到房间，卢晓东还没回来。我一直不赞同卢晓东在南京瞎搞，我们只是一个过客，只待一个多月，犯了错误连补救的机会都没有，拍拍屁股就走人又太过分，至少不是人民教师该干的事吧。卢晓东却满不在乎，你以为人是个什么东西，谁敢说明天出门就不会被车撞死？活一天算一天，要是能把以后的事都想清楚了，我敢打赌，谁也不愿活到明天天亮。

也许是吧。

我等到十一点半卢晓东还没回来，就独自去浴室冲了个冷水澡。穿好衣服刚出浴室，看到门前摆着两只水瓶，舒月站在大镜子前等着。我对她笑笑，说不好意思，现在里面没人了。

她问我还有没有热水，我说早就没了，我冲的是冷水澡。正说着，卢晓东从楼上下来，一手一个水瓶。

"你干吗？"我说，刚问过就发现自己的愚蠢。

"舒月担心水冷，我帮拎两瓶开水。"卢晓东说，酒气还没消尽，"你这家伙，洗澡也不等我一下。等一下，我把水拎过去就回来。"

舒月有点羞涩，这从她端着盆走向浴室的步态可以看出，她把每一步落得都很谨慎，身体稍显僵硬。

回到宿舍，我问他吃得如何，他抹着嘴说，不错。我本想把小魏的说法透露一点给卢晓东，可又不知该怎样委婉地表达出来，只好开玩笑地说："你们的爱情进展到哪个部位了？"

"怎么，不平衡了？"卢晓东捏着一根牙签躺在床上，空调真是个好东西，我们简直是生活在春天里，"上火了吧？建议你赶快让沈摇摇过来救火，来迟了眉毛都烧没啦。"

我就不好再说什么了。我不能管得太多，否则我的转达没准会招来一个吃醋嫉色的罪名。卢晓东去男厕所接了两盆水草草地冲了个澡，回来后四仰八叉地往床上一躺，舒服得闭上了眼，他对着天花板说："多么美好的生活啊，爽！喂，我说，明天晚上我不去南大自修了，你自个儿去吧。考他妈的什么鸟研！"

第二天晚上他没和我一起去南大，以后再也没去过。那些个晚上他干了什么我不得而知，显而易见的是，他和舒月是渐入佳境了。我在房间的时候，舒月也经常过来玩，有时候我从外面回来，也会看到他们两人在聊天或者看电视。

发现他们有实质性的进展是在一个晚上。听了一天的课，吃过晚饭我又去了南大。到了十点左右，脑袋涨得实在难受，一个字也看不进去，索性收拾书本回了宾馆。卢晓东不在房间，我想他大概和舒月一块儿出去玩了。他们经常一起出去。晚上散步我不再和卢晓东一起了，那样会成为他们的累赘。

太累了，我想洗个澡早早睡下歇歇。于是没等卢晓东就端着脸盆去了浴室。浴室门关着，里面有人。门外没有挨号的脸盆，也就是说，下一个就是我。我站在大镜子前等着门开。大约六七分钟，门开了，舒月抱着脸盆从里面出来，身后的门又关上了。她看到了我，停了一下，继续理着潮湿的头发向这边走过来。

"里面还有人？"我问。

"有。"她说，面色绯红，像刚蒸过桑拿。她走上了几个楼梯又停下来，对我说，"你先回去吧，恐怕还要一会儿时间。"

我说："没事，我就在这里等等，回去也干不了什么。"

她不再说什么，低着头上楼了。

没有舒月预料的那样长，不到五分钟门就开了。让我惊奇的是，走出来的不是一个女人，而是一个男人。是卢晓东。他看到我也愣了一下，说："今天回来这么早？"

"头疼，看不下去。"

他又问："什么时候到的？"

"刚下来，"我说，"我还以为你出去了。"

正文之九：相遇在楼上

天突然暗了下来，狂风乍起，很快一场雷阵雨就要来临了。这段时间都这样，简直成了规律，上午艳阳高照，烤得人要蜕一层皮，到了下午五点钟就开始风雨大作，来一场痛快淋漓的雷阵雨，七点左右又风轻云淡，整个南京开始进入一个清洁舒朗的夏夜。风起的时候我跑上四楼收衣服。楼顶上挂满了花花绿绿的衣服，我是第一个收衣服的人。大风拉扯着晒干的衣服，像一个人攀着绳索奋力摇荡，上衣横斜，裤子们绷紧双腿站了起来。

三两下把我和卢晓东的衣服收好，正要走，看见地上飘过来一只粉红色的胸罩，被风推着一圈圈地翻滚。我想起了舒月的淡蓝色的胸罩，这个会不会是她的？也许卢晓东能认识。不管它是谁的，现在的问题是，如果我不把它捡起来，它就会被风推下楼去。可是这种东西，除了摇摇的，我从没碰过别的女人的，我也只给摇摇收过一次这样的衣服。我犹豫了片刻还是捏着带子把它拎了起来，想找个合适的地方把它挂好。然后我就看到了老冯的女儿站在通向楼顶的门前，我一紧张，胸罩掉了下来，但本能使我又迅速把它抄了起来。

"被风吹掉的，"我的争辩使我觉得自己可笑，"我只是想把它重新挂好。"

"我看见了。"因为羞涩她的脸色微红。她走过来，从我手里抓过胸罩，猛地藏到了身后。"谢谢你。"

那东西竟是她的。我含混地支吾一声，向门走去。听到她说："你叫穆鱼？"我站住，转过身，答非所问地说："你叫冯小猜？"

我们都笑了，彼此点点头，我就从楼上下来了。我把衣服叠好，听到小猜从门前经过，她哼起了歌，好像是《紫竹调》什么的，声音很好听。有点意思，做了这些天的邻居，竟然不相往来。其实也不是一点往来没有，比如小山在我们这边看动画片，她常会站在门前叫弟弟回去，只是我们没有直接对过话。最常见的对话都是转述，比如我说，小山，快回去吧，姐姐叫你吃饭。我知道她的名字就像她知道我的名字一样。早上老冯离开宾馆，照例在出门前再把事情交代一下：小猜，这件事要做；小猜，那件事你留个心；小猜，别让小山到处乱跑；小猜，晚上我回来要很晚，你和小山先吃饭，别等我。如此等等。我知道了她叫小猜，冯小猜。很好听的一个名字。

卢晓东不在，小山准时跑过来看动画片。看了一大半，小猜来到门前，她叫小山回去吃晚饭。小山托着下巴看得非常认真，不理她。我对她说，进来坐吧，小山上瘾了，很快就结束了。小猜扶着门框犹疑地进来了，窘迫地坐到我递过去的椅子上。

"你们的电视真清楚。"小猜说，两只手不安地放在膝盖上，"小山天天来看动画片，不烦你们吧？"

"我们也看，"我说，"小山挺有意思的，还跟我一块儿散步哪。"

"他就是喜欢热闹，本来应该我带他出去玩的，可是到了晚上我常没心情。"小猜的神情有些黯淡，大约是体会到了生活的难处。老冯每天都在外面跑，毫无疑问是去找一条可以支持生活的来钱的路子。

"别想得太多，你应该放松点。"我把教师的职业病用上了，给她做心理疏导，"过会儿请你去散步，也许心情就会好多了。"

"一起去？我觉得……"小猜的话只说了一半，她似乎不相信我的话，还有不好意思。

"没事。一起带小山走走。"

他们饭后，我们一起去了鼓楼广场。这是我和小猜的八次散步中的第一次。散步让人心情愉快，小山高兴是理所当然的了。我看了一天的书，放松一下大脑也很有必要，因为散过步还要继续看书。小猜的快乐是层层递进的，一点一点地生长饱满起来的。第一次去散步她也高兴，但主要还是伤感，我看得出来。出了宾馆她在马路边上站了一会儿才走，她说，我都好多天没出门了。言语低沉，颇有老人回首往事的苍凉。在广场上她很少说话，有些开心，却也心事重重。大约走了二十分钟，小猜提出来要回宾馆。他该回来了，她说。她指的是她的父亲老冯。

以后的散步中小猜的心情慢慢好起来，时间也渐渐延长。她开始说话，她其实是一个很可爱的女孩，伶俐，清净，对世事所知甚少。每次都是她先提出来要回去，她担心老冯回来了。她总是说，他该回来了。我想小猜是个孝顺的女儿，知道心疼父亲，他在为一家人的生计东奔西跑。小猜说，他一直都在找工作，这种试一下，那种试一下，希望能找到最适合他的又能赚到钱的工作。有一次小猜竟问我是否有门路，帮她找一份工作，因为我好歹对南京有点熟，她不想整天待在家里吃闲饭。我说你千万别提这事，我现在还因为这事被卢晓东笑话呢。我自以为在南京混过几年，其实屁也不懂，连鼓楼医院这么大的地方都找错了。而且这年头城市的变化比天气还要快，出了门我都带上地图，免得转了向找不到回家的路。小猜也就提过这么一次，后来就没再听她说起过。老冯大约也不允许她出门工作，否则他不会不带回点信息，而且小山是个白痴，把他一个人留在家里也不是个事。

如果说小猜对我没有吸引那绝对是胡扯。二十岁左右的青春少女，清秀的五官，曼妙的身材，淡淡的暖香，这些姑且不论，单是她常常欲言又止略显忧郁的神情，以及体贴周到的心灵，都是极合我的审美趣味的，我不是瞎子，所以不能视而不见。也就是说，和小猜与小山散步绝不是出于人道主义的帮助，也不仅仅是找个伴儿一起聊天散步，更主要的是，和小猜在一起时我心情极为舒畅，并且在心底里时时冒出个惊心动魄的幻想来。充满温柔和惊险的日子多少让人不忍释手。我不会胡来，可是一起散步总是可以的吧，我安慰自己，何况大家其乐融融，连小山都高兴。

所以我们又去看电影了，这是小山的要求。我们沿着鼓楼广场随便向西走了不远，就到了和平影视城。几年前我曾和同学来看过电影。小山看着影院门前大幅花花绿绿的海报和成堆的人群，兴奋得大叫，指着大门嗷嗷地央求我们，他要去。小猜拦住弟弟，说不行不行。她没说为什么不行，或许是担心回去太迟了不好交代。但是小山的热情不减，不让他进去他就会坐到马路上大哭。我说让他看一次吧，回去了我和你爸说，就说我带你们去的。

"不行，"小猜慌乱地摇头，"你千万别说。"

怎么啦？偶尔看一次电影也不是什么大不了的罪孽，不就回去迟一点么？我请客。

"别。"小猜说。我已经去了售票处。

《决战中的较量》，风靡全球的大片，票价二十五元。我把票买回来小猜就没法再说什么了。她一声不吭，反倒不着急了。多大的事，不就是一场电影么。

拍得不错，我喜欢看，和所有的大片一样，电影里也有一段曲折离奇的爱情故事。当男女主人公有情人终于相遇时，小猜突然抱住了我的胳膊。我惊讶得一动不敢动，感受着短袖T恤下她的发烫的脸，然后是蔓延开来的液体，她流眼泪了。我以为她只是被影片感动得不能自己，便坦然领受了她的依赖。可是影片结束了，放映厅里的灯亮了，观众开始散场时，她依然不撒手。她看不见别人，她闭着眼伏在我的胳膊上，泪水横流。

"别哭啦,那只是电影,都是瞎编的。"我小声劝她,"该回去了。"

她摇摇头,说:"不回去。"

我感到了她的双唇在我皮肤上吃力地滑动。我坐着不动,不敢动也不想动,感觉真好,我用另一只手去抚摩她的头发,她的脖颈,和裙子外面的脊背。她是摇摇之外的唯一和我如此亲密的女孩。想到摇摇,我赶紧说,该走了小猜,就剩下我们三个了。同时暗暗用力,把胳膊挣脱出来。小山用他的永远无法拉直的目光看着我们,他什么都不懂,却咧开嘴笑了,一串口水乘机而下。

一路无话。小猜低着头走在我前面,和我保持半米的距离,那个动情的小猜不见了。宾馆里的石英钟显示的时间是十点三十五分。上了三楼她突然停下,直直地看着我,说:"我不叫冯小猜,我叫石小猜。"

"什么?"我懵了,"石小猜?"

"石小猜。他是我继父。"她冷冰冰地说,拉过小山的手先走了,把我愣在最后一级楼梯上。继父。她哭了。冷冰冰地说。我有点乱。不能瞎想,不能瞎想,我告诫自己,拖着两条腿向房间走。我听到了老冯在门里吼了两声,紧接着小山哭声扬起。我在门前停下,除了小山渐趋弱小的哭声,他们的房间里很安静。

正文之十：下午两点，陆轶敲门

我们正在睡午觉，被敲门声惊醒了。我去开门，门外站的竟然是陆轶。我说你怎么来了？陆轶说我为什么不能来？卢晓东，快起来。他一把掀开了卢晓东的毛毯。卢晓东对他的到来同样惊讶，你不是要上课吗，怎么又回来了？

"有两台电脑坏了，我来买几样配件，明天就回去。"陆轶说。"你们的小日子过得很爽嘛，在空调里睡大觉。换了房间也不和我说一声，害得我敲错了门。听到里面一个女声说等一等，我想坏了，你们两个家伙一定是从外面召来了不三不四的女人。开了门才发现不像你们的房间。那女孩告诉我你们住在隔壁。喂，我说，那小姑娘感觉不错呀。卢晓东，你没和人家瞎搞吧？"

"我对她没兴趣。"卢晓东打着哈欠说。

"他是忙不过来，"我说，"现在他整天喊腰疼。"

"瞎说。我可不像你，吃着碗里看着锅里，对小猜眉来眼去的。"

"小猜是谁？"陆轶问。

"就是你看到的隔壁女孩。"

"穆鱼你可别胡来，沈摇摇知道了不把你掐死才怪。"陆轶说，"前天在大街上见到她还聊了一会儿，她说没问题，家里那头她扛得住，就看你的了。"

"你可别信卢晓东的鬼话，我一片痴心天地可鉴。只是和隔壁的小猜一起散散步。回去你可别给我瞎掰了。"

陆轶说："我能干那事？下午都没课？好，晚上我请你们撮一顿。"

陆轶的状态很不错，一点儿也找不到当时被迫回家的沮丧。想通了还是发了？总之感觉是不一样了，有点气宇轩昂了，有点居高临下的从容了。

"到了南京没转向？"卢晓东问。

"转什么向，出了车站就打的，一路凉飕飕地到了这里。"

"款起来了嘛。我们俩还要挤公交车，挤不上就用脚量，"我说，"贫富差距怎么几天就拉大了呢？"

"公款。反正报销，不坐白不坐。"

不知道陆轶报销的具体包括哪些费用，反正晚上我们是心安理得地随他去开荤了。这段时间不是豆浆油条煎饼就是盒饭拉面，单调乏味，吃得我痛不欲生，食欲大减，体重急剧下降，都快瘦出风骨了。他请我们到湖南路的图门王烧烤城吃涮羊肉。大夏天在空调和电扇底下吃火锅实在是太过瘾了。南京人会吃，三伏天也有很多人围着火锅转，穿着大裤衩和老头衫，汗流浃背地涮。也有索性革命到底，老头衫甩到一边，光着上身猛吃海喝。陆轶知道我们最近肚子里缺了不少油水，一个劲地怂恿我们吃，忙着给我们倒冰镇的啤酒。

"也是公费？"卢晓东问他。

"就算吧。校长希望我来招安哪。"

"招什么安？"我嘴里还吞着一大块羊肉，"他老人家知道我们在考研？"

"韩校长是谁？几十年下来都把两眼修炼成X光了，翘一翘尾巴就知道你要拉什么屎。他早知道了。"

"让我们现在就卷铺盖回去？"卢晓东问。

"没有。韩校长只是说，希望你们能够安心教书，人民教师嘛，起码职业精神还是应该有的。不过也没强求，临来时他说你们的日子大概过得不怎么样，让我给兄弟们送一顿油水。喏，就是面前的这摊东西。"

我说："这么说你是彻底叛变了？不考了？"

"两三年内大概不会考了，"陆轶转着啤酒杯说，"韩校长说下学期学校面临大发展的重要时期，工作任务比较重，希望我能担任团委副书记一职。应该集中精力恪尽职守啊。"

"乖乖，果然是升了，来搞官民同乐了。"我举起酒杯提议，"为陆轶兄弟变成陆书记干一杯。"

卢晓东也说："也不错。考研真他妈不是人过的日子，我整天担心脑袋什么时候会爆掉。在哪不是混口饭吃。"

卢晓东说的是实话。因为谈恋爱和该死的神经衰弱，他几乎把书本都放下了，每天睡前都咬牙切齿地对我说，今天又是一个单词都没看，他妈的考什么鸟研！

我们吃得肚大腰圆，三个人拖拖拉拉喝了二十瓶啤酒，午夜十二点从图门王出来，头大脸大，两腿发飘。在出租车里卢晓东不停地叫着头痛，他像打鼓一样敲着脑袋，吓得司机不断回头看我们。回到宾馆，陆轶到小魏那里开了一个标准间，四楼的406房间。他说得让我们洗个热水澡，享受一下三星级待遇。

四楼的房间根本不像我想象的那样是个蒸笼，我们把空调调到15度，时间不长就清爽如春。比我们那里好得太多了，房间中央是一个巨大的双人席梦思，在上面跳舞都没问题。陆轶舌头也开始打结，他说我们兄弟，今晚，就，就横在一，一张床上，说，说说话。他希望我们坚持到底，好好复习，能考就考，别像他那样半途而废，他是停下了。他把二十九寸的纯平彩电打开，里面播放的是什么内容我实在是看不清楚，蔫蔫的想睡觉。喝多了。我一喝酒就变得简单了，智商急剧下降。打开热水器轮流洗了个澡，在房间里叫了一通，又聊了一会儿，不知道说些什么，也不知道什么时候睡了过去。

早上八点半我们横七竖八地醒来，陆轶问我们还去不去听课，辅导课早就开始了。我说算了吧，去了也找不到位子，下午再说吧。卢晓东舒展开四肢，大声喊着："真他妈的爽啊！有了钱我也来爽一把。406，我记住了。听课？听什么鸟课！"

正文之十一：钟点房

这世上赚钱的路子总比花钱的途径要多，理由很简单，如果没人去赚，你的钱往哪儿花？小魏的四楼标准间没能像他预想的那样生意红火，向往中产阶级的人一定不少，但是勒紧裤带来冒充中产阶级的人不多，日子过得紧巴巴的，谁会打肿脸

237

来充胖子。生活早就教会了我们，做人可以不实在，但过日子你得实在。四楼空空荡荡的标准间把小魏给急坏了，他原本指望它们成为他的聚宝盆。这下好了，整天闲在那里，怎能不急。穷则思变，祖宗教训过的，小魏在某一天突然头脑发亮想出了奇招，用大字在宾馆外头打出了一条广告：本宾馆提供钟点房。

钟点房不是小魏的独创，很多宾馆旅社都干过这事。高考期间尤见其多，为离家较远的考生提供舒适便利的房间，以便他们睡个好觉，养精蓄锐。我对"钟点房"三个字欠考虑，想当然地认为不过是为需要午休的劳动者行个方便，夏天中午长，午觉比午饭还重要。所以进进出出石城宾馆从未多加留意，直到有一天我带了一位女同学来询问住房情况，才知道钟点房里还有那么多弯弯绕绕。

那位女同学大学和我同班，我们是在考研辅导班上遇到的。她说她没想到我也来听课，我说我也没想到，然后我请她吃了顿饭。吃饭时瞎聊了一通，她说她现在住在河海大学招待所，一般的房间卖光了，她只好住一个晚上一百块钱的高档间，住得她心疼，心疼得都睡不好觉。尽管是开玩笑，但能说出这种话你就知道我的这位女同学是多么朴实的一个人，可惜她已经结了婚。看到她第一眼我就知道，她和我一样，过得都不怎么样。既然都是穷人，话就好说多了。我说我现在住的宾馆价钱还比较合适，不知还有没有空房，我帮你打听一下。她说太好了，六人间、八人间都行，越便宜越好，总得给孩子省点奶粉钱吧。吓我一跳，我的八字还没一撇，人家都搞出后代来了。分手的时候她主动提出和我一起过去，顺便到鼓楼看一看，毕业以后她很少到南京来。我懂她的意思，她是希望若有可能今晚就住进来，这样就可以省下好几袋奶粉了。

我把女同学带到石城宾馆，她夸张地说，这宾馆很不错嘛。我笑笑，说还是能住人的。小魏在服务台前与服务员调情，多少天来他都在干同样的事。我问他还有没有便宜的房间，三人间、四人间都可以，我的这位同学想住。

小魏扶着眼镜打量我的同学，说早就没有便宜的房间了，只有四楼上的标准间。突然他又恍然大悟似的一笑，暧昧地说："师弟，住什么住，我给你安排一个钟点房，半价，时间延长到两个小时，怎么样？"

我当时没弄明白是怎么回事，心想这小子头脑出问题了。我的聪明伶俐的女同学不干了，冲着他骂了一句流氓，转身就出了宾馆，搞得我和小魏都很难看。然后我明白了，原来是这么个钟点房。我追出去请她息怒，她气鼓鼓地说："这样肮脏的地方不要钱我也不住。把我当什么人了！"

"不好意思，不好意思，"我一个劲地赔不是，"他是和我开玩笑，我们常开玩笑的。"

这话更让她上火，"你们开玩笑也别开到我的头上！"头也不回地走了。她没去鼓楼，而是原路返回河海大学。

"小魏你太过分了，什么人的玩笑不好开你非开她的玩笑，人家那么年轻，而且还有一个正在吃奶粉的孩子。太过分了。她可是我的同班同学，你的师妹啊。"

"真对不起，我还以为你们要干那事，"小魏笑嘻嘻地说，"别气了老弟，这种女人不要也罢，都结过婚了，连孩子都有了，什么事不懂？还装腔作势以为自己是处女呢。"

他让我哭笑不得。这时候进来一个有点谢顶的男人，三十岁左右，右腮上生了个痦子，上面长了一丛茂盛的黑毛。我觉得这人真有意思，头发都转移到脸上了。他大大咧咧地喊着小魏，一身酒气。我正愁没话和小魏敷衍，趁机开步上楼。

晚上我把女同学来宾馆的事讲给卢晓东听，他听了大笑，说小魏这鸟人，真他妈的流氓，以为别人都跟他一样，管不住自己的裤腰带。说过以后，他忽然问我："那钟点房真能这么优惠？半价？还延长到两个小时？"

"小魏是这么说的。你有兴趣？"

"自家兄弟我就不瞒你了。舒月不愿意在她们房间，更不愿意在我们房间，她怕被人看见。"

"那好办，说好了时间，我不回来就是。再不放心就把门从里面销上，我想看也进不来。"

"她还是不愿意，"卢晓东说，"她总感觉你的床上有一双眼睛在看着我们。"

"那没治了，你就去弄个钟点房好了，也不错，二十块钱。挺好的，价格便宜，量又足，你可以天天用她。"

"你以为我买大宝呀。"卢晓东说。

卢晓东果真去弄了个钟点房，二十块钱，两个小时，绝对优惠。他要的是406房间，就是上次陆轶过来住的那间。他说过要去爽一把的，现在机会来了，一举两得。我不知道卢晓东和舒月一共去了几次，最后一次我是知道的，他们不幸被抓住了。

他们是在中午一点钟被抓住的。说起来实在蹊跷，很少听说扫黄会在中午时分冲进哪家旅馆的，而石城宾馆虽说不太上档次，好歹也不是个黑店和大车店。可是他们就来了，直直地冲上四楼，砰砰砰敲响了406的门。

"开门！开门！检查了！检查了！"

他们听到外面粗壮的男声。可怜他们正忙得不可开交，突然的惊恐让他们不知所措，敲门声和喊声坚持不懈，然后他们才反应过来，浑身湿漉漉地到处找衣服。他们两个刚穿上内裤，门就开了，显然是用钥匙打开的。他们竟然没把门销上。冲进来一伙人。卢晓东穿着内裤惊惧地跳下了床，赤着脚踩在地毯上。舒月则慌忙地用毛毯把自己围住，胆怯地缩在卢晓东身后。他们看到提着警棍的三个便衣，旁边站着头低毛革的小魏，手里拎着一圈钥匙。

一个便衣用警棍指着卢晓东和舒月，说："我们是警察，扫黄办公室的。有结婚证吗？"

卢晓东一声不吭，他从没遇到过这种事，想都没想过。

"有吗？拿来！"

"没，没有。"卢晓东说，抓起裤子就要套，"她是我女朋友。"

"穿什么裤子！有胆量脱下来就别急着穿。她是你女朋友，谁能证明？"

"小魏，"卢晓东仿佛找到了救星，"魏老板能证明。"

"他们是在谈恋爱吗？"那个人问小魏。

"不知道，"小魏说，"我只知道他们要开房。"

"非法同居，谁知道你们是不是卖淫嫖娼关系。反正都违法，跟我们到局里走一趟。"

卢晓东慌了，两腿开始哆嗦，浑身上下没有一块稳定的皮肉，他当然不想去。"同志，警察同志，"他说，"我们是两情相悦，我们的确是正当的恋爱关系。能不能从宽处理？"

那人犹豫了一下，和身边的两人耳语了一番，说："看你们年纪轻轻的长相，的确不像卖淫嫖娼，这样吧，为了你们的名声考虑，每人罚款一千元，以示警诫和惩罚，下不为例。听清楚了吗？"

"同志，一千元太多了吧，我们都没有什么钱。"

"是啊，同志，"小魏也为他们求情，"一人一千是有点多。"

"多？去了局里就不止一千了。你们想去局里？还有你，魏老板，竟然干起了拉皮条的买卖！罚款两千，一分也不能少。别叫，再叫就四千。"

都不吭声了。卢晓东哪来的钱，他带来的钱花得差不多了，前天还和我说要向我借五百块钱。他急得直搓手，说怎么办？怎么办？倒是舒月镇定了，她让卢晓东别着急，她会想办法的。卢晓东十分感激，说你先垫上，有了钱我就还你。舒月说，傻话，还什么还，我的不就是你的么？她裹着毯子下了床，抓起一堆衣服往洗手间走。

"往哪儿走？事情还没了结就想走？"那人用警棍拦住她。

舒月把警棍推了过去，平静地说："不穿好衣服我怎么给你们拿钱。"

后来是舒月筹了两千块钱交给了那三个便衣。我吃过晚饭从南大回来，被浓烈的烟味呛得直咳嗽，卢晓东正躺在床上抽烟。神情疲惫，一直精心护理的分头也乱了，一缕缕迷离地垂下来。他很少出现颓废的状态。

"我栽了，被人逮住了。"他的眼茫然地看着飘升扩散的烟雾，"我们被警察堵在了屋里。"然后他断断续续给我讲述了当时的情景，讲完了就骂小魏，说小魏这狗日的不讲义气，出卖了他们，他追舒月舒月不理他他就丧心病狂，不惜浪费两千块钱也要让舒月和我难看。狗日的小魏，他坐了起来，咬牙切齿地说，早晚我杀了你个狗日的。

"还有那个鸟便衣，妈的这世道变了，什么样的鸟人都能当警察，头上的毛还没瘩子上的多，张嘴就是臭不可闻的酒气。哪天找了机会我非捅死他不可！"

卢晓东说的那个鸟便衣让我想起了那天看到的那个人，他和小魏称兄道弟，亲热得像双胞胎。我没敢把这事告诉卢晓东，他太激动了，再受刺激没准会出乱子。没办法，总有人要做倒霉蛋。

正文之十二：车祸

小山从鼓楼广场出来，越过路边的低矮的防护栅栏，他想抄近路，从马路中间穿过跑回宾馆。比小山速度更快的是一辆黑色轿车，像个飞速滚动的擀面杖。广场上纳凉的人都听到一声钻入骨头的刹车声，等他们弄明白声音是来自一辆黑色轿车，轿车已经以更快的速度逃之夭夭了。轿车跑了，小山留了下来。人们甚至没听到他叫上一声。此刻他像一只包烂了的饺子躺在马路上，死了。就这么简单。可怜的小山不应该待在这种地方，车来车往的，头脑灵光的人在大城市里一天也不知要被撞死多少，何况他一个白痴。他那三心二意的眼神大约没法让他专心地生活在这世上。

死去的人就不去说他了，逢人就叫爸和姐的小山，和我一起去鼓楼广场散步的小山，蹲在我们房间里抱着下巴看动画片的小山，不声不响地死了。我知道这个消息是在第二天，因为没人传播这个消息。死个人有什么稀罕，这么大的南京哪天不死上几个，病死的，捅死的，上吊的，投河的，还有钻到轮子底下的，谁有精神关注这些。我从南大回来也比较迟，十一点多了，冲了澡就睡了。第二天一早，因为要听课我起得很早。去洗手间时经过老冯他们房间，听到老冯大声呵斥："哭什么哭？哭能哭活啦！"然后是小猜悲痛欲绝的抽泣。

我觉得奇怪，但是端着脸盆就走过去了。洗漱完毕从洗手间回来，看到老冯从房间里出来，对着里面说："你别去了，我一个人够了，还有警察哪，我一定会要到一大笔钱的。不行，你哪也不能去，就待在家里！"说完他把门砰地带上，理着掖在裤子里的白衬衫出去了。小猜的哭声还在继续。老冯拐下楼不见了，我才敲响小猜的门。

"出了什么事？"我问小猜。

"小山死了。"小猜说，两眼红肿，散乱的头发上扎着一块黑布条，脸大概都没洗，整个人都是一副昨天的陈旧模样。"小山被车撞死了。"她又哭起来，扶着桌子浑身打战，两腿似乎支撑不了体重。我放下脸盆去扶她，她倒在我肩上。"小山死了。"她又说。

我向来不大会安慰人，只能机械地说着节哀顺变的套话。安慰她时我是真心的，小山其实是很可爱的，一个可爱的生命，一觉醒来就再也看不见了；小猜也是该节哀顺变，以往她虽不是显得多么健康活力，但绝不至于现在这样虚弱不堪，好像深秋突如其来的一场大风，满树的银杏叶子黄得绚烂，纷纷坠落了。她完全憔悴了。我问了一些关于车祸的情况，她说她知道的也不多，都是他处理的。她只看到了小山的尸体，已经面目全非，那个拨浪鼓还在，已经被汽车碾碎了。那是他们的妈妈生前给小山买的，多少年了小山一直都不愿放下，再好玩的东西他也不换。小山的尸体如何处理她目前没法知道，他说警察自有安排。那辆肇事的轿车后来被抓到了，司机已经被关起来了。他说一定要狠狠地敲他一笔，这样以后的日子就好过了。

"小山是我的亲弟弟，"小猜说，哭声又放大了，"以后我再也没有亲人了。"

我把她扶到床上，让她躺下，身体才是生活的本钱。眼下她需要好好地睡上一觉。

"睡不着，"她说，悲痛地抓过我的手，"你在这儿坐一会儿好吗？我觉得周围都空了，连个倚着的地方都没有了。"

我点点头。桌上的闹钟告诉我，快七点半了，我想今天的课是没法去听了，小猜需要有个人在身边。看过电影之后我们不知为什么就疏远了，为在电影院里的她抱着我的胳膊哭？还是因为老冯的怒吼？说不清楚。就像两个人逐渐熟悉起来时相互都有感觉一样，疏远起来也有感觉，那种刻意保持距离的谨慎和不自然，于是两个人就被莫名其妙的东西一寸寸拉远，直到某一天其中一个装作没看见擦肩而过的对方，从此疏远便成了陌生，而且是心安理得的如同本质一样的陌生。我和小猜在疏远。小山照例过来看动画片，小猜叫他吃饭时也来到门前，但再也不从容走进，她惊慌地站在那里，让我不敢邀请她进来。我没有邀请，她索性连门前也不来了，只在房间里喊起了小山的名字。在走道和水房里也会遇到，只是笑笑，尴尬里有迅速逃离的打算。现在什么事都没有了，小山的死把一切卑微可笑的戒备和顾忌都打碎了。小猜无声地抽泣，忽然一翻身把我的手压到她脸下，我感到了她手指的拉扯和牙齿的力量。我紧张起来，但坚持不把手抽回来，忍着，此刻她比我更需要这只手。

卢晓东什么都不知道，他在房间里喊我回去，一定是我的电话，我听见电话铃响了一阵。我对小猜说马上就来，接过电话就来陪她，把手抽出来，手上的眼泪她用纸巾擦干净了，她没说对不起。我端着脸盆回到自己的房间，卢晓东已经起来了，穿着整齐。

"我的电话？你不是不出去吗？"

"待不下去了，我得出去躲一躲。先接电话，摇摇的长途。"

我拿起电话。

"你的课还有几天？"摇摇问。

"加上今天还有三天，不是告诉你了吗？"

"别听了，赶快回来吧，越快越好。"

"出了什么事？"我立刻警觉了。

"我妈要和你谈谈，这两天她心情好。我担心过了这个村就没这个店了。"

"不行啊，老师正在讲短文写作，你知道我的英语写作有多烂。"

"那我不管，反正和你说了，机会错过了别怨我不努力。"

"再通融一下嘛，从长计议，说不定听了写作我就能考上北大了。贿赂一下丈母娘，回去后我给你报销。"

"好吧，我再试试，让老妈再高兴两天。不跟你说了，我得上班了。叭。"

摇摇在电话里亲我一下就挂了。我挂上电话，看着正在找书的卢晓东。你去看书？我问他。看书，他答应着。这两天他很少和舒月在一起，通常都是一个人躺在床上看看电视抽抽烟，散步也要拉着我去，他似乎在和舒月疏离。他知道我会问舒月的事，所以坦率地说，我在躲着她，你别骂我，我也不想被抓住，谁他妈的知道还能遇上这种鸟事。我说要把两千块钱还给她的，可现在我他妈的拿什么还？女人啊，你轻易千万别去惹她，粘上身了打摆子都抖不掉。说实在的，我都想回去了，这鸟日子是没法过了。考研，考研，他把书砰砰地摔到桌子上，考他妈的什么鸟研！

"小山死了，"我说，"车祸。"

卢晓东一屁股坐到床上，半天才回过神来："真的？怎么说死了就死了呢？昨天不还是好好的吗？还蹲在那里看电视。"他出神地盯着小山蹲过的地方发了一会儿愣，突然把装好了的书包用力掼到我的床上，"考研！考他妈的鸟研！"一头栽倒在床上，摸索着找烟盒，他又要抽烟了。

不是结局：走吧

我再次来到314房间，小猜已经起来了，梳洗完毕，坐在床前等我。她问我有事吗？我说问题不大，家里一点小事，要我尽快回去。我也不清楚为什么不说是我女朋友摇摇让我回去，我从未在小猜跟前提过摇摇，甚至没提过我有女朋友这回事。

"你要走？"她站起来问我，"什么时候？"

"还没定。时间不会太长，我只剩下三天的课了。"

她直直地看着我，两只手在身边吃力地抖动，脸色慢慢泛起潮红。大约半分钟的工夫，她忽然冲上来，即将扑到我身上的时候又及时停住了，"你带我走，"她的声音激动以致结巴，"我跟着你，到哪都行。"

女人的决定不需要像男人那样驴拉磨似的转圈子，她的决定让我震惊。现在轮到我直直地看着她了。

"我说的是真的，我决定了，"她言辞甚至激昂起来，"你带我走，走到哪里我都跟着你。"

她没说喜欢我，更没说爱我。她还小，至多二十岁吧，她还不好意思对一个男人说，我跟你走是因为我爱你因为我喜欢你。她在做出决定的时候我才发现，她其实还是一个孩子，一脸天真的果敢和坚毅。我知道问题来了，努力像兄长那样对她微笑。

"瞎说，你知道外面的世界是什么样子？你知道我是好人还是坏人？"

"我不管。我就知道你是好人！"她终于抱住了我，"只要你要我，我就跟着你。"

不能这样闹下去了。我推开她，严肃地说："你不能一时头脑发热就随便做出什么决定，以后也不行。"我让她坐下，她不干，更坚决地抱住我，这回她哭了，又是伤心欲绝地哭。我觉得我的严肃显得无耻而又可笑，我知道了这些天来心底里藏着的那一点委琐的东西了，它会伤害一个单纯的女孩。

"我知道你看不起我，我就知道你看不起我。我和他住在一起所以你看不起我。可我也是没办法，我什么都不懂，我哪里都不敢去。离开他我就不知道该怎么活下去。我知道你看不起我。我没办法，我还有个弟弟，小山是我亲弟弟，我不能丢下他不管。他占了我，他把妈妈也气死了。为了永远占着我他带我和小山离开了家。他带我到处跑，他到哪里我就得到哪里，我得把小山带大，我知道他是白痴，可是他是我亲弟弟，我唯一的亲人了。你让我怎么办？小山死了，我什么亲人都没有了。他说小山死了我们就会得到一大笔钱，以后日子就好过了。我不想用小山去换钱，小山都没有了我要钱干什么？我不想和他过好日子。我不想和他在一起。我从十七岁就被他占着。我从十七岁就想走，可是我到哪儿去？小山怎么办？我不能把小山饿死在路上。小山死了，我什么都没有了，我可以走了。你带我走吧，求求你了，我是真心真意想跟你走的。你要我干什么都行，我能做饭、洗衣服，我也能工作，还能，我们还能生孩子。我想有自己喜欢的家。求求你了，带我走吧。"

我痛恨我的残酷冷静的双手，它们把小猜推开了，它们让小猜坐下。她叫石小猜，就像她坚持的那样，不叫冯小猜，她不想和他有什么关系。

"你冷静点，小猜，"出奇的冷静让我也结巴了，"我们不能把问题想得太简单了，你要冷静。你想想我能把你带到哪里？"

她侧身歪倒在床上，脸对着枕头，哭着说："只要你愿意带着我，你到哪我就跟你到哪，再苦我也甘心。我知道你看不起我，我知道谁都看不起我，嫌我不干净，连小山都不理我了，他是看不起我才去死的。"

她的哭声让我揪心，她的小山也让我揪心。我流出了眼泪。我不应该再使她伤心，她已经够不幸的了，可是我能做什么？我说小猜你别哭，谁都没有看不起你，在我眼里你是一个干净纯洁的好女孩，真的，可爱，长得也好看，你不能胡思乱想。

小猜停止了哭声，"你答应了带我一起走？"

我说："你让我再想一想。"

她立刻高兴了，在泪水之下露出了让我心碎的笑。"我就知道你会带我走的。"她把脸羞涩地埋到我怀里，"你知道我喜欢你，你也喜欢我，是不是？"

我含混地应了一声。我还能说什么。

中午我请小猜到肯德基吃了午饭。她从没去过肯德基，什么都不懂，一切听我的安排。我在点食品和饮料的时候偶尔回过头看她，她安静地坐在那里，手放在腿上，她心安地对我微笑，像摇摇那样满足地看着我微笑，她们的微笑都让我心动。不同的是，摇摇的微笑让我放松，而小猜的笑让我沉重，让我感到生活的重量和一个人活着的艰难。我没说谎，我在收银台前泪水漫溢双眼，这些泪水真诚却一钱不值。我买了一大堆东西，肯德基所有的食物每样买了一份，我想让小猜都尝一尝。自从得到小山的死讯，她一直没吃东西。

吃东西的时候我不敢抬头，怕看到她的那种表达爱的满足的眼神。那种眼神既像来自我的妹妹，又像来自我的母亲，当然，更多的像来自摇摇。也许只有小猜这样的女孩才会有这样的目光，她什么都知道了，却什么都不懂，她十分年轻，却已经老了。

从肯德基出来，她磨蹭着走在我身边，忽然难为情地说："我挽着你的胳膊，行吗？"

我犹豫片刻把胳膊抬起，让她的胳膊走进来。她紧紧地抱住我的左臂，脸也贴了上去。"我很早就渴望能够挽着一个人的胳膊走路。"她说着就哭了，问我，"你说这是真的吗？"

"真的。"

"嗯。"她使劲地点头，仿佛用上了一生的力气，"我回去要好好睡上一觉，起来了就收拾。"

我见过很多女孩，她们已经习惯在社会上游走，到了小猜这样的年龄就变得不可知了，你猜不透她们到底在想什么，她们想要什么。但是小猜不一样，几年的幽闭生活把她从她们中间显著地区分了出来。

回到宿舍，卢晓东告诉我摇摇半个小时前打来电话，让我回来后打过去。卢晓东说，摇摇的声音挺高兴的，看来是件好事。应该是吧，因为此前她从不让我打电话到她家，担心被她爸妈接到。我也不敢打，被她爸妈的冷脸吓怕了。我拨过去，真不幸，是摇摇她妈接的，我硬着头皮说了声阿姨好。她说是穆鱼呀，你在南京？我想和你谈谈。正说着，电话被摇摇抢了过去，摇摇说，你赶快回来，妈现在心情不错，是吧妈？我妈后天出差，半个月呢，想在出差前和你聊聊。我们的事，妈，是吧？我听出来了，老人家的心情果然不错，否则摇摇不会这么和她说话的。

"有戏？"卢晓东问我。他在外面逛了一个上午，准备睡过午觉接着逛。

"我得回去，"我说，"丈母娘发话了。"

躺下以后我没能像往常一样很快睡着，头脑里乱成了一锅粥。我是突然决定马上就走的。我跳下床，穿着内裤就开始收拾书本和行李。卢晓东也没睡着，他已经几个中午睡不着觉了。

"你在干吗？"

"回去。"我说。

"课不听了？"

"不听了。"

卢晓东摸上一根烟点着，抽了两口扔到地上。"我也走！"他跳起来，也开始收拾行李。

"舒月怎么办？"我问他。

"凉拌吧。只能这时候走了，她在上班，下了班我还往哪儿走？"

东西很少，还是一个背包。我让卢晓东动静小点，我轻轻把门锁上。小猜的房间里寂静无声，她的午觉幸福吗。我在她的门前站了好长时间，也许我该给她留个纸条，可是纸条上写什么呢。我希望此刻她能及时醒来，但更希望她梦得更沉。她不应该知道一个午觉过后这个世界就变得面目全非了，因为我确信知道她醒来后看到眼前的世界会是什么反应，而她却是要如实看见一切的。卢晓东催我快走，别婆婆妈妈了。我婆婆妈妈吗？我时常愿意大哭一场，比如现在。

下了楼我们把钥匙交给坐在沙发上打瞌睡的小魏。他对我们的离开十分惊讶，他知道我们什么时候该离开，日子还不到。小魏揉着眼打着哈欠，说："你们怎么不早说，我提前把账算一下，还要给你们退钱哪。"

"不用了，就两三天了，没几块钱。就当送包烟给你抽了。"

"那多不好意思。"小魏说。他丝毫没有退钱的意思，看到板着脸的卢晓东，他说，"小卢你也走？舒月也一起走么？"

"老子走了。"卢晓东冷冷地说，"魏老板可以跷起腿来睡觉了，不用担心有人再来扫黄了。"

"小卢还生我的气。我也是没办法，法律总不能说改就改吧。做生意也不容易，你多包涵。舒月也一起走吗？"

"这跟魏老板有关系么？还想再抓？等我下次来了再说吧。"

小魏尴尬地笑，显出几分得意，"你看小卢，"他说，"真是的，你看小卢。"

出门白花花的阳光让我们眩晕，怔了半天神才站稳脚跟。汗跟着就出来了。大街上的行人和车辆像在光和热里飘游，世界显得极不真实。卢晓东看看我，向一辆出租车举起了手，我点点头。我们要打的去车站。钻进凉爽的车门时，我想到了小猜，正在午睡的石小猜。

作为行为艺术的爱情生活

关于文学和艺术的关系，一时半会儿怕是说不清楚，但是大家都知道，二者有区别这是肯定的，尤其是我与胡扯站在一起的时候，旁观者会更有信心。比如几个月前到市文联参加一个什么会，年轻的主持小姐向与会者介绍我们俩。她指着胡扯说，这位一定是新锐艺术家胡扯先生了。胡扯对大家高贵地微笑了两秒钟，习惯性地甩了一下披到后背上的长发，又习惯性地用手捋了捋。我在他身边闻到一股一个月没洗的浓重的头油臭味。接着主持小姐介绍我，这位一定是青年作家穆鱼先生了。我先向她点头微笑，以表示她的判断完全正确，然后向与会者半鞠躬示意，摸了摸自己的平头。我们就这样被众多与会者记住了。会后聊天时，几乎所有人都能准确地叫出我和胡扯的名字，即使头脑最不好使的一个老头也能分清胡扯是搞艺术的，我是写小说的。在这种向来充斥敷衍和轻视的白眼的会议上，居然能被别人记住，的确让我小小地感动了一下。聚餐时，我问那位老先生是如何记住我们的，是看过我们的作品吗？老先生直摇头，说要分清简直太容易了，那么长的头发不是搞艺术的还能搞什么，你这平头当然就是写小说的，当然

255

啦，他还说，如果是个诗人也会有一头长发的。

这种说法让我有点不舒服，但是不得不承认，它是分辨文学和所谓的艺术的最通俗也是最有效的方法之一。放眼天下，从准备报考艺术院校的高三复读班的男生开始，哪一个不是蓄发明艺。这是伟大的艺术传统。但是我很长时间里都不能接受男人留一头披肩发，一是长发男人在外表上性别多少有点模糊，第二个，也是最重要的原因是，他们无法给出一个令人满意的答案，即他们为什么要留长发。这一状况直到胡扯成了我的室友才解决，这也是我能和一个长发艺术家共处一室而相安无事的原因。

去年的这个时候，我所供职的这所大学推倒了一栋建于三十年前的讲师楼。后勤方面通知我，将有一个年轻教师搬到我的宿舍。我住在28栋503，三室一厅。之前加上我共有三个光棍教师住，后来他们挺不住了，相继被姑娘们带跑了，剩下我一个人享受这处级待遇。又来了一个，意味着我要降级生活了。那天大雨，天有些暗，我开了门刚要进去，发现客厅里坐着一个人，灯没开，昏暗中那人背对着我坐在一张藤椅上，一头长发垂挂到椅背上，满屋的烟味。我脑袋立刻嗡的一声，雨天开门，发现房间里多了一个抽烟的女巫。我站在门外听到长头发说，回来啦。是个沙哑的男声，整个人动都没动，头发像一块潮湿的黑抹布。我应了一声打开灯，他像雕塑一样地说，关上，我是美术系的胡红军，刚搬来的。慑于那种鬼魅气氛，我顺从地关了灯，拎着伞转到他对面。我说，你在干什么？我好像没听过你的名字。胡红军眼珠子转了一圈，从头发里透出光芒来，胡扯你听说过吗？我立刻想起来，胡扯，本市大名鼎鼎的行为艺术家。我反应过来后马上回到自己的房间，关上门之前我说，你现在是在搞行为艺术吧？他不动声色地说，风雨夜归人，又说，不需要回避，你也是这次艺术的一部分。我还是回避了，感觉这更像一次巫术。

在我们学校里，胡扯的名气比校长大得多。每过三两个月他都要制造点轰动全市或整个校园的大动静。他会在别人快要忘掉他的时候，适时地来一场稀奇古怪的行为艺术。说实话，这玩意我搞不清楚。那时候我只听说本校美术系有个叫胡扯的青年教师，原来是搞油画的，正画画时倒在调色盘上睡着了，一觉醒来茅塞顿开，一脚踹开了调色盘，声称从此他要开始行为艺术家的生涯。当天他到花店里买来999朵玫瑰，站在校门口，专挑那些相貌丑陋、身体找不到曲线的女生，一人送一朵，送完为止。然后逐一嘱咐她们，晚上参加大学生活动中心的舞会，免费的，一定要去。这种事在我们学校前所未有，把校长都惊动了。晚上九点半钟他老人家带着副校长和两个保安冲进了大学生活动中心，看见胡扯正和一个女生在灯光下翩翩起舞，旁边站着一排又一排的女生，她们被胡老师优美的舞姿陶醉了，摇头晃脑地跟着旋律扭起来。校长一声不吭走到胡扯面前，抓住他的胳膊就往外拽。胡扯还舍不得他的舞伴，一边退一边说，还有499个，还有499个。后来我听到结果，胡扯被全校通报批评，理由是酒后失态，扰乱正常教学秩序。作为当事人的胡扯当然不服气，他坚持声称这是一场行为艺术，名叫"怜子如何不丈夫"。他对校长的行为嗤之以鼻，他说韩校长，行为艺术他懂吗？一个只认识瓶瓶罐罐的化学教师！

也就因为这场玫瑰艺术，胡扯在学校就不敢再搞上规模、影响大的行为艺术了。校长警告过他，如果再有类似事件发生，就请胡老师另谋高就。而目前胡扯的境况很明显，离了大学教师的薪水他很难养活自己，当然他是另一种表达，他说之所以留在学校里，是为了他的行为艺术能够活下去。胡扯把他的行为艺术转移到了校外，他要在广阔的社会里创作他的行为艺术。国庆节他定做了一万个小国旗，站在淮海广场上向行人发放，一时间整个淮海广场万人涌动，都挥舞着手中的国旗，致使交通堵塞一个小时，司机师傅们根本分不清哪是交警的旗子，在马路上茫然地摁着喇叭。中秋节他倾其半年积蓄，定做了一块重几百公斤的五仁月饼，见者有份，一人一小块，惹得好几家出售月饼的老板要联合去法院告他。类似的行为艺术太多了，一不留心就会被看成社会公益活动。事实上报纸也是这么介绍的，比如国庆节艺术就被记者称为"弘扬爱国精神的一次极好的公益实践"，而中秋节艺术则被称为"中秋月圆，爱满天下"的公益活动。最让胡扯窝火和气愤的是，报纸上丝毫不提"行为艺术"四个字，连这些艺术的名字都没注明。

回避胡扯之后我关上门，打开电脑，半天没写出一个字来，老想着胡扯和刚刚客厅里的景象，心里说不出的疙瘩和暧昧。有点问题，对一个男人竟有这种怪兮兮的感觉。后来明白了，是他的那头长发，湿腻腻的长发。我说过，我不习惯男人留一头暧昧的长发。我产生了过去问一问他的想法，这种事我不厌其烦地问过很多留长发的朋友，他们的解释毫无新意，闪烁其词。我知道他们根本就不知道为什么要留长发，更说不清楚留长发和搞艺术有什么关系。但我还想问我的新室友同一个问题，否则很可能寝食难安，他可是要整天在我眼皮底下晃来晃去的。这时，胡扯敲门了。我开了门说，胡老师，有事？胡扯理了理长发说，什么胡老师，叫胡扯，胡红军也行。听说你是写小说的？我闻到一股长时间没洗的头发的怪味。我很谦虚地让座，他说让什么，我找不到座么？一个宿舍的兄弟，聊聊。说完一屁股坐到我床上。胡扯比我大不少，少说也有三十了，长相应该说是很男人的那种，眉毛粗粝，面目峥嵘，那一头惊心动魄的长发乌黑油亮，刚才说过了，像一块用久了的抹布。他又用手指梳理一下头发，从额头一直拉到背上。我示意他用梳子，他说男人从来不用那东西。

这句话让我放松下来，都是年轻人，我也厌烦那些繁文缛节和乱七八糟的顾忌。我直截了当地问，留长发舒服么？他随手抓起我床头一本书，哗哗地翻着，说还行。我又问他为什么留长发。他的回答很简单，为了脏。这个回答出乎我意料，我一定是瞪大了眼，所以他又重复了一遍，是的，就是为了脏。如此面目的男人把同一个意思表达两遍，你不得不信。我觉得这人有点意思了，回答很妙，也是我听过的最满意的解释，他若是当作家肯定比我优秀。那头长发的确脏得可以，但他的直率和洒脱改变了我的感觉，有点意思，他的长发也不那么暧昧和矫情了。我站起来拍拍他肩膀，说老哥，出去喝两杯，我请你。

我们在地下商城的"倾心麻辣涮"要了个鸳鸯火锅，点了一大堆肉类和蔬菜，以及五瓶啤酒。火锅煮沸了，啤酒也开瓶了，正准备开吃，胡扯按住我的手。等等，他说。他倒了一些啤酒到空杯子里，又夹了一块肉和某种蔬菜进去，在此过程中嘴里念念有词，听不清他在说什么。都做完了，他指指火锅，说吃吧。好像是他在请我的客。我问他刚才在干什么，是不是又是什么行为艺术。当然，他大块吃肉大口喝酒，什么是艺术？对艺术家来说，生活就是艺术，艺术就是生活。我时刻提醒自己，生活中充满高出人类智慧的美，艺术，就生活在我们身边。就像你写小说，哪一段生活不可以进入小说？生活就是文学。刚刚我想起了很多，为什么啤酒和火锅必须为人民服务？我倒出了酒，加了一些菜，它们在进入人的肠胃之前一定可以被另一些事物分享，你看到了，它们被一只杯子享用，也许还被另外一些不为人知的生命在享用。我得承认，胡扯的一番高论把我给弄懵了，我都快对艺术家仰视了，如果艺术家真像他所说的，那么艺术家就是上帝，有一双点石成金的眼睛和手。胡扯的酒量不如他说的那么大，三瓶下来舌头就有点硬了。或者是被火锅烤的，整个脸上红通通的，尤其是更年轻时起过青春痘的地方更明显，红得发紫，一个接一个地暴露出来。他把外套脱了挂在椅背上，说话声音也跟着扬了上去。吃饭的时候他也忘不了自己的长发，热，真热，他咕哝着，从牛仔裤兜里摸出一根黑乎乎的橡皮筋，三两下将头发扎成了个马尾巴。人立刻清爽不少。

在"倾心麻辣涮"火锅店里，我充分看到了新室友的生活状况。胡扯是个单身汉已经不需要再解释了，但单身并不意味着缺少女人。大概是那天酒喝得有点过，我们又要了三瓶，我晕晕乎乎地至少看到三个女孩过来和他聊上几句，很放肆地说笑，适当的时候免不了动动手脚。不用说，她们都是胡扯的崇拜者。有老一点的女孩，也有小一点的，女学生的模样。她们似乎都说了相同的一句话，你这脏头发什么时候洗呀？胡扯抱着酒瓶说，你什么时候过来就什么时候洗。

如果说刚见面时我还只是觉得胡扯的回答绝妙，那么现在，我有理由说他的解释不仅绝妙，而且有极强的逻辑性。我们完全可以这样推理一下：胡扯说留长发是为了脏，脏了必然要洗，谁来洗？显然是上面说的那些女孩了。再想想，洗头发是一件多么温馨浪漫的事，所以很多人都是冲着周润发做的"百年润发"的广告才买那种牌子的洗发水的。具体到胡扯身上，大小是全市闻名的艺术家，天生富含艺术细胞的女孩当然不会放过他了，给一个留长发的男性艺术家洗发，既可以体现女人的母性和温柔，还可以肌肤相亲，完全是过日子的琐事中最动人的一个细节。可见艺术家留长发是有理由的，不需要担心洗的问题，同时还是一个个爱情故事的生长点。这么一推理，我就更认为胡扯的解释妙了。听听，胡扯说，为了脏。其实胡扯在说，为了洗。

事实比推理更具有说服力。不知道是否所有留长发的艺术家都能像胡扯那样滋润地生活。保守地估算一下，每星期至少有两人次来宿舍找胡扯。我的房间离大门最近，所以总是我开门，把姑娘们请进来，然后看她们婀娜地走进胡扯的房间。胡扯很傲慢地把她们领进房间，脸上甚至一点惊喜都没有。他们在房间里聊一会儿，也可能什么话也没说，最常见的是女孩夸张地惊叹几声，或者像母鸡一样咯咯地笑上一阵。我把房门关得紧紧的，什么都听不清楚。然后就听到女孩开门，走向厨房，一路说着脏死了脏死了，我给你洗洗。我听到打开煤气灶烧水的声音。一会儿工夫胡扯趿拉着拖鞋出来了，像个木偶似的听凭一双温柔的小手摆弄。通常这个时候胡扯都不够热情，像个还没恢复过来的病汉，连句话都懒得说。洗完头他们又进了房间，电吹风响起来，偶尔能听到胡扯叫烫的声音。经过多次比较，我发现，胡扯要求洗头时状态都不太好，对客人也冷淡。客人走后他都要到我的房间来聊天，说一通没意思、乏味之类的话，有时干脆绝口不提刚才的女孩，好像她根本就没来过。我常常为她们鸣不平，怎么说人家也是送上门来的，你这态度是对别人主观能动性的否定。胡扯就会摆出一副痛心疾首的沉痛样子，腻了，他说，腻味透了，跟她们在一起我都不知道什么是艺术了。胡扯当然也会有状态尚佳的时候，这种时候他会把脏兮兮的头发留给下一个来访者洗，因为他们没时间。他把女孩，通常是更年轻漂亮些的，比如说某个崇拜他的女大学生，拥进房间，摔出三十五岁的响亮强劲的关门声。然后我们五楼就传出无法遏止的二十多岁的年轻女声，充满了惊喜、发现、不能自持、如泣如诉和随他去罢。女孩显然进入忘我境界，忽略了隔壁有耳，一双敏感的单身耳朵。我只好开大音响以求平和。曲终人静，女孩托着红艳艳的小脸出门了。临走时胡扯躺在床上大喊，我要洗头。女孩头也不回，红莲花般的笑嘻嘻地说，胡老师，下次吧。

　　没事了我们也会说些结婚谈恋爱的事。我说胡扯，到三十五岁还光棍一个，通常有四种情况：第一种，抱着雷达也找不到的；第二种，头绪太多怎么也理不清楚的；第三种，消极怠工，守株待兔的；第四种，人不畏老，上下求索的。我看你是第二种，花眼了。胡扯理理他的头发表示否定，兄弟实说了吧，我是第一加第四种。从小学我就开始谈恋爱，谈了二十多年了，用过的没一百也有九十九，就是找不到称心如意的。你看我这头发，我指望找到后让她一剪刀咔嚓了，现在倒好，越来越长了。你别看到这里来的花花绿绿的都有，谈艺术的不多，能谈几句艺术的就更少了，她们冲着艺术来的，关心的却是艺术家的身体。你说这年头女人对艺术的偏见怎么到了这地步，老想着脱光衣服来看。胡扯的话我听懂了，我有我的想法，没吃过猪肉还见过猪跑，不也有爱得昏天黑地都忘了对方是艺术家的吗？再说，艺术家是个什么东西，值得人家这样上来就扒衣服么？胡扯拍拍我肩膀，一副过来人的口气，兄弟你还小，你知道爱情是什么？你知道爱情对艺术家意味着什么？

像生活一样，爱情就是艺术，而且是艺术的源泉。源泉懂吗？就是见到她，你跳一下喊一声都具有审美价值，是艺术。我说是行为艺术？当然，胡扯说，我们这一场谈话就是一次行为艺术，我早就策划过了，名字叫"关于艺术的第n+1次启蒙"。

我吓坏了，因为前面的n次启蒙我竟毫不知觉。面对艺术如此无知的人能够成为作家吗？我不能不对自己的前景进行一次全新的审视。自从与胡扯成为室友后，我常常怀疑自己的创作是否算是文学，如果是文学，那文学是否是艺术，我不敢再推理下去，担心一直推理到地球也不存在了，那个时候我就会一脚踩空，一直往下坠，一辈子都在往下坠。太可怕了。这之前我有个口头禅，见人就喜欢问你在干什么。尤其当胡扯坐在他的破藤椅里一动不动，或者是连蹦带跳，或者是不停地摆弄一件东西，我都会习惯性地问一句，你在干什么？他也顺口说了声，行为艺术，详细时还加上一些有严重语法和意义搭配错误的短语或句子，比如：寻找时间的形式，空气的第六感，定义一滴水的父亲等等。过去我以为他的"行为艺术"也是口头禅，就没有留心，反正我也不懂那玩意儿，现在看来，他是在搞行为艺术，如他所说，时时有艺术，事事有艺术，处处有艺术。我生活在艺术之中而无所知，他常常会严肃地对我说，别动，你是这个作品的一部分，或者，继续走，否则你就出了作品了。

意识到这些，我突然发现我的生活早已发生了重大改变。整个宿舍因为"行为艺术"四个字而充满了玄妙的气氛，这大概就是艺术之不可解释的表现吧。进了门我就会产生某种不必要的担心，担心水龙头会自动流出水来，担心煤气灶会自己燃烧起来，还担心椅子突然活了，反客为主地坐到了我的身上。总之生活因为"艺术"而变得不确定起来。更要命的是，面对一个行为艺术家，我养成了一个坏习惯，不是去发现他什么时候在搞行为艺术，而是刻意去分辨他什么时候不搞他的行为艺术。真是把我累坏了，胡扯就是在打呼噜时也做着有关行为艺术的梦。

先前送上门来的女人和女孩继续送上门来，还不时补充新的面孔。我弄不明白她们是如何认识胡扯的，来到这里究竟又能收获些什么。胡扯依旧在三室一厅的房间里转来转去，构造他的艺术世界。据他某个晚上从洗手间出来时告诉我，他正在考虑和实践下个月将要举行的一次重大行为艺术的细节问题。我坐在书桌前哼了一声，他就进去了。过了一会儿我又听到他吧嗒吧嗒去了洗手间。二十分钟之后又是一次。我就奇怪了，这家伙肾功能不错的，怎么突然变得尿急、尿频、尿不尽了。第五次从洗手间出来，胡扯没进自己房间，而是敲了我的门。开开门，他站在门外说，我们说说话。我把只穿着一条内裤的行为艺术家让进房间里，他的两条长满黑毛的腿不停地哆嗦。你在搞行为艺术？我还是第一次见他赤膊上阵。不是，急啊，没时间穿裤子，他说着就爬上床，钻进我的被窝里。兄弟，我可能要谈恋爱了。我想都没想就说，这次题目是什么？什么题目？胡扯有点急，我跟你说正经的，我预感我要谈恋爱了。我说过，胡扯这样的人同一意思表达两次，可信度一定不低于百分之九十。跟谁谈？我拿起一本书心不在焉地问。胡扯见我注意力涣散，从床上跳下来跑回自己的房间，又匆匆忙忙地跑回来，把一个玻璃瓶往我桌上一放重新钻进被窝。

一个透明的葫芦形玻璃瓶，瓶子里装满了彩纸折成的五颜六色的小星星。这东西我在礼品店里见过，好像叫满天星，女孩子经常自制或者买一瓶送给男朋友。据说一共有999颗小星星。我拿起瓶子晃荡几下，哗哗地响，星星堆里挤出两只精神抖擞的纸鹤。你看，还有纸鹤。胡扯说。看到了，我说，又有一个女孩要失贞了。胡扯把玻璃瓶夺回去，说他猜出是谁送的了，一定是那个叫童瑶的女孩，他早就注意到了，上课时总是坐在最前面，瞪大单纯的眼睛盯着他看，一点杂质都没有，课后还追着他问问题，对行为艺术很有悟性和见解。要是她就好了，胡扯说，我感到心跳不正常了。一定是她，兄弟，记着这一天，从现在开始我胡扯开始谈恋爱了。说完跳下床，一路大声唱着《莫斯科郊外的晚上》，跳着比企鹅还笨拙的《天鹅湖》回自己的房间了。我想这家伙大概真找到了，否则三十五岁的大男人高兴成这样就有点说不过去了。

胡扯所谓的重要行为艺术表演我去了，有幸被作为特邀嘉宾来到现场，坐在临时找来的破凳子上。本来我是不想去的，前天晚上赶稿子，忙到凌晨四点，盯电脑屏幕把两眼都看直了，坐到那破凳子上就想打瞌睡。幸亏旁边是一个漂亮的姑娘，因为想多看几眼才没有坐下就睡着。胡扯的行为艺术是在本市最大的公园楚秀园举行，周围是几座黄土堆积成的小山，山上长满雪松和马尾松，背后是一条流淌着油腻腻的脏水的小河。观众围成一个有缺口的圆，缺口当然是供著名行为艺术家胡扯先生自由出入的。特邀嘉宾除了我，还有本市文艺界、批评界的头头脑脑们，还有几家媒体的记者。观众的身份就复杂了，除去胡扯招募来的一群学生，还有因不要门票而进来免费参观的游客。大人小孩，喊的叫的都有。

上午九点整，太阳还没出来，天气有些冷，主持小姐就郑重宣布名为"无限透明的生活"的行为艺术现在开始。首先是介绍胡扯。她唠唠叨叨一大堆，除了永垂不朽这类表示哀悼的话没说，好话全被她说光了。接下来应该是艺术家本人致辞，即简要地说明本次艺术的高深主旨。胡扯从小树林后面钻出来的时候，风吹起他的长发，当场就有很多孤陋寡闻的观众张大了嘴，胡扯是他们这辈子见过的第一个像艺术家的人。胡扯一袭旧式白色长衫来到场地中央，用颇具艺术魅力的目光环视场地一周半，在我身边停留了三到五秒，大概是担心我睡着了砸了他的场面。我向他微笑致意，告诉他我现在还清醒，一定会坚持到底的。胡扯出人意料地只说了一句话，他说，真正的艺术家会告诉我们，什么是美，什么是艺术，什么是生活！说完转身就走。这架势把观众给狠狠地闪了一下，然后哗啦啦鼓起掌来，不自主地感叹，艺术家啊，就是艺术家，与众不同。

胡扯又钻进小树林，两分钟后一辆小车推出来。一看到小车上的东西我立刻犯困，我都看了多少遍了，车上的那个半人

267

高的电视机模型还是我参与设计的。小车越推越近，我却觉得自己离这儿越来越远，我太想睡觉了。我真的就坐在凳子上直挺挺地睡过去了。后来我被一阵鼓掌声惊醒，身边的那个女孩狂热地鼓掌，小脸兴奋得像涂了胭脂。我一看胡扯，不得了，胡扯正在车上做着我看不懂的一系列搔首弄姿的动作，浑身上下不但漆黑一团，而且几乎一丝不挂，只在下身那里围了块破布遮羞，整个人像从非洲的某个原始森林里刚出来。电视机模型被踢倒在地上，早就散了架。后来我听别人描述，大致内容是这样的：胡扯先是西装革履衣冠楚楚地从小车上站起，在一阵介绍之后坐到电视机前，侃侃而谈，说古论今，说饥饿、贫穷、犯罪、吸毒、性病、非洲难民和阿富汗失学儿童，然后说教育、科技和经济腾飞，紧接着是文学艺术和反腐倡廉和为人民服务，义正词严、循循善诱、深入浅出，总之让观众们误以为在看一周国际国内要闻，而且极富人情味。说完之后，胡扯保持了一分钟的人类的笑脸，一脚踹开了电视机，开始阴阳怪气地脱衣服，西装、领带、皮鞋和衬衫扔得满地都是，只剩下裸体和那块遮羞布。接着就是往身上涂墨汁，像建筑工人一样仔细和耐心，足足涂了二十分钟才结束。然后就是刚刚我看到的模样。

　　睡了一觉，我的精神好多了。胡扯的行为艺术也结束了。权威们开始聚成团进行评论。观众大开眼界之后还是不肯散去，把包围圈围得越来越小。权威们讨论一会儿，个个面色凝重，像在出席追悼会，突然一个老头招呼胡扯过来，说艺术家

本人最有发言权。胡扯来了，又是一声不吭，直哆嗦，不知是
激动的还是风吹的。他终于说话了，我去撒泡尿，他说，又走
到我面前对我说，还可以吧，你带童瑶去喝杯热奶。我说可
以，原来身边一个劲儿地鼓掌的女孩就是童瑶，长得不错。童
瑶拍着手说，胡老师，祝贺你。迟疑了一下还是上前抱住胡
扯，她说，胡老师，我崇拜你，接着狠狠地亲了一下胡老师的
肚脐眼，染了一身一嘴的墨汁。我看到胡扯满意地去小树林里
撒尿了。

　　据权威人士评论，行为艺术家胡扯的此次艺术将会载入艺
术史册。它是后现代作品的典范，很难相信如此年轻的艺术家
能够创造出如此深刻的、关注人的灵魂、生活等等领域的大作
品。报纸上还特意对胡扯的最后一泡尿进行了评论，多数评论
家认为，那泡尿显然是此次行为艺术的一个重要组成部分，是
最强烈的后现代的表现内容。此后的一段日子，我看到胡扯频
繁地出入各种节目，他在电视里比市长还要忙碌。有一次我发
现他身边还有一个女孩，仔细一看，原来是童瑶，看来胡扯是
双喜临门了。

　　忙得很多天夜不归宿之后，胡扯终于回来了。我听到两个
人的脚步声，开门一看，童瑶挽着他的胳膊。进了门胡扯就
说，累坏了，先洗个头。当然是漂亮的女学生童瑶给他洗。那
是个招人疼的女孩，洗头时动作轻柔曼妙，就差给胡扯唱催眠
曲了。她的身材也许不是最好的，但绝对是让胡扯最满意的。
胡扯摇头晃脑地受用，不停地和女学生开着玩笑。那女孩应该

算是对艺术颇有些灵气的一类，言语之间常闪烁对艺术的真知灼见，难怪胡扯多次向我提过，她很有培养前途。胡扯把"培养"两个字说得意味深长。但遗憾的是，胡扯一直没能把他的学生弄到床上去培养一下。我见过很多次，他们洗头时谈笑风生，洗过了开始聊天，海阔天空。每次童瑶过来，胡扯都会在一分钟内年轻十岁，情绪好得让我误以为，从此以后他将不再捣鼓他的什么行为艺术了。当然如果他不再从事行为艺术，他们将会失去谈话的基础，因为那小丫头绕来绕去又绕回到了行为艺术上。胡扯曾说过，她打算以行为艺术作为毕业设计的题目，她热爱这门艺术，就像热爱她的胡老师一样。

自从与童瑶谈了恋爱，过去的那些来访者就很少见到了。胡扯亲自给每个女孩打电话，告诉她们，他要告别过去，新生活开始了，他找到了艺术的新起点，看到了艺术的光辉的大方向。女孩们不免哭哭啼啼，胡扯就安慰她们，作为一个艺术家，不能因为儿女情长而毁了艺术，艺术是他的生命，所以他必须与她们断绝往来。胡扯在打电话时是快乐的，每打过一个就吹一段口哨，台湾的校园民谣《外婆的澎湖湾》。

爱情的魔力辐射到生活的各个角落，房间里的那些瓶瓶罐罐、煤气灶、喝水杯重新安静下来，我不再担心它们有一天会跳起来，爱情已经把胡扯变成了一个正常人。他不再像过去那样走火入魔一般考虑他的行为艺术，而是下了课就钻到我的房间，喋喋不休地对我讲话，不谈艺术，只谈他的二十一岁的小爱情，美妙的爱情啊，一米六五的小鸽子。我相信爱情可以使男人成为富翁，胡扯三天两头请我吃饭，以示庆贺，当然还有他所谓的女主人童瑶。在肯德基吃汉堡时，我郑重向童瑶表示了谢意，感谢她给我生活带来了安宁，你知道几个月来我简直生活在疯人院里，你把一个疯子变成了诗人，胡扯现在能够整个晚上向我背诵爱情诗，不管我听还是不听。童瑶自豪地笑了，胡扯倒有些不好意思，把长发拨来拨去。现在他的头发干净多了，散发出和童瑶的头发上一样的洗发水的香味。我得说童瑶是个善解人意的女孩，为了不让胡老师一个人难堪，自告奋勇地说，其实我也变了很多，爱情会彻底改变一个人的，让女孩越发细腻和敏感，我每天晚上都记日记，你瞧，她从背包里拿出一个精致的大日记本，在我面前翻动。她说，这些天来她写下了足足半本日记，记录了她和胡扯恋爱的每一个细节。胡扯感动坏了，对旁边的服务小姐大喊一声，拿酒！不要说当事人，连我这旁观者也想掉眼泪了，多好的女孩，打着灯笼也要找上三十五年哪。我一边喝酒一边安慰自己，喝酒真好，生活真好，可是谈恋爱他妈的更好。

到了三四月份，我以为胡扯的爱情已经进入了实质性阶段。胡扯给童瑶配了一套我们房间的钥匙，她可以像女主人一样随意进出。当然，实质性阶段在我和胡扯的话语系统里指的是同居。童瑶每次到来之后，如果胡扯不洗头，他们就会把房门关上，有说有笑或者悄无声息。隔壁房间一点动静都没有时，我就会想，他们在干什么呢？事后我不乏艳羡地问胡扯，这丫头怎么不出声？胡扯说出什么声，什么事都没干怎么出声。我不信，我说，吃惯了鱼的老猫能不吃腥？胡扯有点丧气地说，她不让，要留到毕业后再说，没办法，她不让我就得忍着，真他妈的，我从来没对哪个女人这么顺从过。我现在就盼着她赶快毕业，找到份工作然后嫁给我。原来他们只能搞一些床下活动，真是难为胡扯了，不过能让他言听计从而且痴心不改，这童瑶也算是有几手了。我还是安慰了胡扯一番，兄弟，瞧瞧你的衣服和头发，被那丫头收拾得像个新郎，知足吧你。胡扯听了重新眉开眼笑，屁颠屁颠地去照镜子，一路跳着他的企鹅似的《天鹅湖》。

我们的生活彻底安静了。童瑶常常过来与胡扯讨论毕业设计的事。她决定做的行为艺术的题目，在美术系还是破天荒的第一个，系里爽快地批准了。胡扯课余时间都用来设计他们的未来生活，现在整天出门搞外交，找他那些艺术界的朋友，希望能给童瑶找一个既体面又有价值的工作。他让童瑶集中精力做作业，工作和将来的事由他来打理，坚决为老婆做好后勤。胡扯在我面前都是称童瑶为老婆，而以往的那些女同胞，要么是女人，要么是女孩，她们对胡扯来说只是异性。在童瑶毕业之前的那段时间里，见到胡扯的人都说他变得让人不敢认了，除了一头长发还能让人联想到艺术外，行为艺术家胡扯成了一个地地道道的居家男人。

所有迹象都表明，胡扯已经在三十五岁这年迎来了他的幸福生活。他们将会在不远的将来有情人终成眷属。很遗憾，我对既成事实缺少热情，因此不同程度上地从旁观者的身份中摆脱出来，而且我对爱情突然产生了一些新的想法，转而经营自己的未来生活了。基于这些原因，我在接下来的三个月里基本上丧失了观察力，忽略了胡扯他们爱情的诸多细节，只见到他们出出进进、说说笑笑，以及童瑶来为我们做饭时，我对他们的和谐所生的由衷的向往之情。但事实证明，这一段生活无疑应该成为这篇小说的一个重点，可是没办法，我只好避重就轻一笔带过，说六月下旬的事了。

六月中下旬，也就是毕业答辩的时间。在此之前，胡扯已经成功地为童瑶找到了一份工作，在本市最大的一家广告公司，薪水丰厚，据说还是出任某方面的小头头，而通常这种工作的应聘者都是硕士以上学历。童瑶顺利地签了约。这段时间，胡扯走访了十来家房地产公司，咨询了二十几处售楼点，他想买一套同样称心如意的房子。当然，关于房子的事他没让童瑶知道，他要给她一个惊喜。这符合他的理论，与童瑶恋爱后，他时常告诫我，女人是用来宠着的，爱着的，要给她新鲜和惊喜，尤其是心爱的女人。我记得那一天是6月18号，他在富华园售楼点给我打来电话，让我先把晚饭做好，他要到系里看看童瑶的答辩准备得怎么样了，一会儿就回来。晚饭我做了很多好吃的菜，胡扯嘱咐我要犒劳犒劳童瑶，他说她的作业用不着看也很优秀，她可是艺术家胡扯的老婆，要提前庆祝一下。

五点我就把饭做好了，等到七点胡扯也没回来，打他手机，关掉了。我忍饥挨饿地等，偶尔夹一两块肉充饥。直到八点一刻，我听到有人敲门，其实是踹。我开了门想看个明白，什么人这么横。一个人酒气熏天扶着门，歪歪扭扭地站着，光溜溜的圆脑袋，不认识。那人舌头短了半截地说，吃过了，我吃过了。声音是胡扯的，可是人，再仔细瞧瞧，不是胡扯是谁，他把头发剃成了光头，都不像他了。我说胡扯你这是怎么了？连拖带架把他拉到房间去。胡扯两眼都发直了，他把手中的大笔记本扔给我，说，你看，你看看吧。然后一歪头倒在床上，放声大哭，哭声浑厚悲哀，像易水河边的古离别。我拿起来笔记本，想起来了，是童瑶的，她在肯德基里告诉我们，她把与胡扯的爱情细节都写在里面了。我打开日记，看到第一页上有两行字：

作为行为艺术的爱情生活
——一场长达八个月的行为艺术的报告